12月12日　曇り

この日記は、良世(りょうせい)と過ごした日々を綴(つづ)ったものです。

子育てに必要なのは『愛』だという人がたくさんいます。それにもかかわらず、愛とはなにかを尋ねても明確に答えられる人は少ない。

実態のつかめない感情に翻弄され、ぐらぐ

、それでも私はおぼつかない足取りで自分なりの答えを探し続けています

親になる資格、人を育てる権利はあるのか

あの日、血を吐くように泣き叫んだ姿を、

とはないでしょう。

# まだ人を殺していません

〈妊娠3ヵ月〉妊娠8週〜妊娠11週

新しい命が宿っていると知ったのは、2週間前の夕刻です。

妊娠が判明したとき、喜びよりも先に複雑な感情が芽生えました。それは胸の奥底に隠してきた、深い畏怖の念です。

こんなにも恐怖心が込み上げてくるのは、私の過去に原因があるからなのでしょう。

人が人を育てることの意味、生まれくる命を、これから大切に育んでいくことができるのか――。

親としての責任を、今強く感じています。

# 1

ふっくらとした頰の女の子は、はにかんだような微笑を浮かべていた。

女の子は、鮮やかなオレンジ色の生地に白いドットがちりばめられたワンピースを着ている。小さな手には、真っ白なソフトクリームを持っていた。暑い日に撮影したのか、入道雲のようなソフトクリームが今にも溶けて崩れそうになっている。

その写真は、数日前からテレビやネットニュースで話題になっていたため、すぐに思いだせるほど、はっきりと記憶に残っていた。

小宮真帆ちゃん、五歳――。

一週間前から真帆ちゃんの行方がわからなくなり、警察は公開捜査に踏み切った。最近、行方不明になっていた六歳の少年が無事に発見されたばかりなので、私は真帆ちゃんもすぐに見つかるのではないかと期待していた。

女の子の写真がテレビの画面から消えると、今度は女性アナウンサーの神妙な顔が映しだされた。彼女は少し視線を落とし、ニュースの続きを読み上げた。

『今日の午後五時二十分頃、新潟県警は自宅に遺体を遺棄した疑いで、薬剤師の南雲勝矢容疑者を死体遺棄容疑で逮捕しました。南雲容疑者の自宅から、大型容器に入れられてホルマリン漬けにされたふたりの遺体が発見され、ひとりは行方不明になっていた小宮真帆さんであることが判明しました。警察は南雲容疑者が、小宮真帆さんの死亡した経緯についても知っていると見て、殺人容疑も視野に捜査し、もうひとりの遺体の身元の特定を急ぐことにしています』

画面が切り替わると、二階建ての一軒家の前にいる男性レポーターが手元の原稿を読み始めた。興奮しているのか、頬は上気し、声が少し上擦っている。なんとなく、彼には幼い子どもがいるような気がした。

私は徐々に動悸が激しくなっていくのを感じながらも、テレビから目をそらすことができなかった。部屋は静まり返っているのに、男性レポーターの声がまったく耳に入ってこない。頭がぼんやりしてくる。視界が歪んでいくような錯覚に襲われ、瞬きを繰り返した。

これは現実の出来事なのだろうか——。

レポーターの背後に映っている一軒家は、青いビニールシートで覆われているため、どれほど目を凝らしても、中の様子を窺い知ることはできなかった。

上空からの映像が映しだされた直後、室内に短い悲鳴が響いた。

自分の声だと認識した途端、背中に怖気が走り、身体がぐらぐら揺れているような感覚がしてくる。気分が悪い。嘔気を覚え、喉の奥に力を込めた。

見たこともないホルマリン漬けの遺体が、脳裏にありありと浮かんでくる。液体の中を漂っている青白い顔の少女が、こちらをじっと見つめていた。その不穏な映像を消し去りたくて、汗ばんでいる手でリモコンをつかみ、慌ててテレビを消した。

なにかの間違いであってほしい——。

頭では恐ろしい現実を認識しているのに、認めたくないという気持ちが増してくる。

腕を伸ばし、無意識のうちにワインボトルをつかんでいた。テーブルに置いてあるグラスに、赤い液体を注ぎ入れる。急に息苦しくなり、ボトルをテーブルに戻した。ひとりきりで静寂に包まれた部屋にいると心細くなる。

「しょうこちゃん」

咄嗟に身を固くし、呼吸を止めて耳を澄ました。

どこからか、私の名前を呼ぶ女の子の声が聞こえたのだ。少し舌っ足らずで、甘えたような喋り方。

四年前から起きる現象――。

最近は頻度が減ったけれど、ときどきあの子の笑い声や泣き声が聞こえてくる。幻聴だと自覚しているのに、部屋の中を確認せずにはいられなくなり、ぎこちない動作で辺りに目を這わせた。これほど会いたいと願っているのに、少女は決して姿を見せてくれない。

遮光カーテンが少しだけ動いたような気がする。

急いでグラスをつかみ、口元に運んだ。手が震えてうまく飲めない。少しこぼしながらワインを一気に飲み干した。けれど、一向に喉の渇きは満たされなかった。

自責の念に苛まれ、心が強い虚無感に支配されるとアルコールに頼りたくなる。できるだけ控えなければならないとわかっていても、恐怖に打ち克つ方法が他に見つからず、引き寄せられるように依存してしまうのだ。

ソファに置いてあるスマホに手を伸ばし、保存してある画像の中から一枚の写真を選択した。

写真には、三十代の男女が写っている。ふたりは肩を寄せ合うようにして微笑んでいた。ベリーショートの女性はシャツワンピース姿。長髪の男性はライトグレーのポロシャツにスラックス姿だった。シャープな輪郭、大きな瞳。ふたりは顔立ちが似ているけれど、男性のほうは少し目尻がつりあがっていた。

写真の人物は、姉夫婦。南雲勝矢と詩織。

詩織は、四つ上の私の実姉だった。

スマホに保存してある別の写真を選択し、強張る指で拡大していく。

一瞬、視界が赤く染まる。指先から恐怖が這い上がってきて、スマホを投げ捨てたい衝動に駆られた。

写真に写っている一軒家の屋根は、間違いなく朱色だった。

南雲勝矢という名前をニュースで聞いたとき、同姓同名の別人であることを願った。けれど、上空から映しだされた朱色の屋根を見て、ある写真が脳裏をかすめた。注文住宅が完成した際、姉がメールで送ってきたものだ。

腕にぞわりと鳥肌が立ち、私は禍々しいものを振り払うように、ソファに向かってスマホを投げつけた。嫌な熱がまだ指先に残っている。

先刻から心臓の鼓動が少しも鎮まらない。

喉を潤したくてボトルをつかむと、ほとんど残っていなかった。ミネラルウォーターを取りに冷蔵庫まで向かおうとして、ふと足を止めた。

ぎこちない動きでソファに目を移す。静寂を切り裂くようにスマホの着信音が鳴り響いている。

壁時計を見上げた。夜の十時半。不吉な予感を覚えながら通話ボタンをタップすると、兄の低い声が耳に飛び込んできた。

『もしもし翔子(しょうこ)か？』

私が返事をする前に、兄は切羽詰まった声で続けた。

『南雲勝矢が警察に捕まった』

「やっぱり、あれは……テレビに映っていたのは、お姉ちゃんの家だったの？」

『姉貴は、とんでもないことをしてくれたよ』

「お姉ちゃんが事件を起こしたわけじゃない」

姉は九年前に既に亡くなっている。事件など起こせるはずもないのだ。

兄は吐き捨てるように言い放った。

『姉貴はどうしてあんな奴と……あの男は人間じゃない』

「本当に遺体を遺棄していたの？　お義兄さんが人を殺したってこと？」

義兄は物静かな人物だった。兄が話している人物と義兄が重ならず、頭の中が混乱をきたしていた。

遺体はふたり。ひとりは行方不明だった小宮真帆ちゃん。たしか、ニュースでは「もうひとりの遺体の身元の特定を急ぐ」と言っていたはずだ。

姉には、九歳の息子がいる。まさか――。

「良世は？」

私が恐ろしい予感を覚えながら尋ねると、兄は尖った声で言った。

『とにかく、今すぐタクシーで来てくれ。二十分もかからないだろ。車代はだすから』

微かに怒りが湧いてくる。こんな緊急事態に車代の話をすることに苛立ちを覚えた。

兄はいつも冷静沈着で物事を理路整然と説明できるタイプなのに、今はかなり動揺しているのが伝わってきて、こちらまで平常心を保てなくなる。

私は不安感を払拭したくて声を上げた。

「良世は無事なの？」

『あの子は生きてる。大丈夫だ』

兄は重い溜息を吐きだしてから、「すぐに俺の家に来てくれ。今後のことを話し合いたい」と告げて一方的に通話を切った。

幼い頃から優秀だった姉と兄は、親から多大なる期待を寄せられていた。

ふたりは同じ中高一貫校に通い、成績も優秀で、学校でも目立つ存在だった。姉の場合、成績だけでなく、容姿においても優れていた。モデルのようなスタイルで、顔のパーツも美しく整っていたため、近所でも評判の美少女だった。

姉たちと比較されるのは目に見えていたので、私は別の学校を選び、それなりに楽しく暮らしてきた。末っ子だから甘やかされたのか、聡い子ではないからなのか判然としないけれど、私は親からの期待を感じたことは一度もない。それほど関心も寄せられていなかったのだ。

兄は国立大学を卒業後、大手銀行に就職した。けれど、社会人になってからは順風満帆とはいかなかったようだ。日本銀行のマイナス金利政策により、経営に行き詰まった多くの銀行はITやAI技術の進化も伴い、大規模なリストラに踏み切った。

兄の勤務先も例外ではなかったけれど、心配は杞憂に終わった。

大規模なリストラが世間に知れ渡る前に、兄は銀行を退職し、懇意にしていた県議会議員の娘と結婚したのだ。今は義父の議員秘書を務めている。

私はタクシーの後部座席に座りながら、流れる景色をぼんやり眺めた。

バッグの中から手探りで小さな人形を取りだし、掌でそっと包み込む。幼稚園の頃に姉が作ってくれたお守りだ。フェルト布地の女の子の人形。幾度も握りしめたせいで、全体的に毛羽立っている。ピンクのワンピースは色褪せていた。

この人形は、緊張する場面や感情が乱れているときに心を落ち着かせてくれる効果があった。気づけば、握る手に力を込めていた。

お守りをくれたときの姉の笑顔が、懐かしさと共に舞い戻ってくる。

理知的で優しい笑み。私の大好きな、憧れのお姉ちゃん――。

しばらく車に揺られていると、今度はお正月の光景がよみがえってくる。親族が集う中、兄は勝ち気な笑みを浮かべ、次の市議会議員選挙に立候補すると意気込んでいた。

徐々にその笑顔は歪みはじめ、街の明かりと一緒に後方に流れていく。

遅い時間だったせいか、道が空いていたのでちょうど二十分で兄の家に到着した。

南国のリゾート地を連想させるようなオフホワイトの三階建ての建物。広い庭にはヤシの木が植えられ、モダンなタイルテラスが設置されている。まるで住宅雑誌から飛び出してきたような豪奢な造りだった。

門の表札には『桐ケ谷』と書かれている。

兄の葉月雅史（はづきまさし）は、結婚相手がひとり娘だったため、婚姻後は婿養子になり、今は妻の姓を名乗っていた。

家の中で防犯カメラの映像を見ていたのか、玄関のチャイムを鳴らす前にドアが勢いよく開いた。セキュリティ対策が万全なのは羨（うらや）ましいけれど、監視されているようで落ち着かない気分になる。

ドアが開いて、顔を覗かせたのは義姉ではなく、兄だった。表情は暗く、健康的な印象を与える小麦色の肌がくすんでみえた。顔には隠しきれない疲労が滲（にじ）み出ている。

兄は身を乗り出し、確認するように庭に視線を走らせてから家の中へ招いた。

「迎えに行けなくて悪かったな」

選挙に出馬する予定の兄は、義父に「車の運転を控えるように」と言われていたのだ。

私は率直に気になっていたことを尋ねた。

「お義姉さんは？」

「体調が悪くて……今は自室で子どもたちと休んでる」

兄は掠（かす）れた声で「あがってくれ」と言い残し、リビングに続く廊下を歩きだした。

急いで靴を脱ぎ、背の高い兄のあとを追いかけていく。普段は姿勢がいいのに、今日は背中が少しだけ丸まっている。そのせいで身長まで縮んでいるように見えた。

当時は気づけなかったけれど、子どもの頃、姉や兄は歩くのが遅い私を気遣い、いつも歩幅を合わせてくれた。だから一緒に遊んでいても寂しい思いをしたことがなかったのだろう。

今日はなぜか、幼い頃の思い出ばかりが呼び覚まされる。

リビングに続くドアの向こうには、息を呑むほど豪華な家具や調度品が並んでいた。イタリア製の巨大な猫脚テーブル。それを囲むように深緑の革張りのソファが置いてある。壁に沿うようにスタイリッシュな棚が並び、その上にはトロフィや賞状がたくさん置いてあった。兄の息子たちのものだ。彼らはスポーツや作文が得意で、表彰されることが多いようだった。

ソファを勧められ、私が腰を下ろすと、兄は緑茶のペットボトルをテーブルに置いた。贅沢な部屋に似つかわしくないペットボトルは、緊張している気持ちを少し和ませてくれる。

兄は乱暴な手つきでキャップを外し、一口飲んでから苦い顔つきで言葉を発した。

「さっき警察とジソウから連絡があったんだ」

「ジソウって……もしかして児童相談所のこと？」

兄は顔をしかめてからうなずいた。

「一時保護所で良世を預かっているそうだ。もうすぐ夏休みだが、通っている小学校には就学義務免除の手続きを行ったらしい」

なにもかもが初めての出来事で、うまく話についていけない。

良世には会っていないけれど、歳はすぐに答えられる。娘と同年齢だったからだ。私は姉よりも二週間早く娘を出産した。

当時、私は二十八歳、姉は三十二歳。ふたりとも初産だったので不安なことも多く、お互い電話で気がかりなことを話し合い、問題を解決してきた。私は埼玉、姉は新潟にいたので、身重の身体では簡単に会えなかった。けれど今となっては、同じ日本にいるのだから、もっと頻繁に会っておけばよかったと後悔している。

良世を出産後、姉は羊水塞栓症で帰らぬ人となった。

姉が亡くなった日、私は不思議な夢を見た。光に包まれた姉は「不安にさせてしまうから、ショウちゃんの出産が先でよかった」と優しく微笑んでいた。

目覚めたときは、その言葉の意味が理解できなかった。けれど、姉が亡くなったという連絡を受けて、正夢だったのではないかと実感した途端、胸がわななないて涙がこぼれてきた。いつも優しい姉は、最期まで妹を気遣ってくれた気がしたのだ。

私は良世の顔を知らない。

姉の葬儀の日、面会を求めると、勝矢に「良世はまだ病院にいるので会えません」と断られた。小さな声なのに拒絶するような威圧感があったのを覚えている。その後も良世のことが気になり、勝矢の自宅に連絡してみるも「ひとりで育児をするのは大変なんです。あまり連絡しないでください」と迷惑そうな声で言われた。一枚だけでも良世の写真を送ってもらえませんか、と食い下がると、「携帯電話を持っていないので、写真は送れません」と冷たい声で言われ、一方的に電話を切られた。本当に携帯電話を所持していないのか疑問に感じたけれど、私の子どももまだ小さく、住んでいた場所も離れていたため、容易には会えず、たまに電話をかけて現状報告をするくらいの浅い関係になっていた。

こんな未来が待っているなら、もっと気にかけてあげるべきだった。けれど、それは今だから思えることで、当時は自分の子育てもうまくいかず、私は焦りを覚えていた。あの頃、彼らを気遣えるような精神的な余裕はなかったのだ。

「最初から怪しい人物だと思っていた。だから俺は、あれほど姉貴の結婚に反対したんだ」

兄はこちらに鋭い目を向けながら悔しそうに吐きだした。

きつい視線に射すくめられ、私は反射的に目をそらし、唇を噛みしめて顔を伏せた。

両親が他界してから、兄は妙な責任感を持ち始め、姉や私に対して過剰なお節介を焼くようになった。亡くなる間際、母から「詩織と翔子のことをお願いね」と頼まれたのが原因なのかもしれない。

初めて姉から勝矢を紹介されたとき、少し地味な印象があるものの、真面目そうな雰囲気に好感が持てた。ふたりは目が合うたび、優しい笑みを浮かべ、互いを労っているように見えた。けれど、慎重な性格の兄は納得していないようだった。結婚が決まったとき、調査会社に依頼し、勝矢の身辺を調べさせたのだ。

送られてきた調査報告書には、心が沈むような経歴が記載されていた。

幼い頃に両親を事故で亡くした勝矢は、独り身の叔父に引き取られ、そこで問題行動を起こして児童養護施設に移されたという。その後、中学生になった勝矢は更生し、もう一度叔父の家に戻り、大学の薬学部を卒業したそうだ。育ててくれた叔父は数年前に死去し、現在、彼は身寄りのいない状態だという。

姉の結婚に否定的だった兄を説得したのは、紛れもなく私だった。大切なのは生い立ちではない。姉には本当に好きな人と幸せになってほしかったのだ。

私は静かに息を吐いてから、頼りない声で訊いた。

「警察は……お義兄さんのことをなんて言っていたの？」

「姉貴は死んで、あいつとはなんの繋がりもないんだから二度と『お義兄さん』なんて呼ぶな」

兄は厳しい声で忠告したあと、顔を歪ませて言葉を続けた。「警察は根掘り葉掘り事情聴取するくせに、こっちが質問すると『捜査中なので詳しいことは話せない』の一点張りだ。だが、あいつの自宅から遺体が発見されたなら、殺害したのは事実だろ。子どもを殺めるなんて鬼畜の所業だよ」

鬼畜の所業——。姉と勝矢が肩を寄せて微笑む写真が頭に浮かんでくる。

初めて会ったときは真面目そうな人物に思えたけれど、私は真実を見誤っていたのかもしれない。まぶたを閉じると勝矢の取り繕った仮面が砕け散り、歪んだ顔があらわれる。良世に会わせてもらえなかったのは、不吉な理由があったからなのか。今思えば、写真の作られたような笑みも、どこか軽薄そうな雰囲気を漂わせているように感じてしまう。心に怯(おび)えがあるから、否定的な見方をしてしまうのだろうか——。

胸の中の不安が濃くなり、私は重い口を開いた。

「良世はこれからどうなるの」

「専門的なケアが必要ないと判断されたときは、俺のところに連絡が来る手はずになっている」

「連絡が来たら？」

「一時保護所に迎えに行く」

「お兄ちゃんが引き取るの」

一瞬、兄の顔が曇った。

しばらくの沈黙のあと、彼は暗い表情で言葉を吐きだした。

「俺には子どもがいるから無理だ。妻はひどく動揺していて、とにかく殺人犯の息子と一緒に住むことはできない」

投げ捨てるように放たれた「殺人犯の息子」という言葉に胸がずきりと痛んだ。

私は微かに芽生えた怒りを呑み込んで訊いた。

「良世を児童養護施設に預けるつもり？」

「それはできない。県議会議員の義父は、子育て支援の充実や子どもの貧困対策に力を入れている。里親や養子縁組制度の普及についてもそうだ。施設に預けているのをマスコミに嗅ぎつけられたら大問題になる。南雲勝矢とは血縁関係にないから加害者の家族という面においてはどうにか逃げ切れるが、良世の今後については慎重に考えろと釘を刺された」

兄は悔しそうにテーブルを睨みながら吐き捨てた。「地元の企業や支援者との関係も良好だった。俺もこれから選挙へ出馬しようとしていた矢先だったんだ。バカなことをしてくれたよ。もう名刺や広報誌作りだって進んでいたのに、すべて見送りになりそうだ」

なぜ私を呼んだのか、その身勝手な理由を理解した。心にある不安が一気に増大していく。

兄はこちらの都合など歯牙にもかけず、核心に迫った。

「独り身のお前なら、良世を引き取っても問題ないだろ。金ならできるだけ援助する。もう九歳だから、これから普通養子縁組も視野に入れて――」

私は遮るようにして声を上げた。

「ちょっと待って、無理だよ」

「再婚したい相手でもいるのか？」

兄妹間で恋愛の話をしたことがないので気まずくなる。

しばらく逡巡してから、私は胸に秘めていた決意を口にした。

「もう二度と結婚するつもりはない」

「それなら、いっそ良世を息子にすればいい。結婚する気がないなら、ちょうどいいじゃないか」

「どうしてそんなに軽く言うの」

「軽く？　あれだけ反対したのに軽い気持ちで姉貴の結婚に賛成したのはお前だろ」

その子どもじみた責任追及に、かっと頭に血がのぼった。

「私たちはいつもお姉ちゃんに助けてもらったよね。学生時代のこと覚えてる？　お兄ちゃんが大学を中退して劇作家の道に進みたいって言ったとき、お父さんはすごく怒ったよね。私は、お父さんが怖かったから口出しできなかった。でも、お姉ちゃんだけは助けてくれたじゃない。『みんないつかは死を迎える。限られた時間を生きるなら、やりたいことをやればいい』って味方してくれた」

兄は鼻で笑うと、大切な思い出を切り捨てた。

「いつの話だよ。あの頃は幼稚な夢を見ていたんだ。親父の判断は最善だった。姉貴はいつもどこか甘いんだ。結婚だって、俺の意見に耳を傾けていれば、あんな男と一緒にならずに済んだはずだ。そうすれば命も奪われなかった」

「お義姉さんが引き取ることに反対しているの？」

「彼女を責めるな。子どもがいる母親なら、殺人犯の息子なんて引き取れないだろ」

「そんな言い方……」

「息子に罪はないのはわかってる。俺が独り身なら、迷うことなく引き取れるが、俺たちには大事な息子がいるんだ」

こちらをまっすぐ見据える兄の目に嘘は見当たらなかった。

責められた気分になり、どうにか言葉を発した。

「私は……」

「子育てに失敗して、自信が持てないのか？」

冷淡な口調とは違い、兄の顔には憐れみの表情が浮かんでいる。その表情を見ていると無性に腹立たしくなり、知らぬ間に拳を強く握りしめていた。

私は「失敗」という言葉に失意を感じ、痛みを紛らわすように残酷な言葉を投げた。

「お兄ちゃんは立派だよ。人生で負けた経験も失敗したこともほとんどないよね。でも、それって人の痛みに鈍感だったからだと思う。誰かの痛みに気づかない振りをして、お兄ちゃんはいつも安全な道を選んで生きてきた」

「なにが言いたいんだよ」

「いつも……助けてくれたのはお姉ちゃんだった」

「仕事が忙しい中、俺だって家族のことを気にかけてきた」

「違う。小学生の……あのとき……」

兄の顔からすっと表情が消えた。

なぜだろう――他人には言えない暴言も、家族が相手だと吐きだせてしまう。とことん傷つけてやりたくなるときがある。

小学三年の冬に起きた事件。あの忌まわしい記憶が頭から離れない。心の奥底に隠した怒りが、まだ燻（くすぶ）っていた。姉が助けてくれなければ、私の人生は大きく変わっていたはずだ。

言葉にならない想いを視線に込めながら口を動かした。

「あのとき、お姉ちゃんはとても怖かったと思う」

兄は苛立った表情を浮かべて言い返した。

「俺は逃げたわけじゃない。助けを呼びに行ったんだ。あれが最善の判断だったと今も思ってる」

「そうだよ。最善だった。だからお兄ちゃんを責めているわけじゃない。ただ、最善じゃない判断だからこそ、救われたんだと思う」

「そんなに姉貴を神みたいに崇めたいなら、お前が良世の面倒を見ればいいだろ」

「私が……引き取る」

唇が震えて視界が滲んだ。自分の言葉に驚くほど、無意識だった。押し寄せる不安を打ち消すように「良世は、お姉ちゃんが命がけで産んだ子だから」と続けた。

ソファから立ち上がり、リビングを出ていこうとしたとき、うしろから「タクシーを呼ぶよ」という声が聞こえたけれど断った。

私は振り返ると、自分自身に言い聞かすように言葉を放った。

「もしかしたら、この選択は最善ではないかもしれない。でも、良世が一緒にいたいと思ってくれるなら……引き取ろうと思う。命がけで助けてくれたお姉ちゃんのことを絶対に忘れられないから」

姉とのあたたかい思い出ばかりがよみがえってくる。

ピアノの発表会の前日、会場に行きたくないと泣きだした私に、姉は小さな女の子の人形を作ってくれた。まるで人形が喋っているかのように腹話術で「ピアノを聴かせて。ショウちゃんの奏でるピアノが大好き」と言ってくれた。発表会当日、私は譜面台に人形を置き、彼女のためだけにピアノを弾いた。まるで魔法のようだった。一気に緊張はほぐれ、氷のように固まっていた指がスムーズに動き始めた。演奏を終えてから気づいた。心が強くなる魔法を与えてくれたのは、姉だったのだ。

親から期待されなかった私が、自分らしく生きてこられたのは姉の優しさのおかげだ。

勝矢の有罪が立証されれば、良世は間違いなく殺人犯の息子になる。まだ小学生の幼い子どもなのに、その残酷な事実を背負って生きていかなければならない。

なにもかもが怖く感じる。問題なく育てていける自信なんてない。この先のことを考えると、荒れ狂う海を漂う難破船に乗っているような気分になる。

それでも歯を食いしばり、薄暗い道を進んでいく。

闇夜の中、姉の言葉が耳の奥で繰り返し響いていた。

——不安にさせてしまうから、ショウちゃんの出産が先でよかった

## 2

〈妊娠4ヵ月〉妊娠12週〜妊娠15週

心拍が確認できてから、保健福祉センターで母子手帳を交付してもらいました。母子手帳は病院の受付に提出する機会が多いので、あまり本音が書けません。だから、これからもこのノートに簡単な成長記録を書くことにします。

今日は赤ちゃんの大きさなどを検査するため、病院でお腹の周囲を測定しました。軽い胃もたれや食欲不振が続いていましたが、13週を過ぎた頃から、つわりは治まり、検査も問題なく無事終わりました。

身長13センチ、体重82グラム。

羊水の量が増え、手足を動かす子も多くいるようですが、まだ胎動が感じられないのが少し残念です。

最近、娘が赤ちゃんだった頃の夢をよく見る。

潤んだ大きな瞳。小さな鼻と口。柔らかい頬。娘は必死に掌を広げ、こちらに向かって両腕を伸ばしてくる。そっと抱き上げると、優しい体温が伝わってきて、胸がじんわりとあたたかくなる。甘い香りが鼻孔をくすぐった。ドクドクドク、娘の鼓動を確かめるように耳を澄ます。呼吸をしているのを確認した途端、夢から現実に引き戻された。

目覚めたあとは胸にぬくもりはなく、刺すような哀しみだけが残っていた。

私は痛み始めたこめかみを指で押さえ、電気ケトルで湯を沸かしてコーヒーをいれた。一口飲んでからテレビをつけると、どの局も勝矢の事件について報道している。

朝の情報番組によれば、勝矢は勤務先の薬局から医薬品を盗んでいたという。警察に匿名の通報があり、それを受けて窃盗容疑で家宅捜索したところ、遺体が発見された。現在、取り調べを受けている勝矢は「なにも言いたくない」と話しているそうだ。

スーツ姿の男たちに両腕をつかまれ、車に乗せられる勝矢の姿が画面に映しだされた。きっと、自宅から連行されていくときの映像だろう。

勝矢は長い髪をうしろでひとつに結んでいる。長髪なのは変わらないけれど、昔よりもずいぶん痩せていた。丈の長い白衣を羽織り、見ている者を苛立たせる薄気味悪い笑みを浮かべている。まるで猟奇犯罪者を演じているようで、不可解な思いに囚われた。画面越しに視線がぶつかる。私は咄嗟に顔を伏せた。暗い思考に捉えられ、なにもかもが恐ろしくなる。テレビに映っている人物は、本当に姉が愛した人なのだろうか。外見は変わらないのに、内面から滲み出てくるような誠実さは見当たらなかった。

勝矢の事件は『ホルマリン殺人事件』と呼ばれ、その異常性からインターネット上でも話題の中心になり、未確認の情報が錯綜している。SNSなどでも話題にしている者が多くいた。

普段なら避けて通りたい残虐な事件。けれど、これから良世と生活していくのに、目を背けるわけにはいかなかった。

テレビや新聞よりも信憑性は低いけれど、私はノートパソコンを開き、ネットで事件の情報を集めた。ニュースのコメント欄にも隈なく目を通していく。

——人間をホルマリン漬けにするなんて、本物の変態だね。

——弱い者を傷つける奴がいちばん許せない。死刑確定！

——南雲勝矢には小学生の息子がいるらしいよ。

——悪魔の子。息子もヤバい奴だったりして。

——子どもは関係ないだろ。親に罪があるだけだ。

——自分の子どもが殺されても同じことが言えるのか？

気づけば、マウスを握る手に汗をかいていた。

事件が発覚したのは昨日なのに、ネット上には既に加害者の家族の情報が書き込まれている。これでは日本全国に探偵がいるようなものだ。しかも彼らは匿名性ゆえに、信憑性を欠いた情報だとしても、軽い気持ちで書き込んで拡散していく。

父親の過ちの責任を、子どもが負わされるのはあまりにも理不尽だ。

検索窓に恐る恐る『南雲良世』と入力してみる。

様々なサイトを慎重に確認していく。今のところ良世に関する情報はないようで胸を撫で下ろした。

最近では事件の発覚後、加害者のＳＮＳなどが調べられ、ネットに投稿していた写真が出回るケースも多い。今の時代、加害者が未成年でも個人情報が晒されてしまう恐れがあるのだ。

今後、小学校の近くで待ち伏せし、良世のクラスメイトに取材を敢行する記者もあらわれるだろう。加害者家族の個人情報がネット上に晒されたとき、警察は守ってくれるのか、私は彼を守れるのだろうか。

——南雲勝矢の息子も殺されればいいのに。自分の子どもが死ねば少しは痛みがわかるんじゃない？

見も知らぬ相手の言葉が胸に不安を呼び寄せる。心に巣くう不安は次第に恐怖に変わっていく。ネット上の言葉は、どんどん過激になり残酷化していくからだ。コントロール不能な言葉の怪物たちが蠢き、読んでいる者の心を蝕む。いつか本当に良世を殺害しようとする者があらわれるのではないか、そんな恐ろしい予感が頭をもたげた。

良世を引き取ると宣言してから気持ちが重くなっていた。まだ決意が固まっていないからだ。激しい波に襲われるように、心は揺れ動いている。

迷い続けている自分自身に罪悪感を覚えてしまう。優しかった姉の姿を思い返すと胸が苦しくなり、陰鬱な気分に沈んでいく。

きっと、良世は寂しい思いをしているだろう。傍(そば)にいてあげたいという気持ちに嘘はない。けれど、どうしても自信が持てなかった。子育ての厳しさを理解しているからではなく、私は誰よりも自分自身が信用できないのだ。

勝矢は、人をふたりも殺害した。もしもそれが事実なら、彼には親で居続ける資格はない。けれど、私も――人殺しなのではないだろうか。


「ママ、ミサちゃんの嫌いなもの知ってる?」

私には、美咲希(みさき)という娘がいた。娘は幼稚園では「私」という一人称を使うのに、甘えたいときは自分のことを「ミサちゃん」と言うのがおかしかった。

病院からの帰り道、繋いだ手をぶらぶら揺らしながら答えた。

「美咲希の嫌いなものはライオン、セロリ、注射」

「ザッツライト!」

子ども向けの英会話教室に通い始めた娘は、ときどき気に入ったフレーズを使用する。

彼女はこちらを見上げ、今度は心配そうな声で訊いた。

「どうしてライオンが嫌いかわかる？」

少し考えている振りをすると、不安そうな顔で「しょうこちゃん、早く答えて」と急かしてくる。私のことを友だちのように名前で呼ぶのは、機嫌のいい証拠だ。

娘に微笑みかけながら、私は口を開いた。

「ライオンが苦手なのは、テレビでシマウマが襲われるのを観たから。セロリはカマキリを食べているみたいで嫌い。注射は単純に痛いから苦手」

美咲希は繋いでいた手にぎゅっと力を込め、大きな瞳を輝かせて嬉しそうに見上げてくる。怖がりの娘は同じ質問を何十回もする。きっと嫌いなものを遠ざけてほしいのだろう。けれど、注射に関しては頭を悩ませていた。

予防接種のときは全力で暴れまくり、看護師がどれだけ宥めても、まるでホラー映画ばりに「近くに来ないでぇ！」と叫び続けるのだ。

その日は自治体が毎年実施している健康診断の日だったので、私は病院に検査を受けに行った。待合室で血液検査の順番を待っていると、美咲希は泣きだしそうな顔で尋ねてくる。

「注射されるのは誰なの？」

「ママだよ」私は笑いながら答えた。

自分ではないとわかった途端、いつもならジャンプをして大喜びするのに、その日は違っていた。目に涙を溜めて「ママ可哀想」と顔を歪ませたのだ。

初めて歩いたときや、初めて「ママ」と呼ばれたときも嬉しかった。けれど、心の成長はそれ以上に嬉しくて胸が熱くなる。

帰宅した夫に病院での出来事を話すと、彼は嬉しそうに頰を緩めて言った。

「美咲希には優しい子になってほしいな」

「いじめる子になるくらいなら自分の正義を貫いて、いじめられる子になったほうがいい？」

心の内を知りたくて質問を投げると、彼は真面目な顔つきで答えた。

「どっちも嫌だけど、人を傷つけるような子にはなってほしくない」

夫はとても真面目で思いやりのある人だった。

結婚前、私は公立中学で教師をしていた。勤務先の中学では美術教師は私だけだったため、ひとりで三学年分の授業を受け持ち、担任クラスは持たず、各学年の生活指導担当を任されていた。

利己的で理不尽な要求をする親が増えていると言われる中、担任クラスを持たなかったせいか、特に大きな問題も抱えず、教師を続けてこられた。このまま人生は順調に進んでいくものだと信じられるほど、あの頃は幸せな環境に身を置いていた。

夫とは、先輩教員の紹介で知り合った。彼は名門私立中学の数学の教師。同じ教員だったので共通の話題も多く、会話が途切れることはなかった。

結婚相手が教師だと知ったとき、姉は「ショウちゃんは、もっと変わってる人を選ぶと思っていた」と、ずいぶん驚いていたのを覚えている。私は自由気ままに生きているようで、どこか道を踏み外せない臆病なところもあった。もしかしたら、自分に自信がなかったのかもしれない。それに比べ、優等生の姉は度胸もあり、誰になんと言われようと一度決めたことは最後までやり抜く強い意志を持っている人だった。

私の妊娠がわかったとき、夫からすぐに仕事を辞めてほしいと頼まれた。

廊下を走る生徒がいるから心配だと、真剣な面持ちで訴えられたのだ。思わず笑ってしまったけれど、当時は夫の心配性な面も愛おしく感じられ、もうすぐ三学期が終わる時期だったので、それを待って教師を辞めることにした。

その頃、既に母子手帳を交付されていた。けれど、母子手帳は病院に提出する機会が多いので、あまり本音は綴れないため、私は小さなノートに赤ちゃんの成長記録を書き込んでいた。

お腹にいる美咲希に話しかけていた記憶がよみがえる。ノートには、初めての出産に対する喜びや不安だけでなく、生徒に対する想いも少しだけ書いてあった。

——生徒のお手本になるような立派な先生ではありませんでした。ごめんなさい。

学校を去る日、美術部員の生徒たちから寄せ書きと花束をもらったときは、驚きと同時に少し罪悪感を覚えた。私はあまり教育熱心な教師ではなかったからだ。けれど、寄せ書きには「絵を描く楽しさ、辛いときに悩みを聞いてくださったことを忘れません。先生、ありがとうございました」というメッセージが書かれていて、学校を離れるのが少し寂しく感じられた。そんな気持ちを察してくれたのか、夫は子どもが大きくなったら絵画教室を始めたらどうかと言ってくれた。広い和室をフローリングに改装して、教室を作ればいいと提案してくれたのだ。

絵画教室を開くのは、幼い頃からの私の夢――。結婚前に話した夢を覚えていてくれたのが嬉しかった。未来を描く色鮮やかな絵画には、いつも希望の光が満ちていた。

輝く絵画に一滴の墨汁を落としたのは、姉の突然の死だった。

美咲希が生まれた二週間後、姉は良世を産んでからこの世を去った。

葬儀を終えても、しばらくはなにをしていても涙がこぼれた。美咲希を見るたび、良世が気になって仕方なかった。食事も喉を通らなかったせいか、ストレスが原因なのかわからないけれど、母乳が出なくなり、子育てにも影響を及ぼすようになってしまった。

顔を真っ赤にして泣いている美咲希の姿を見て、このままではダメだと自覚し、哀惜を紛らわすように全力で家事や育児に励んだ。

美咲希の笑顔や成長が次第に心の傷を癒やしてくれた。

母親たちとの交流も増え、彼女たちから子どもが通いやすい評判のいい歯医者、皮膚科、小児科なども教えてもらった。ときには仕事で遅くなったママ友の子どもを預かることもあった。

教師をしていたという情報が流れると、みんなから相談を受けることも多くなり、ますます哀しみに沈む日は少なくなっていった。仲のいいママ友から「やっぱり、教職経験者は違うわね。翔子さんにアドバイスをもらうと安心する」と感謝されるたび、こちらまで幸せな気分に包まれた。けれど、自分の育児については必死に隠す日々だった。

娘には問題が多く、私はママ友たちに気づかれないように、密かに育児本や発達心理の教材を読み漁っていたのだ。ますます知識は豊富になり、アドバイスはうまくなるのに、自分の子を育てるのは難しい。

美咲希は寝付きが悪く、夜泣きなどの睡眠問題もあった。心配した義母から、寝室環境が整っていないから問題が起きるのだと苦言を呈され、高級なベッドと寝具が送られてきた。既存の寝具の処理にも困ったけれど、いちばん切なかったのは、夫が隠れて義母に相談していたという事実だ。義母とは一緒に暮らしていなかったので、睡眠問題が起きているなんて知る由もないはずだ。

なぜ義母に相談したのか尋ねると、夫は「夜泣きのせいで、翔子が睡眠不足になっていないか心配だったから経験者に相談しただけだよ」と気遣うように言った。寝具を一式取り替えても、娘の夜泣きは続き、義母から「不規則な生活をさせているのではないか」と疑われた。

ママ友たちから相談を受けている手前、弱音を口にしたり、抱えている悩みを素直に話したりできなかった。今思えば、頼られているという優越感に浸り、心地いい環境を手放したくなかったのかもしれない。

娘は言葉を覚えるのは早かった。けれど、言葉で意思疎通ができてもトイレットトレーニングはうまくいかない。トイレットトレーニングは、その後の性格に影響を及ぼすという説もあった。厳しくしすぎると不安な感情を引きずりやすくなり、過度な緊張や融通の利かない性格になる場合もあるようで、子育ての難しさを改めて実感させられた。

同年齢の子どもたちがオムツを卒業する時期なのに、娘はいつまでも自主的にトイレへ行けなかった。

正直、子育てに苦労していた。元教師だからといって、立派な母になれたわけではない。自分の至らなさが、娘の至らなさに繋がっている気がして、その度に自身を「ダメ親」だと叱責したくなる。

焦っても空回りするだけだ。悪いところに目を向けるのではなく、娘が好きなものを見極めて、長所を伸ばしてあげよう。

美咲希は、絵本が大好きだった。時間があれば本を読んであげた。できるだけ感情を込めず、平坦な口調で読むことを心がける。淡々と読むほうが物語に集中できて、子どもの想像力を豊かにするらしい。

ある日、私は大学の実習で絵本を創ったのを思いだし、押入れの段ボール箱から取りだして娘に渡してみた。小さな審査員——学生時代に創ったものを気に入ってくれるかどうかとても心配だった。

瞳の色が変わるトラ猫の物語。哀しいときは青、楽しいときはオレンジ、友だちになりたいときは緑、嘘をついたときは紫、嬉しいときは黄色の瞳に変化する。自分の感情が瞳の色でわかってしまう猫の人生を描いた絵本だった。

瞳の色がころころ変わる猫は、みんなから恐れられ、避けられていた。寂しくなった猫は住み慣れた町を離れて旅に出る。旅の途中、苦しい出来事に遭遇しながらも、大切な仲間に出会っていく。最後のページには、本当の友だちを見つけた猫の瞳が描かれている。虹色に輝く大きな瞳——。

絵本なのに大人向けのシリアスな絵と内容だったので、気に入ってくれるかどうか不安だった。けれど、ぎゅっと絵本を抱きしめている娘の姿を見て、とても愛おしくなったのを覚えている。

そんな穏やかな生活はなんの前触れもなく、少しずつ崩壊していった。

数日後、私が二階の部屋に行くと、娘は「嫌い」と言いながら、絵本の猫の瞳を紫色のクレヨンで塗りつぶしていた。なぜ塗りつぶしたのか尋ねてみても、泣きながら「こんな絵本、大嫌い」としか答えてくれない。

最初は気に入ってくれたのに、どうして急に気持ちが変わってしまったのだろう。

自分の娘なのにまったく理解できず、深い溜息がもれた。その頃からイヤイヤ期に突入し、娘の心は「イヤ」という感情でいっぱいになってしまった。

スクールバスに遅れそうなのに、玄関先でオレンジ色の靴下が気に入らないと泣きだしてしまう。朝食に小さなおにぎりを並べると、パンが食べたいと言う。仕方なく食パンを用意すると今度は、メロンパンでなければ食べたくないと駄々をこねる。

翌朝、メロンパンを用意したのに、今度はおにぎりが食べたいとむくれた。けれど、夫が「このメロンパンは、すごくおいしいよ」と食べ始めると、娘は「私もほしい」と素直に口に運んだ。

通常イヤイヤ期は三歳くらいで終わるという説が多いのに、難しい時期は予想以上に長く続いた。私の伝え方が悪いのではないかと落ち込む日々だった。

もう少し厳しく躾けるべきなのか、そう悩む日もあったけれど、できるだけ子ども時代は自由にのびのびと過ごしてほしかった。成長すれば我慢の連続だ。それに、娘は外ではおとなしい子で、わがままを言うことも少なかった。

ふたりきりになったときに小さな怪獣になってしまうのは甘えている可能性もある。いつも行く児童公園では、しっかりルールを守って友だちと遊べている。そんなに心配する必要はない。そう自分に言い聞かせていたけれど、ある日、取り返しのつかない出来事が起きた。

ママ友たちと公園の木陰で立ち話をしているとき、砂場で遊んでいた娘がスコップで詩音君の頭を叩いたのだ。ふたりは同い年だったけれど、娘のほうが体格もよく背が高い。詩音君は頭を押さえて泣いているのに、それでも娘は叩くのをやめなかった。

私は慌てて駆け寄り、娘の手からスコップを取り上げ、詩音君の頭に怪我はないか確認するように撫でた。スコップはプラスチック製だったので、幸い怪我はないようだ。

木陰を振り返ると、詩音君の母親はいないけれど、ママ友たちが心配そうな顔でこちらを見ていた。今日の夜、詩音君の家に電話をして謝罪したほうがいいかもしれない。詩音君ママは大騒ぎするような人ではないけれど、他のママ友から伝わると気分はよくないはずだ。

かつて、子ども同士の喧嘩が火種になり、親同士の諍いにまで発展してしまったケースがあったのだ。

今後のことを考えながら娘の両肩に手をのせて、暴力は絶対にダメだよ、と強く叱った。美咲希の顔が真っ赤に染まる。澄んだ目に涙があふれ、唇をぶるぶる震わせながら「ミサちゃん悪くない。ママ嫌い」と小声でつぶやき、公園の外へ走りだしてしまった。

私は、詩音君の頭を撫でながら「本当にごめんね」と言い残し、娘のあとを追いかけた。

蝉の鳴き声に急かされるように走っていく。

突如、車のタイヤが擦れる音と重い段ボール箱を床に落としたようなドスンという鈍い音が響いた。

公園前の道に、ラベンダー色の小さな靴が転がっている。すぐ近くに頭から血を流した幼女が倒れていた。こんな状況なのに、娘ではないかもしれない、別の子であってほしいと願いながら近づいた。

美咲希……額が割れて小さな頭がへこんでいる。血に濡れた髪がべったりと顔に張りついていた。アスファルトに血溜まりがじわじわと広がっていく。

公園前の道は、頻繁に車が通るのでボール遊びは禁止されていた。子どもが多い場所なので、横断歩道の設置も検討されている最中だった。もっと気をつけなければならない場面だったのに、すぐに娘を追いかけなかったことを激しく後悔した。

どこかで油断していたのだ。怖がりの娘は、いつも左右をしっかり確認してから道を渡る子だった。きっと、強い怒りに支配され、我を忘れて飛びだしてしまったのだろう。

娘は脳挫傷で死亡し、運転手は過失運転致死傷罪で懲役一年、執行猶予三年の判決が言い渡された。

美咲希は、まだ五歳だった――。

夫は、娘を亡くしてから別人のようになった。

事故の状況を包み隠さず話しても、責めるような発言はいっさいしない。けれど、私を遠ざけているのは明らかだった。目を見て会話をしなくなり、夕食も外で済ませてくる日が増えた。ふたりでいると息が詰まりそうになるほど、常に部屋の空気は緊張を孕んでいた。いつ爆発してもおかしくない状態だったのだ。

夫の冷たい態度を責める資格はない。不穏な静寂の中、息を殺して生きていくのが自分への罰だと思っていた。

ある夜、夫が寝室に行ったあと、いつものように眠れず、テレビで放映されている映画をなんの気なしに眺めていた。まだ眠れそうになかったのだ。子どもを事故で亡くした母親の物語。番組を変更しようと思ったけれど、どうしてもできなかった。心が苦しくなる映像でも、目をそらさずに観ることが自分への罰だという思いが湧いたのだ。こんな些細な罰を見つけては、心を傷つけたくなる。

痛みを忘れて楽になってはならない――。

そう思った刹那（せつな）、脳が揺れて目の前が暗くなった。

気づけば、ソファの前に倒れていた。どこからか獣の唸（うな）り声のようなものが聞こえてくる。

たしか映画を観ていたはずだ。怖い場面でも放映されているのだろうか。お腹に強い圧迫と激痛が走ったとき、暴力をふるわれていることに気づいた。頭が割れそうに痛み、激しい嘔吐感に見舞われ、口から胃液がこぼれた。

ぼやけた視界の中、誰かの姿が揺れている。

夫は激怒しているはずなのに、顔は真っ青だった。

強い痛みを伴う言葉が降ってくる。

「大切な娘を亡くして、よくこんな映画を平然と観られるな。お前は人殺しだ」

見慣れているはずの夫の顔が、見知らぬ人物に映って揺れた。

人殺し――。

娘を守れなかったのは、事実だ。このまま殺されてもいいと思う自分がいた。車に撥（は）ね飛ばされた娘の痛みは、こんなものではない。あのとき感じた恐怖は、もっと強かったはずだ。

娘と同じ痛みや恐怖を経験したかった。そして、最後は同じ場所に行きたい。

目が覚めると、寝室のベッドに寝ていた。

全身に鈍い痛みを感じる。見慣れているはずの部屋なのに、どこか知らない場所にいる気がして落ち着かなかった。すぐ近くから、すすり泣く声が聞こえ、ゆっくり首を動かすと、目を真っ赤にした義母の姿があった。

私は現実感の伴わない光景をぼんやり眺めていた。瞼が腫れているせいか、視界が悪く、すべてが幻のように映った。

義母は幾度も「許してほしい」と言って涙を流した。なぜ泣いているのか理解できず、彼女を眺めているうちに、額の氷嚢や腕に貼られている湿布は、義母が手当てしてくれたものだと認識できるようになった。

きっと、気絶した私を見て、パニックになった夫が助けを呼んだのだろう。

義母は「あの子は大切な娘を失って、精神的に追いつめられていたのよ。いつもは優しい子なのに」と泣き続けた。

以前、夫が言っていた「人を傷つけるような子にはなってほしくない」という言葉が脳裏をよぎった。昨夜、彼の顔が見知らぬ人に見えた。なにが夫の真実で嘘なのか推し量れない。ただ孤独感と無力感に打ちのめされていた。

離婚してから間もなく、慰謝料が私の口座に振り込まれた。義母は司法書士を伴って自宅にやってきて、不動産の名義変更をするための書類を机に置いた。指示されるまま、夫が暴力をふるったことは絶対に口外しないという誓約書にサインした。

私は家や慰謝料をもらう資格はないと断った。けれど、義母から「あの子の父親は中学の校長をしていて、いずれ息子も同じ道をたどるはずだから応援してあげてほしい。この不吉な家はいらないから」と言われ、家だけでなく、充分すぎるほどの慰謝料も受け取った。すべては口止め料だったのだ。

勝矢に関するネットニュースのコメント数は、もう二千件を超えている。

私は小さく息を吐くと、テレビを消し、パソコンをシャットダウンした。

綺麗な過去だけならば、躊躇(ためら)うことなく加害者たちを罵倒できただろう。けれど、母親失格の自分には、責める言葉が簡単に見つからなかった。

女の子の無邪気な笑い声が聞こえる。

少し開いている窓に目を向けると、若草色のレースカーテンが揺れた。あたたかい光がフローリングを照らしている。

「美咲希……そこにいるの？」

カーテンが風を包み込むように膨れ上がった。あの中に娘が隠れているのではないか、そんな淡い期待を抱いてしまう。

怖がりの娘は、かくれんぼが苦手だった。それなのに、未だにどこかに身を隠しているような気がしてならなかった。

3

〈妊娠5ヵ月〉妊娠16週～妊娠19週

今日は妊婦さんにいいという、茸とホウレン草の和風パスタ、ツナのアボカドサラダを作りました。安定期に入り、前よりも食欲が湧いてきて、最近は少し食べ過ぎてしまうので注意が必要ですね。

検診のとき、先生から超音波写真を見せてもらうと、あなたは口元に手を当て、クスクス笑っているように見えました。昨日「きっと、うまくいく」というコメディ映画を観たからでしょうか。

最近、あなたはお腹の中で手や足を動かしているのか、胎動を感じることが多くなりました。成長しているのが伝わってくるたび、愛おしさは増すばかりです。

そういえば、病院に行く途中、電車の中で優しい女子高生が席を譲ってくれました。あなたもいつか制服を着て、学校に通うようになるのでしょう。ちょっと気が早いかな。

パパもお腹に耳を当て、一緒に様子を窺っています。

これからあなたの成長していく姿を見られると思うと、今から楽しみで仕方ありません。

身長22センチ、体重260グラム。

毎日、話しかけていますが、ママの声は聞こえていますか？


二階の娘の部屋に行き、クローゼットを開ける。次にベッドの下を覗き込む。一階に下りるとカーテンを両手で開けて庭を見渡した。

誰もいない――。

私は離婚してからも『不吉な家』に住み続けている。

この家に住む理由は、ふたつある。ひとつは自身への罰。もうひとつは、この家にまだ美咲希がいるような気がしてしまうからだ。少しでも物音が聞こえたら、条件反射のように立ち上がり、どこかに隠れていてほしいと願いながら、彼女の姿を探してしまう。

公園の事故が起きて以来、ママ友たちとの交流は激減した。最初は気まずいながらも挨拶を交わしていたけれど、次第にどちらからともなく目をそらし、互いを避けるようになっていった。娘を亡くした母親に、自分の子どもが成長していく姿を見せるのは彼女たちも辛かったのだろう。

ママ友たちと交流がなくなってからしばらくすると、妙な噂が流れ始めた。

元教員の私は世間体を気にするあまり、過剰な躾をしていたのではないかという心ない内容だった。情けないけれど、完全に否定することはできなかった。娘が詩音君を叩いたとき、木陰にいる母親たちの目が気になり、羞恥が込み上げてきて、いつもより強く叱ってしまったのは事実だ。

娘を亡くしてから、幾度も連絡をくれたのは意外な人物だった。

それは、詩音君のママの彩芽（あやめ）——。

最初は彼女に会うたび、憤りを抑えるのに苦労した。詩音君が娘の嫌がるような言動をしなければ、スコップで叩いたりしなかったのではないかという身勝手な思いが燻っていたからだ。

子どもなら喧嘩くらいするときもある。だから詩音君を恨むのは筋違いなのに、なぜ喧嘩になったのか尋ねずにはいられなかった。

さすがに詩音君にはぶつけられず、彩芽に質問すると彼女は嫌な顔もせず、「詩音が怒らせるようなことをしたんだと思う。でも、息子は美咲希ちゃんに急に叩かれたって言うの」

と教えてくれた。街で顔を合わせるたび、彩芽は「息子のせいでごめんなさい」と謝罪の言葉を繰り返した。謝られるたび、本当に悪いのは私だという自責の念に苛まれて息苦しくなり、余計に心が塞いだ。

　娘の事故を知っている旧友たちから励ましの言葉をもらっても、なにひとつ心に響くものはなかった。励まそうとしている雰囲気を察知した瞬間、なぜか心を閉ざしてしまう。真の苦しみは、当事者にしか理解できないという感情が湧き起こり、微かな怒りさえ覚えた。

　心はどんどん卑屈になっていく。抱えている憎しみを誰にも向けられず、的を失った憎悪の矢は、巡り巡って自分の胸に突き刺さり、自己嫌悪という深い傷を作る。心の傷は化膿し、生きる気力を奪っていく。

　白い外壁に夕日が反射しているのを見ただけで、事故の血溜まりを喚起してしまい、呼吸がうまくできなくなり、その場にしゃがみ込んでしまう。

　気を抜けば、娘がいる場所に行きたいと心が荒(すさ)んでいく。以前は恐れていた夜道も怖くなくなった。

　人間は希死念慮が増すほど、怖いものは少なくなるのだ。

　駅のホームで電車を待っているとき、ふらりと飛び込んでしまいたくなる。もう楽になりたい。そんなとき、ベンチで絵を描いている少年を見かけた。まだ六歳くらいの男児。隣には母親らしき人物が寄り添っている。彼は小さな手に鉛筆を握りしめ、無心で絵を描いていた。

教員を辞めたとき、美術部員からもらった寄せ書きの言葉が脳裏をかすめた。

——絵を描く楽しさ、辛いときに悩みを聞いてくださったことを忘れません。先生、ありがとうございました。

もう一度、子どもたちと向き合いたいという衝動に駆られた。少しでもいいから、なにか彼らの役に立ちたいという思いが湧いてくる。

もしかしたら、それは口実で自分が生きる理由を欲していただけかもしれない。

自宅の広い和室を改装し、絵画教室を開いたのは半年前。広告代理店でウェブデザイナーをしている友人に頼み、絵画教室のホームページを制作してもらい、生徒を募集した。

驚くことに、最初に入会してくれたのは詩音君だった。

彩芽が、絵の得意な詩音君に勧めてくれたようだ。なにか助けになれないかと気を揉んでくれているのが伝わってきて、気づけば彼女に感謝している自分がいた。

入会してくれた生徒は、ふたりだけだった。まずは絵の楽しさを知ってもらうため、基本になるデッサン画の描き方を教えた。イーゼルにスケッチブックを置き、モチーフの果物を鉛筆でデッサンしてもらう。小学生の詩音君は当たり前だけれど、もうひとりの中学生も立体的に描けなかったので、まずは様々な角度からモチーフを観察させ、果物の大きさ、色、質感、影はどこにあるのかを答えてもらった。

遠近法を利用して立体的に描けるようになるのは、もっと先でいい。まずは自分が創造した世界を描く楽しさを知ってほしかった。

中学で美術教師をしていたというのが親御さんの安心に繋がり、半年経った今では、生徒は十人に増えた。初めは油絵の描き方も知らなかった生徒たちが、今では絵筆だけでなく、ペインティングナイフを利用し、複雑な表現ができる生徒も多くなった。

深い罪の意識は完全には拭い去れない。けれど、絵画教室を続けるうち、生徒たちの明るい笑顔や人の善意に支えられ、どうにか人生を立て直し、少しだけ前向きに生きられるようになった。

窓の外から忌まわしい蟬の鳴き声が響いてくる。

いちばん苦手な季節――。

娘が事故に遭った日も、うるさいほど蟬が鳴いていた。木陰にいても汗が噴きだすような暑い日だったのを覚えている。

静けさに包まれた絵画教室に、鉛筆の擦れる音が響いていた。

どうしても詩音君に目がいってしまう。

娘が生きていれば、詩音君と同じ小学四年生だった。いつもは娘のことばかり考えてしまうのに、今日は見たこともない良世の姿に思いを馳せた。

勝矢と良世、彼らはどのような親子だったのか——。

裁判の判決にもよるけれど、現状から考えれば再び父親と暮らすのは難しいだろう。

この世に誕生して間もなく母親を亡くし、父親は殺人の容疑者になっている。過酷な運命を背負ってしまった少年が、不憫（ふびん）に思えてならなかった。

事件が発覚してから数日後、勝矢の自宅から発見されたもうひとりの遺体の身元が判明した。

一年半ほど前から行方不明になっていた福島県の竹川優子（たけかわゆうこ）さん。テレビ番組の情報によると、事件当時、彼女は七十八歳で、認知症を患っていたようだ。ときどき徘徊し、家に戻らないことがあったという。司会者の男性が神妙な面持ちで「ＣＭのあと、事件の概要を詳しく見ていこうと思います」と伝えると、柔軟剤のＣＭに切り替わった。

そのとき、家のチャイムが鳴り響いたので、私は慌ててテレビを消し、玄関へ急いだ。

ドアを開けると、五十代半ばくらいの男性が立っている。彼は左手に大きなビジネス鞄を持ち、うだるような暑さなのにジャケットを着ていた。人のよさそうな笑みを浮かべ、額の汗をハンカチで拭いている。

その姿に、妙な引っかかりを覚えた。

ベビーピンクのハンカチは、可愛らしい苺柄だったのだ。生地を縁取るようにレースが施されている。彼にはひどく不釣り合いなものに感じた。

男性は軽く頭を下げてから明瞭な声で挨拶した。

「わたくしは児童相談所の二之宮と申します」

渡された名刺には児童福祉司、二之宮幸治と書いてある。役職は副所長だった。

児童相談所の職員と面談する予定になっていたので、二之宮の訪問に疑問は覚えなかったけれど、個人宅に副所長が出向いてくれることに驚いた。

兄が、県議会議員の義父は子どもに関わる支援活動をしている、と言っていたのを思いだした。もしかしたら、義父と関係の深い人物なのかもしれない。そう思うと緊張が走る。

玄関で簡単な挨拶を済ませてから家にあがってもらった。

ソファに腰を下ろしてからも、二之宮は忙しなくハンカチで汗を拭いている。

麦茶と和菓子をテーブルに置き、私もソファに座った。

「おかまいなく。でも喉がカラカラでしたので、とても嬉しいです」

二之宮は嬉しそうに麦茶を一口飲んで、「生き返りました」と微笑んだ。気難しい人が来るかもしれないと身構えていたので、人柄のよさそうな人物で安心した。

本来は兄も一緒に面談を受ける予定だったのに、ついさっき仕事の都合で行けないという電話が来たばかりだった。義父のこともあり、兄は良世の状況をひどく気にかけている。だから嘘をついているとは思わないけれど、心細さゆえの落胆は大きかった。

二之宮は朗らかな表情で口を開いた。

「お兄様のお話によりますと、葉月さんは教員のご経験があるようですね」

「中学で美術教師をしていました」

彼は安堵したような表情を浮かべ、鞄から書類を取りだした。

「それなら安心です。教育に関する知識もお持ちだと思いますし、頼もしい限りです」

なにが頼もしいのかよくわからないまま、私は「はぁ」と相槌を打った。

二之宮は少し険しい顔つきでこちらをまっすぐ見据えた。

「今回の事件は、初公判まで時間がかかると思います。そのうえ、良世君の父親が有罪となれば、重い判決が言い渡されるでしょう」

自宅からホルマリン漬けにされたふたりの遺体が発見されたのだ。もしも誰かに頼まれて遺体を預かっていたとしても、子を育てる親として不適格であるのは明らかだ。今後、良世が再び父親と暮らすのは難しいだろう。

二之宮は、少しきまりの悪そうな顔つきで言った。

「施設という場所は、職員の入れ替わりがあります。同じ職員がずっと担当するのが理想なのですが、そう簡単にはいかないものでして……良世君のように親に複雑な事情がある場合は精神的に支えてくれる大人の存在が必要です。ご親戚の方が養育してくださるのは誠にありがたいことで、いずれは養子縁組も考えてくださっているそうで感謝しております」

きっと、兄が養子縁組をするという方向で連絡したのだろう。

私は複雑な心境になり、思わず視線を落とした。

二之宮は迷いがあるのを見抜いたのか、理解を示すようにうなずきながら優しい声音で提案した。

「葉月さんがご不安にならないよう、我々もできるだけサポートしていきたいと考えています。良世君の母親は亡くなり、父親は拘禁により養育できないため、まずは親族による養育里親として一緒に生活してみてはどうでしょうか」

娘の命を守れなかった私は、養育者として適任なのかという精神的な面ばかりが気になり、法的な制度についてまで考えが及ばなかった。

二之宮はそれを見越していたのか、茶封筒から里親に関する一連の流れや注意事項が書かれた紙を渡してくれた。

里親になるには研修が必要だという。私は親族であり、三年以上の教員経験があるため、多くの研修が免除され、登録前研修の講義のみ受講すれば済むようだった。

養育に関する説明には受診券、住民票の転出・転入手続き、学校の転入手続き、里親姓を通称姓として使用するときの注意点などが書かれている。

二之宮は一つひとつ丁寧に説明してくれた。

「これから病気になることもあるでしょう。そのとき大切になるのが、受診券というものです。受診券は健康保険証の代わりになるもので、病院に行かれたときに提示しますと、里親の負担がなくなります」

良世は複雑なケースなので、転入手続きに関しては、児童相談所の職員が学校へ同行し、今後の対策や注意点などを伝えてくれるという。また、父親と同じ姓を名乗るのは問題があるため、学校でも里親の通称姓を使用するようにしたほうがいいと教えてくれた。

ハンカチで汗を拭いていたときとは印象ががらりと変わり、穏やかだけれど、わからないことを的確に説明してくれる姿が頼もしく映った。

二之宮は励ますような口調で言った。

「もうすぐ小学校は夏休みに入りますので、手続きに関しては少しずつ処理していきましょう」

私は「ありがとうございます」と深く頭を下げた。まだ始まったばかりなのに、もう既に泣きたい気分だった。

二之宮はタイミングを見計らったように、いちばん知りたい情報を口にした。

「新潟の児相に勤務する医師に診てもらったところ、良世君に虐待の形跡はなく、健康状態も問題はないようなので、その点に関しては安心してくださいね。現在は児童心理司と面談し、これまでの養育環境などの調査も行っております。同時に警察からの事情聴取にも協力してもらっているという報告を受けています」

「警察が……良世に事情聴取しているんですか」

「心配なさらないでください。未成年者を取り調べると人権問題にも発展しかねませんので、必ず職員が付き添いますし、警察も病院関係者を装い、慎重に対応しているようです。今後、もしも父親の事件について知らない場合は、もう少し大人になるまで詳細な内容は伝えないほうがいいと思います。それについては精神的なケアも含め、担当の職員から連絡がありますので、日を改めてお伝えしますね」

二之宮は室内に視線を走らせ、棚に置いてあるノートパソコンに目を留めた。「もう事件についてインターネットでお調べになっているかもしれませんが、もしかしたらこれから良世君に関する個人情報が書き込まれる可能性があります。もしも発見したときは、すぐに我々か警察に連絡してください」

つまり、常にネット上の書き込みに目を光らせ、注意しなければならないということだ。

漠然とした不安が胸に宿り、私はすぐに質問した。

「ネットに個人情報を書き込まれたとき、どうしたらいいのでしょうか」

「サイト運営者に対して、発信者情報の開示請求ができますが、自宅の住所などを晒された場合は転校を考えてもらったほうがいいでしょう。幾度か転校を繰り返し、居場所が特定されなくなるケースもありました」

あっさりした口調は、加害者家族の対応に慣れているのを物語っているようだった。

「引っ越し……転校先はどのように見つけたらいいのでしょうか」

「我々が教育委員会に相談し、良世君の行き先を一緒に考えます。これからこちらに引っ越してきて学校も変わりますから、問題なく過ごせる場合もありますので、今はあまりご心配なさらないでください」

矢継ぎ早な質問にも彼は嫌な顔ひとつ見せず、鷹揚(おうよう)な態度で答えてくれた。

二之宮は帰り際、「困ったことがあれば、専門の職員もおりますので、どのようなことでも気兼ねなくご相談ください」と励ましてくれた。

静けさに包まれた部屋に響く秒針の音は、毒を含んだ水滴のようだった。

カチカチカチ、時計が時を刻むたび、部屋に負の感情が降り積もっていく。多くの質問を投げ、二之宮に励まされたときは、なんとかやっていけるのではないかという強い気持ちになれた。けれど、ひとりになった途端、不安の洪水に呑み込まれてしまいそうになる。

私ひとりで、彼を守れるだろうか――。

姉は、勝矢を心から愛していた。だからこそ結婚相手として選んだのだ。そう思ったとき、ある疑問が頭をかすめた。

そもそも彼は、本当に人を殺したのだろうか？

被害者のひとりは、まだ幼い子どもだった。それが勝矢の犯行ならば、良世は殺人犯に育てられたことになる。私は性善説も性悪説も信じていない。どちらかといえば、生後どのような人に出会うかで人格は変容していくと思っている。

それならば、殺人犯に育てられた少年は――。

ネット上に書き込まれていた『悪魔の子』という言葉が脳裏をよぎった。

無責任に投げられた言葉なのに、それを気にしてしまうのは、心のどこかで加害者の息子だという警戒心を抱いているからではないだろうか。自分の本心を垣間見た気がして、胸がどんよりと重くなる。

二之宮は、私が教員だったのを知っていた。けれど、体裁のいい経歴だけでなく、娘の事故については聞いているだろうか。自分の娘の命さえ守れなかった母親。その事実を耳にしたら、養育者として適任ではないと判断される可能性もある。

気持ちが急速に沈んでいく。疲れているはずなのに、深夜を過ぎても目は冴えていた。眠れないだろうと思いながらも寝室に向かい、ベッドに横になった。

一時は感情的になってしまったけれど、冷静になれば、息子がいるから引き取れないと言った兄夫婦の気持ちも理解できる。

美咲希が生きていたら、私も良世を引き取れなかったかもしれない。奇妙な縁を感じずにはいられなかった。

お姉ちゃん、教えて。良世はいい子？　どんな子なの？

どれほど時間が経っても返事はもらえず、枕に涙が染み込んでいくだけだった。

翌週、登録前研修に空きがあったため、養育援助技術や発達心理の講義を受講した。そのあと兄から連絡があり、良世は三日後に私の自宅に来ることになった。

警察や児童心理司との面談の結果、良世は父親の犯行については知らないという結論に至ったようだ。二之宮からの報告によれば、遺体が置いてあった部屋は施錠され、中には入れないようになっていたという。

幸いにもトラウマになるような場面は目撃せずに済んだのかもしれない。けれど、子どもながらに不穏なものを感じ取っていた可能性もある。自宅に遺体を遺棄していたのは事実なのだ。子どもは大人が思っている以上に鋭い観察力を持っている。

専門家の判断に安堵を覚える一方で、素直に受け止められない気持ちも潜んでいた。疑念を抱いてしまうのは、他にも問題が生じていたからだ。

良世は声をだせるはずなのに、慣れていない相手とはあまり会話ができないという。どうやら場面緘黙(かんもく)の症状に苦しんでいるようだった。施設の職員から質問を受けるたび、口頭で会話を交わすのが難しいため、彼はノートに書き込んで自分の気持ちを伝えているそうだ。

小学校のクラス担任の話によれば、事件後に発症したのではなく、以前から抱えているものので、発語に関する器官に問題はないため、いずれ話せるようになるという。二之宮から聞かされた現状は、想像以上に不安要素が多かった。

私は里親研修を終えたあと、二之宮と一緒にこれから良世が通う小学校を訪問した。

「良世は、父親に会えないことを寂しがっていませんか」

小学校への道中、私が気がかりだったことを尋ねると、二之宮は校門の前で足を止め、少し困惑した表情で答えた。

「一時保護所の職員の話によれば、一度も父親について質問してくることはなかったようです」

「親のことが気にならないのでしょうか」

「そうではなく、我々の説明を信じているからだと思います」

職員たちは、『お父さんは具合が悪くなり、病院に入院することになったので、しばらくは一緒に暮らせない』と良世に伝えているようだ。

二之宮は補足するように説明した。

「実際、これまでもお父さんは急に体調を崩すこともあったようで、今の段階では、病院に入院しているという話を信じてくれているようです」

「それって……南雲勝矢は本当に体調が悪いということですか」

「身体に問題はないのですが、少し心を病んでいたようです」

「心を？」

「まだ捜査段階なので……」

詳しい話はできないのか、二之宮は言いづらそうに語尾を濁した。

私もそれ以上は質問できず、黙したまま再び歩を進め、校門を抜け、校内にある受付まで向かった。

受付の女性に来意を告げると、男性教諭が応接室まで案内してくれた。

案内してくれた男性は、良世のクラス担任になる教諭、木下（きのした）先生だった。二十代半ばで華奢（きゃしゃ）な体型。控えめな目鼻立ちのせいか、気の弱そうな印象を受けた。

学校は夏休みに入っていたため、子どもたちの姿は見当たらない。普段なら歓声で賑わっているはずの廊下も、寂しいほど静まり返っている。

廊下の先にある応接室に入ると、恰幅（かっぷく）のいい校長がソファを勧めてくれたので、簡単な挨拶を済ませてから二之宮と並んで腰を下ろした。

校長は励ますような声で、「父親の事件については、まだ知らないようですが、生活環境が変わり、良世君はとても緊張しているでしょう。我々もしっかりバックアップし、みんなで良世君が過ごしやすい環境を整えていきたいと思っています」という言葉をくれた。

木下先生も深く同意するようにうなずいている。

微かに胸が痛んだ。自分が教師だったとき、重い問題を抱えている生徒に対して、こんなにもあたたかい言葉をかけられただろうか。自らが窮地に陥ったとき、教師のあるべき姿について考えさせられた。

学校側の真摯（しんし）な対応に励まされ、私は「順調に学校生活が送れるよう、どうか良世のことをよろしくお願いします」と深く頭を下げた。

話し合いの結果、新しい小学校には、夏休み明けの二学期から転入することになった。

学校生活を送るうえでの合意事項も取り決めた。ひとつは実姓の南雲ではなく、私の苗字の『葉月』で呼ぶこと、もうひとつは児童の保護者たちに対して、「父親が体調を崩して入院したため、一緒に暮らしている」と伝えることを取り決めた。親の中には、なぜ転校してきたのか執拗に質問する人もいるという。話が食い違うと悪い噂が立つので、慎重に対応したほうがよさそうだった。

良世が家に来る日、私は落ち着かない時間を過ごしていた。

到着する時間は、午後二時――。

事件が発覚してから十三日が過ぎていた。

約束の時間まで、ひたすら部屋の掃除をし、紅茶のシフォンケーキを焼き、ネットで小学生の男の子が好きな食べ物や漫画などを検索して過ごした。

自宅の二階には部屋がふたつある。ひとつは美咲希が使用していた部屋。その隣を良世の部屋にしようと考えていた。

まだ九歳の少年だ。暗い夜が怖いときは、本を読んで寝かしつけてあげよう。なにも心配はいらないとたくさん声をかけてあげたい。

不思議だけれど、あれほど心配だったのに、いざ良世が家に来ると思うと胸に高揚感が湧いてくる。

棚から真新しいノートを一冊取りだし、ペンを走らせた。

7月27日　晴れ
お姉ちゃん、今日は初めて良世に会います。
不安や希望が混在していて、落ち着かない時間を過ごしています。
これからときどき日記を書きますね。
悩んだときは、いろいろ相談させてください。
いつか返事をもらえたら、とても嬉しいです。

私は自分を戒める(いまし)ためにも日記を書くことにした。
もう二度と同じ過ちを繰り返したくない。これからは自分の気持ちを日記に書き込み、心の中の姉に相談しながら、良世の成長を見守ろうと決意した。
死者から返事が来る日記帳があればいいのに——そんなあり得ない妄想に耽って(ふけ)いると家のチャイムが鳴り響いた。

壁時計に視線を移すと、もう午後二時を過ぎている。

新鮮な興奮を覚えながら廊下を駆け抜け、大きく息を吸って玄関のドアを開けた。

蟬の喧(かまびす)しい鳴き声が耳に飛び込んでくる。

目の前には、笑顔の兄と二之宮の姿があった。

二之宮は相変わらず、噴き出る汗を苺柄のハンカチで拭っていた。兄はボストンバッグとラベンダー色のランドセルを抱えている。

彼らに隠れるようにして、うつむいている少年の姿が見えた。

少年はライトグレーのシャツにオフホワイトのチノパン姿。細くてさらさらした髪は少し長めで、腕は驚くほど真っ白だった。事件後、外に出ていないのかもしれない。同年齢の詩音君に比べても身長は低く、身体つきもずいぶん華奢だった。

「暑い中、本当にありがとうございます」

私が二之宮に礼を述べると、良世はゆっくり顔を上げた。

目の前の光景に放心した。

蟬の音がすっと遠のき、身体が凍りついたように固まってしまう。

少年の顔から目が離せなくなる。

良世は、幼い頃の姉にそっくりだった。目は大きいけれど、鼻や口は小さく、お人形のような顔をしている。無言のまま、こちらを警戒するように上目遣いで見ていた。とても可愛い子だった。

私が挨拶しようとして近づくと、良世は怯えたように一歩退いた。けれど、顔は無表情で、まったく感情が読み取れない。

「はじめまして。葉月翔子です。良世のお母さんの妹です」

そう挨拶しても、少年は上目遣いでこちらを窺うように眺めているだけだった。

私は気を改めてみんなに声をかけた。

「どうぞおあがりください」

「良世君、一緒に家にあがらせてもらおう」

二之宮がそう促すと、良世は嫌がる素振りも見せず、三和土（たたき）に足を踏み入れた。使い古されたスニーカーを脱いで、緩慢な動きで上がり框（かまち）にそっと足を置く。真っ白な靴下。

その小さな足を眺めていると、近寄ってきた兄が耳元で囁（ささや）いた。

「困ったことに、車の中でも一言も口をきいてくれなかった。でも、慣れてくれれば大丈夫だろう」

事前に場面緘黙症の話は聞いていたので、私は黙ってうなずいた。

なにか視線を感じて目を向けると、異様な光景に心が乱れた。

良世が大きな目を細めている。彼の顔に敵意の色が滲んでいるように見えた。兄が小声で話していたのが気に入らなかったのだろうか。いや、深い意味はなく、緊張のあまり顔が引きつってしまっただけかもしれない。

兄と二之宮は、彼の変化に気づいていないようだった。ふたりは気にする様子もなく、「今日も暑いですねぇ」と気温の話をしている。

目の端で様子を窺うと、良世は無表情に戻っていた。

彼の周りだけ寒々しい空気が漂っているような気がする。

リビングで雑談をしているときも、ソファに座っている良世は身動きひとつしない。二之宮から話しかけられても、微かにうなずいてみせるだけだった。姿勢はいいのに生気のない人形のようで、こちらも対応に戸惑ってしまう。子どもらしさというものが欠けている気がした。中学生よりも、はるかに大人びている。

悪く考えすぎだろうか……どこか感情が欠落しているような気がしてならなかった。

オレンジジュースとシフォンケーキをテーブルに置いても、良世はどちらにも手を付けようとしない。「どうぞ」と勧めてみると、わずかに首を振る。おそらく「いらない」という意思表示だろう。

「翔子、これから良世が使う部屋を案内してやれよ。俺は車から残りの荷物を持ってくる」

兄にそう言われ、はっとした。

洗面所で手を洗わせていないことに気づいたのだ。娘には手洗いやうがいを身につけさせるために口うるさく言っていたのに、まだ親として対応するのが難しかった。

私はボストンバッグとランドセルを手に持つと声をかけた。

「家の中を案内するから一緒に来てくれる？」

良世は鈍い動きで立ち上がると、素直にあとをついてくる。

少し前を歩き、「ここがトイレで、こっちのドアの向こうが洗面台」と説明していく。

ドアを開けると、良世は私の横をすっと通り抜けて洗面台の前に立った。なにも言っていないのに、ポンプ式の泡の石鹸を手にのせ、丁寧に洗い始めた。まるでアライグマのように素早く小さな掌をすり合わせている。

もしかしたら、手を洗っていないから食べなかったのかもしれない。勝矢は、躾や教育に熱心な父親だった可能性もある。

「ちゃんと洗えるなんて偉いね」

私が声をかけても、黙々と洗い続けている。その姿は切迫感に満ちていた。

良世は泡を流し、掛けてあるタオルで手を拭いてから、確認するような瞳でこちらを見上げてきた。もう一度「偉いね」と言いながら頭を撫でようとすると、彼は避けるように廊下に飛びだした。

故意に避けたのかどうか判然としないけれど、にわかに胸がざわつく。

気を取り直して、二階に続く階段をのぼり、廊下の突き当りの部屋に案内した。

「ここが良世のお部屋」

ベッドは娘が使用していたものを移動し、ベッドカバーは青い生地に星が刺繍してあるものにした。他の家具はネットで注文して運び入れてもらった。勉強机も娘のものを使ってもらえばいいのだけれど、敢えて新しいものを購入した。美咲希の勉強机には思い出の品がたくさん並んでいたため、あまり動かしたくなかったのだ。

良世は廊下に立ちすくみ、いつまで経っても部屋の中に入ろうとしない。澄んだ双眸で、警戒するように部屋をぐるりと見回している。唇を引き結んだまま、ぎゅっと両拳を握りしめていた。

なにか気に入らないものがあるのだろうか――。

よく観察していると匂いを嗅いでいるような仕草をしている。まるで野生動物が、敵がいないかどうか様子を窺っているようだ。

「リビングに戻ろうか？」

無理やり部屋に入らせるのは憚られたので声をかけてみた。

良世は大きな瞳でじっと私を見据える。

「どうしたの？」

彼はなんでもないというふうにかぶりを振り、階段のほうに向かって歩き始めた。

ランドセルとボストンバッグを部屋に残し、私も慌てて廊下に出た。すると、良世は娘の部屋の前で佇(たたず)んでいた。

「この部屋は……大事な荷物が置いてあるから入らないでね」

そう言うと、彼の顔に緊張が走った。

私は慌てて部屋のドアを開けた。

「心配しないで。ここは娘が使っていた部屋よ。でも……車の事故で亡くなってしまって、それで……今はいないの」

動揺を気取られないように懸命に説明した。これから一緒に生活するのに、嘘はつきたくない。

秘密の部屋があるのは、子どもにとって不安要素になるかもしれない。この家にあなたが怖がるものはない、そう伝えたかったのだ。

良世の肩が少しだけ丸くなった気がする。

しばらく娘の部屋を眺めたあと、小さな足で階段を下りていく。あまり急勾配な階段ではないけれど、足を滑らせないか心配になってしまう。

私は喉元まで出かかった「気をつけてね」という言葉を呑み込んだ。突然、背後から声をかけたら、驚かせてしまうかもしれないと思ったのだ。

娘を失ってから、極端に臆病になっている自分に気づき、思わず口から溜息がこぼれた。


ふたりだけの部屋は静寂に包まれていた。

兄と二之宮が帰ってから、気詰まりな沈黙が続いている。正面のソファには生身の人間ではなく、少年のマネキンが座っているようで、一時も心が休まらなかった。

良世は相変わらず、ジュースにもシフォンケーキにも手を伸ばしてくれない。様々な質問を投げてみるも、感情の読めない顔で黙りこくっている。

どのように接したらいいのだろう――。

小学校は夏休みのため、しばらくは日中もずっと一緒にいなければならない。会話ができないことを考えると先が思いやられた。

場面緘黙症ならば、慣れてくれれば声を発してくれるかもしれない。私は諦めず、期待を込めて尋ねた。

「良世のいちばん好きな食べ物を教えて」

どれだけ待っても返答はなく、辺りには秒針の音だけが虚しく響いていた。

質問の意味はわかっているはずなのに、彼はこちらを観察するように眺めているだけで口を動かそうとしない。まるで言葉の通じない異国の子に尋ねているような気分になる。

私は立ち上がると、棚の引き出しから筆記用具と紙を取りだした。声で伝えられないのなら、文字で会話をしようと考えたのだ。

「いちばん好きな食べ物を書いてみて」

ジュースとシフォンケーキを端によけてから、テーブルに紙と鉛筆を置いた。

良世は身動きひとつせず、真っ白な紙に視線を落とした。長い睫毛（まつげ）が微かに震えている。

彼は唾をごくりと飲み込むと、おもむろに腕を伸ばして鉛筆をつかんだ。人差し指、中指、薬指の爪床（そうしょう）が露出するほど、爪が短く切られているのが気になった。

しばらく迷ったあと、良世は掃くようにサッと鉛筆を動かし、すぐに手を止めた。どこか思案顔で、紙を凝視している。何を描こうか迷っているのかもしれない。こちらが注目していると書きづらい気がして、私は立ち上がり、兄たちのグラスを片付け始めた。

心配になり、カウンターキッチンから様子を窺うと、先ほどまでとは打って変わって夢中で鉛筆を動かしていた。その姿を見て、少しだけ心が軽やかになる。声がだせなくても気持ちを伝える方法はあるのだ。

私は逸る気持ちを抑え、洗い物を終わらせてからソファに腰を下ろし、テーブルに視線を向けた。その直後、驚きのあまり、紙を素早く手に取っていた。

紙の中央には、写実的な絵が描いてある。有名なメーカーのカップアイス。味はストロベリー。誰もがすぐにわかるほど秀逸な絵だった。しかも原寸大で、まるで念写したような出来栄えだ。

胸が躍り、高鳴ってくる。良世は絵が得意なのかもしれない。いや、得意というレベルを超えている。美大生ならともかく、彼はまだ小学四年だ。

もしかしたら、先天的に高度な能力を持つ、ギフテッド？

それとも、誰かに絵を習っていたのだろうか。大人でも習得するのに時間がかかるのに遠近法を利用し、短時間で立体的に表現している。描く姿を間近で見ていなかったのをひどく後悔した。

「とても上手なんだね。どこかで絵の勉強をしたの？」

平静を装いながら尋ねると、彼はさっと視線をそらし、顔を伏せてしまった。腿の上で拳を握りしめ、肩を強張らせている。

どれだけ待っても返答はなく、再び静かな時間が流れていく。

良世も絵画教室に参加させよう。そうすれば生徒を教えている間、ひとりぼっちにしないで済む。湧き立つような感動を覚え、私は興奮していた。

そういえば、姉のいちばん好きな食べ物はアイスだった。しかも決まって手に取るのはストロベリー味。ささやかな相似点なのに、姉との血の繋がりを感じられて嬉しくなる。

ふいに、視線を感じて良世に目を向けると、彼はじっとこちらを見つめていた。

私はできるだけ優しい声音で尋ねた。

「ストロベリーアイスが好きなの？」

勘違いかと思うほど、良世は微かな動きでうなずいてみせた。その反応が嬉しくて質問を重ねた。

「飲み物はなにが好き？　また紙に描いてみて」

良世の唇が乾燥していたので、なにか飲んでほしかったのだ。絵を描く姿を見たいという気持ちも心に潜んでいた。

ゆっくり鉛筆を持つと、しばらく考え込んだあと、期待に反して文章で「水です」と書いた。優れた絵とは違い、文字はバランスが悪くて拙かった。

少しがっかりしたけれど、水を絵で表現するのは難しいと思い至った。

とにかく答えてくれたのが嬉しくて、すぐに冷蔵庫に向かうとミネラルウォーターを取りだし、グラスに注いでからテーブルに置いた。

良世は喉が渇いていたのか、勢いよく飲み始めた。水が口からこぼれ落ちるのもかまわず、ごくごくと喉を鳴らして飲んでいる。先ほどまでの大人びた姿とは違い、野性的な雰囲気に戸惑いを覚えた。

口からこぼれた水が顎を伝ってシャツを濡らす。水を含んだシャツは、濃い灰色に変色していた。慌ててティッシュをつかんで手を伸ばして拭こうとすると、良世は私の手からティッシュを奪い取り、自分で撫でるように拭き始めた。

その乱暴な態度に、思わず言葉を失った。どことなく拒絶されたような気がして、切ない思いが胸に込み上げてくる。

私は冷静さを装い自然な口調で尋ねた。

「着替えはある？」

良世は少し間を置いてから無表情でうなずいた。

私は立ち上がると「着替えを持ってくるね」と言い残して廊下に出た。

ずっと胸がざわついている。まだ慣れていないだけだ。そう自分に言い聞かせながら、階段を上がり、良世の部屋に駆け込んだ。

机の横に置いてあるボストンバッグを開ける。中から服を取りだしているとき、強い違和感を覚えた。

服、下着、靴下の色は、白か灰色。しかも柄やキャラクターの絵はいっさいなく、すべて無地だった。娘はピンクやオレンジなどの暖色系が好きだったけれど、もしかしたら良世はシンプルなデザインが好みなのかもしれない。

どれも特徴がなく、色も似ているから同じ服に思えてしまう。

ボストンバッグのいちばん上にあったシンプルなシャツを手に取り、部屋を出ようとしたとき短い悲鳴が口からもれた。

部屋の前に良世が立っていたのだ。足音はまったく聞こえなかった。

こちらの狼狽をものともせず、彼は能面のような顔つきで立っている。

「びっくりした。二階に上がってきたんだね」

私は動揺を悟られないように手招きし、「自分で着替えられる？」と訊いた。

海が空の色を真似るように、子どもは大人の感情を敏感に感じ取り、強い影響を受けてしまう。できるだけ穏やかな対応を心がけるのに必死だった。

良世は部屋に足を踏み入れると、そっとシャツを受け取り、手伝ってあげなくてもボタンを器用に外して着替え始めた。

胸がチクリと痛んだ。生前、娘の着替えを手伝うことがあった。生きていれば良世と同じ九歳になり、着替えもひとりでできるようになっていただろう。亡くなった年齢で時間が止まってしまったせいか、つい五歳児と同じ扱いをしてしまいそうになる。

着替え終えてから、再びリビングに戻ると、私は提案した。

「これから一緒にアイスを買いに行かない？」

良世は力強く首を縦に振った。

感情の起伏が少ない子なので、反応してくれるだけで嬉しくなる。

夕方になってもまだ日射しは強かった。

引き出しに夫が使用していたキャップがあったので、サイズを調節して被ってもらうことにした。いちばん小さいサイズにしても少し大きいけれど、あまり不自然ではなかった。子どもの頭のサイズは大人とそれほど変わらないのか、それとも良世の頭が大きいのだろうか。そういえば、彼の服や靴のサイズも知らなかった。これから生活していくうえで、足りないものが出てくるかもしれない。近いうちに一緒に買い物に行こうと私は胸の内で計画を立てた。

とりあえず、今日は近くのスーパーで良世の好きなものを買って帰ろう。

一緒に買い物に行けば、喋れなくても、籠にほしいものを入れてくれるかもしれない。久しぶりに気持ちが高揚していた。誰かと買い物に行くのが、こんなにも楽しいのかと自分に呆れる思いだった。

ふたりで並んで幅の広い歩道をのんびり進んでいく。できるだけ街路樹の日陰を選んで歩いた。いつもなら不快になる蝉の鳴き声も、さほど気にならなかった。

良世の歩幅に合わせてゆっくり進む。この歩道を歩いていると、美咲希の笑顔を思いだしてしまう。娘は機嫌のいいときは、繋いだ手を前後にゆらゆら揺らして、アニメソングを口ずさみながら歩いていた。

歩道の横は交通量の多い車道だったので、良世の手を握ろうとすると、まるで条件反射のように彼はさっと手を引いた。瞬きひとつせず、無表情を崩さない。

洗面台の前で頭を撫でようとしたときの光景がよみがえり、胸に暗い翳がじわじわと広がっていく。あのときも避けるような動きを見せた。水を拭こうとしたときもそうだ。

この子は、人に触れられるのが嫌なのかもしれない——。

ふいに、まっすぐ前だけを見据えていた良世が、ちらりと視線を移した。視線をたどると、仲のよさそうな父子の姿があった。彼らは手を繋いで楽しそうに歩道を歩いている。少年の父親は、夢中になって喋りまくる息子の姿を優しい眼差しで見つめていた。

良世は、父親と手を繋いで歩いたことはあっただろうか。あんなふうに無邪気に笑い、語り合うときはあったのか——。

知りたいことが次々あふれてくるのに、そのどれもが簡単には訊けない内容だった。

時間ならたくさんある。会話を増やし、ゆっくり良世について理解を深めていこう。

家から七分ほど歩くと、大型スーパーの店舗が見えてくる。

スーパーはガラス張りだったので、外から店内の様子が窺えた。客はいつもより少ないようだ。安堵が胸を満たしていく。知り合いに声をかけられたら、まだ慣れてない良世は戸惑ってしまう気がしたのだ。

自動ドアを抜けて店内に入ると、ひんやりとした空気が全身を包み込んだ。周囲にはスーパーのオリジナルソングが流れている。娘のお気に入りの歌だった。

ゆっくり買い物をしたかったので、ショッピングカートに手を伸ばしたとき、近くに良世がいないことに気づいた。

引いたはずの汗が一気に噴きだしてくる。

私は慌てて周囲に目を走らせた。

子どもの泣き声が聞こえ、そちらに目を向けると、まだ幼い女の子が入り口付近に倒れている。女の子が着ているのは鮮やかなオレンジ色のワンピース。見覚えのある服――。けれど、どこで目にしたのか思いだせなかった。

母親らしき人物が駆け寄ってくると女の子を抱き上げ、「転んじゃったの？　痛かったね」とあやしている。その隣に良世が佇んでいた。彼は凍りついたように固まり、目だけを動かして周りの様子を窺っている。なにかに怯えているようだった。

初めての場所が苦手で、動揺してしまったのかもしれない。

「大丈夫？」

入り口に戻って声をかけると、良世は我に返ったかのように私を見上げた。キャップの鍔で影ができているせいか、表情は暗く、心なしか顔色が悪いように思えた。

「具合が悪いなら、家に戻るから教えてね」

良世は「大丈夫」と言わんばかりに、自ら率先して店内に入っていく。

さっきまで顔色が悪かったのに、カートを押しながら買い物を始めた途端、良世の瞳に光が射したように感じられた。

「好きなものがあったら、籠に入れていいからね」

最近、慣れない環境に身を置き、我慢することも多かっただろう。今日くらいは、ほしいものをたくさん買ってあげたい。

店内をゆっくり回っていくと、良世は生前の娘と同じように、お菓子売り場の棚の前で立ち止まった。その子どもらしい姿が嬉しかった。

彼はいくつかチョコレートを手に取り、慎重に見比べている。

「チョコが好きなの？」

そう尋ねると、良世は首を横に振って否定する。

「それならどうしてチョコを見ているの？」

彼の行動のなにもかもがわからなくて、私の口から出てくるのは質問ばかりになってしまう。どれだけ待っても返答はなく、その場を動こうとしないので、しばらくしてから、もう一度声をかけてみた。

「ラム酒、ブランデー、どれもお酒が入っているチョコだね」

良世が「正解」と言わんばかりに顔を上げる。

つい声をだして笑ってしまう。まだ子どもなのに、洋酒入りのチョコレートをほしがるのがおかしかった。クールなデザインのパッケージには、小学生が惹かれる要素は見当たらないのに――。もしかしたら、前に食べたことがあるのかもしれない。

パッケージには『洋酒使用アルコール分３％』と書かれている。

ふいに、ある疑問が芽生えた。

同い年くらいの子を持つ親は、洋酒入りのチョコレートを買ってあげているのだろうか。

そこまで考えて、思わず苦笑してしまう。娘を失ってから、苦い記憶が呼び覚まされるたび、私は縋るようにアルコールにしがみついた。そんな人間が洋酒入りのチョコレートを買おうかどうか迷っているのが滑稽に思えてくる。

スマホを取りだして検索してみた。お酒入りのチョコレートは酒類ではないので違法ではないようだ。けれど、子育て相談サイトには、児童の中には顔が赤くなり、頭がぼんやりしてしまう子もいるため注意が必要だと書いてある。あまり勧めたくないけれど、こんなにもほしがっている姿を見てしまうと買ってあげたくなる。

「今までお酒入りのチョコを食べたことがある？」

私の問いかけに、良世は深くうなずいてみせた。

「そのとき具合が悪くならなかった？」

また黙したまま、彼は首を縦に振った。問題ないと言わんばかりに、瞳を輝かせて胸を張っている。

前に食べて問題がなければ、今回も大丈夫だろう。

「好きなお菓子を籠に入れて」

そう言うと、良世は手に持っているチョコレートをすべて籠に入れた。

特売の野菜を買い、最後に冷凍コーナーに寄ってから、リビングで描いていたアイスを探した。私がストロベリーアイスに手を伸ばそうとすると、良世は同じメーカーのチョコレートアイスをつかんで籠に入れる。

なぜ違う味を選ぶのだろう――。

絵に描いたのはストロベリー味だった。急にチョコレート味がほしくなったのだろうか。良世の視線をたどると、アイスケースの中に並んでいるストロベリーアイスをじっと見つめている。

「ふたつ買っていいよ」

いつもは緩慢な動きなのに、素早くストロベリーアイスをつかんで籠に入れる姿が可愛らしかった。私は抹茶アイスと娘が好きだったマカダミアナッツアイスを買うことにした。

良世を可愛いと思うたび、娘の顔がちらついてしまい、胸がひどく苦しくなる。

——ママは私のことは守ってくれなかったのに、新しい子どもを大切にするの？

そう言われている気がして陰鬱な気分になる。娘を失った哀しみを紛らわすために、姉の子を引き取ったわけではない。けれど、どこかで責められている気がしてしまうのだ。すべては妄想だとわかっているのに、罪悪感が重くのしかかってくる。

愚かな妄想を振り払い、レジに向かった。

混み合う時間帯だったのに、運よくどこも空いている。レジの店員にドライアイス用のコインをもらった。会計後、専用の機械にアイスの入っているビニール袋をセットし、コインを投入してドライアイスを詰め込んだ。

良世が家に来てから、まだ数時間しか経っていない。それなのに買い物を終えて店を出る頃には、私の緊張感が少しだけ和らいでいた。気のせいか、来たときよりも足取りも軽く、見慣れた景色も鮮やかに映る。

歩道の街路樹の緑葉が、楽しそうにざわめいていた。髪を撫でる風が心地いい。

空を見上げると、分厚い雲が太陽を隠し、少しだけ涼しくなる。

街路樹の枝葉が大きく揺れ、風がふわりと良世のキャップをさらっていく。

次の瞬間、心臓が縮み上がった。

良世が帽子を追いかけて車道に飛びだしたのだ。私は即座に細い腕をつかみ、その勢いで彼をアスファルトに倒してしまった。

「急に飛びだしたら危ないでしょ！」

自分でも驚くほど大きな声を張り上げ、強く叱りつけていた。

倒れた良世はゆっくり上半身を起き上がらせ、こちらに顔を向けた。

思わず息を呑んだ。

良世の瞳に怯えの色が宿っている。娘が「ママ嫌い」と言ったときの瞳と重なってみえた。

彼の青ざめた頬には、擦り傷ができて血が滲んでいる。倒れたときに頬を擦ったのかもしれない。

サイズの合わないキャップを被らせたのは私だ。突然、自分の持ち物が風に飛ばされたら、安全確認を怠り、つい追いかけたくなることもあるだろう。

罪悪感と嫌悪感に襲われ、全身から力が抜けていく。私が「ごめん」とつぶやきながら手を伸ばすと、良世は避けるように身を引いた。

あの日と同じように、上空から恐ろしい音が降ってくる。禍々しい蟬の鳴き声——。鼓動が激しくなり、強い息苦しさを感じた途端、気が遠くなる。攻撃的な胸の鼓動とは異なり、辺りは静まり返り、外界の音が遠ざかっていく。私は地面にしゃがみ込み、浅い呼吸を繰り返した。

車の急ブレーキ音、片方だけ脱げた小さな靴——。

アスファルトに血溜まりが広がっていく映像がフラッシュバックする。

唐突に、どこからか「しょうこちゃん」という声が聞こえた気がして、ゆっくり顔を上げると、白い煙が目に飛び込んできた。昇華するドライアイスの向こうに、マカダミアナッツのアイスが転がっている。

突如、蟬の鳴き声が耳に戻ってきて、はっと我に返った。

私は慌てて周囲を確認する。歩道の隅に良世がいるのに気づいた。

ありえない光景に、背筋がすっと寒くなる。

良世の隣には、見知らぬ女性が立っていた。髪の長い若い女性。この街に引っ越してきたばかりで、知り合いなんていないはずだ。

息苦しいほどの胸騒ぎに取り憑かれ、うまく立ち上がれない。

良世は女性の手を握りしめ、こちらをじっと見つめている。芯の強そうな瞳。彼の薄い唇に冷酷な笑みが広がっていく。

胸に去来するのは絶望だった。声をだそうにも、舌がもつれて言葉が出てこない。

良世は大きな双眸を細め、心配する様子もなく、頬に笑みを貼りつけている。まるで動物園の檻の前で、母親と一緒に見慣れぬ動物を眺めているような姿だった。

## 4

7月31日　曇りのち雨
時間をかけて話し合えば、相手の気持ちが理解できるようになる。
それは真実なのでしょうか？
この先、どれほど心を尽くしても、お互いの気持ちが――。
私はそこまで書いてから、重苦しい溜息を吐きだした。

パタンと音を立てて日記帳を閉じる。時刻は午後の一時半。たった数行書くのに、二十分もの時間を費やしていた。

日々の出来事を日記に綴り、改善点を探すのは苦行のようだ。多くの時間を一緒に過ごしても、良世と心を通わせる方法を見つけられず、暗中模索している自分自身に愕然(がくぜん)とさせられる。

この家に来てから良世は、判で押したような生活を送っていた。

朝の七時に起床し、就寝は夜の十時。朝食を摂ったあとはなにもせず、ただひたすらリビングのソファに座っている。昼食後は、時計の針が一時を指すのを待って、すぐに二階の自室に行き、三時半まで夏休みの宿題を黙々とこなしていた。

漢字、計算ドリル、日記帳、自由研究などの宿題は、担任の木下先生が持ってきてくれたものだ。木下先生は全部できなくてもかまわないと言ってくれたけれど、心配は不要だった。

気になって部屋を覗いてみると、良世はすらすらと問題を解いていた。確認してみても間違っているところはひとつもない。姉に似たのか、とても賢い子だった。

一緒に暮らし始めて五日目——。

まだ声はだせないので質問の答えはノートに書いてもらい、根気よく会話を続けてきた。幾度か質問を繰り返すうち、良世の得意なものはパソコンだと気づき、長く話したいときはノートパソコンに入力してもらうようになった。小さな手で器用にキーボードを打つ姿は大人顔負けのところがある。小学一年からパソコンの授業があり、三年から入部できるクラブ活動では、パソコンクラブに所属していたらしい。

デスクトップには、メモ帳が保存してある。メモ帳のファイル名は『良世回答』。私はクリックしてメモ帳を開いた。

〈青です、ハンバーグです、牛乳です、理科です、わかりません、雨です、パソコンです、わかりません、夜です、わかりません、国語です、スポーツです、わかりません〉

躾が厳しかったのか、良世は必ず「です・ます調」の敬体で答える。故意なのか判然としないけれど、大事な質問を投げると、決まって「わかりません」という言葉を多用する。だからどれほど質問を重ねても、見えてくるのは表面的なものばかりだった。顔色ひとつ変えないため、表情からも胸の内を窺い知ることはできない。いつまで経っても心理的距離を縮められないままだった。

インターネットに接続し、ポータルサイトにアクセスすると、トップページに掲載されている新しいニュースをクリックした。ここ最近は良世がいない時間を見計らって、勝矢の事件について検索するのが日課になっていた。

勝矢の勤務先の薬局では、薬剤師の有資格者が彼だけだったため、仕入れや在庫管理をひとりで担当していたらしい。ホルマリンは劇物に指定されていて購入時の手続きが面倒だったため、勝矢は客から注文を受けた際に実際の数よりも多く発注し、余剰商品を自分で買っていたようだ。他にも睡眠薬などを盗んでいたという内容も掲載されている。

留置場にいる勝矢は、未だに黙秘を続けているので、まだ真相は判明していないようだ。けれど、ニュースの記事を読んでいると、彼が犯人だと示している内容ばかりだった。

続けて良世の個人情報が書かれていないか検索してみる。

徐々に肩の力が抜け、安堵の息をついた。大丈夫、どこにも晒されていない。ほっとしたのも束の間、しばらくこの作業を続けるのかと思うと気が遠くなる。

家のチャイムが鳴り、慌てて壁時計に目を向けると、児童相談所の職員が家庭訪問に来る時間だった。

玄関へ急ぎ、ドアを開けると二之宮の屈託のない笑顔が目に飛び込んできた。

彼はいつものように、苺柄のハンカチで汗を拭いている。その飾り気のない姿を目にして、波立っている心が鎮まっていくのを感じた。

ひとりでは解決できない問題も、二之宮に相談したら謎が解けるかもしれない。

リビングのソファに座ってもらうと、私はカウンターキッチンでアイスコーヒーの準備をしながら現状を伝えた。

「ときどき事件の報道が流れるので、テレビのリモコンは棚に隠し、パソコンも使用できないようにパスワードを設定しているんです」

二之宮は深くうなずいたあと、穏やかな声で訊いた。

「良世君は、テレビを観たがりませんか？」

「一度も観たいとは言いません。もしかしたら我慢しているのかもしれませんが、観たい番組はないか尋ねてみても、黙って首を横に振るばかりで……」

あれほど悩んでいたのに、表面的な話ばかりが口からこぼれていく。肝心なところを省いているのは自分自身なのに、私は焦りに似た感情を覚えていた。それでも無難な言葉を続けた。

「あの子は暗闇も怖くないみたいで、夜もひとりで寝ているんです」

「良世君は強い子ですね。テレビやネットに関しては、わたしも慎重になったほうがいいと思っています。会話のほうはどうでしょうか？」

「まだ声はだせません。でも、最初は筆談でやり取りしていましたが、最近はパソコンに入力してもらっているんです」

「葉月さんがパソコンを教えたんですか」

二之宮は目を丸くしながら尋ねた。

私はテーブルにアイスコーヒーとチーズタルトを置き、ソファに腰を下ろしてから答えた。

「以前、小学校のパソコンクラブに所属していたようで、もともとタイピングが得意だったんです」

「素晴らしいですね。今は小学生向けのパソコン教室も流行っているようなので、頼もしい限りです」

褒められ続けているせいか、なかなか本題に入れなかった。ここ数日の良世の奇妙な行動を言葉にするのはとても難しい。胸にある不穏な予感をどう説明すべきか考えあぐねてしまう。

静かな部屋に、雨粒が窓を叩く音が響いてくる。

交わす言葉も見つからないまま重く気詰まりな時間が流れていく。

グラスの氷が溶けてカランという音を立てた。それを合図にしたかのように、二之宮は世間話をするような軽い口調で言った。

「この世界には、完璧な親も人間もいません。わたしもすべての問題を解決できるほど優秀ではありませんが、なにかお困りのことはありませんか」

こちらの胸中を読み取ったのか、それとも家庭訪問をする際の決まり文句なのかわからず、少しだけ戸惑いを覚えた。

私はうまく説明できなくてもいいと自分に言い聞かせ、これまでの良世の不可解な行動を正直に伝えることにした。話しているうち、混乱がさらに深くなっていく。だんだんと自分は養育者として不適格なのではないかという感情が湧いてきて無力感に苛まれた。

思案顔の二之宮は、少し間を置いてから口を開いた。

「その不可解な行動は『試し行動』のひとつかもしれませんね」

以前、二之宮からもらった資料にも書いてあった。

試し行動とは、子どもが新しい養育者に対して反抗的な態度を取り、自分を大切にしてくれる人物かどうか見極める行為だという。親と信頼関係が結べない環境で育った子どもは、新しい家庭に迎え入れられたとき試し行動をする場合もあるようだ。

私は一抹の疑念がよぎり、思い切って尋ねた。

「父親とは……これまで彼らはどういう親子関係だったのでしょうか」

「前の学校の担任の話によりますと、お父さんは会社を休んで積極的に授業参観や運動会にも参加してくれていたようです」

「つまり、よき父親だったということですか」

「表面的には問題はなかったようですね」

彼らは仲のいい親子だった――。

それならば、なぜ息子を苦しめるような事件を起こしたのか。今の段階では、それを質問しても明確な返答は得られないだろう。真実を語れるのは勝矢本人だけだ。

二之宮は考え込むような表情で話し始めた。

「もしかしたら、良世君なりにがんばっているのかもしれませんね。不可解な行動をしても、相手はしっかりと向き合って受け止めてくれるのか。葉月さんが自分を守ってくれる人なのかどうか、それを幼いながらも必死に確かめているのかもしれません」

その言葉に、すんなり納得できない自分がいた。

買い物からの帰宅途中、気分が悪くなった私の姿を見て、良世は笑みを浮かべたのだ。見知らぬ女性と手を繋ぎ、微笑んでいる姿が未だに忘れられない。

女性に頭を下げて謝罪すると、彼女は突然知らない少年に手を握られたせいか、ひどく戸惑っている様子だった。

小学生の子どもが、あのような試し行動をするだろうか——。

良世には、まだ一度も触れていない。できるだけ近づかないように気をつけていた。彼のためというよりも、再び拒絶されたら心が折れてしまいそうで不安だったのだ。

「葉月さんの手を避けるのは『本当に大切にしてくれるかどうかわかるまで、あなたとは手を繋がないよ』という意思表示だったのではないでしょうか」

「それなら……なぜ知らない人と手を繋げるのか疑問です」

「葉月さんを困らせるような行動を起こし、反応を確かめているようにも思えますね」

まだ九歳の少年に、そんな高度な駆け引きができるのだろうか。まるで浮気をした恋人の相談のようで情けない気持ちになってくる。

こちらの疑念を見抜いたのか、二之宮は神妙な面持ちで驚く言葉を口にした。

「子どもは年齢に関係なく、突拍子もない行動に出るときもあります。小学三年の児童がコンピュータウイルスを作成し、児童相談所に通告されるケースや、小学生でも詐欺行為に加担してしまう子もいれば、爆弾を作っていた子もいます。中には児童売春や薬物に手を染めてしまう子も……まだ子どもだと侮ってしまいがちですが、彼らは大人となんら変わらない行動を取るときもあります。あくまでも憶測ですが、車道に飛び出そうとしたとき、初めて葉月さんに強く叱られ、ショックを受けた良世君は試し行動をしてあなたの反応を確認し、安心感を得ようとしたのかもしれません」

二之宮は微笑を投げかけながら続けた。「まるで小学生の男の子が、好きな女の子に意地悪をするような行為ですが」

彼のほのぼのとした言葉に、少しだけ緊張が和らいでいく。

冷静に考えてみれば、強い衝撃を受けたのはその行為だけだった。良世は自分から質問はしてくれないけれど、こちらが問いかければいつも素直に答えてくれる。宿題も自主的に行い、食事も残さず食べてくれる。他に問題点は見つからないほど、いい子なのだ。

物事を悪いほうに考えてしまうのは、娘の事故が影響しているのかもしれない。ひとつ悪いことがあると、次々に嫌な妄想が膨らんで気持ちが沈んでしまうところがある。

なにか気配を感じて、私は反射的にドアを振り返った。

奇妙な違和感を覚えた。

しっかり閉めたはずなのに、少しだけドアが開いている。私は立ち上がると引き寄せられるように歩いていく。そっと手を伸ばし、静かにドアノブをつかんだ。

一瞬、息が止まりそうになった。

目の前には、無表情の良世が佇んでいる。薄い唇を引き結び、上目遣いで私の顔を見つめていた。物怖じすることなく堂々と、どこか挑戦的な眼差しをしている。

生前、娘に強く注意しても、彼女はドタドタと足音を立てて家の中を走り回った。それに比べ、良世は猫のようにほとんど物音を立てない。

こっそり私たちの会話を聞いていたのだろうか——。

なんのために？

彼が宿題をやっている時間に家庭訪問の約束をしたのは、二之宮も本人がいるところでは本音を言いづらいだろうと危惧したからだ。それが気に入らなかったのだろうか。けれど、家庭訪問の日時は、事前に良世にも伝えていた。

「やぁ、こんにちは」

二之宮がさりげない口調で挨拶すると、良世は微かに頭を縦に動かした。慎重に観察してみても、彼の心理状態を読み取ることはできない。普段から感情の起伏が少ないタイプだけれど、こちらが胸の内を探ろうとすると、わずかな表情さえ素早く消してしまう。

時刻は、まだ三時前。今まで三時半前にリビングに下りてくることは一度もなかった。

どうして今日に限って——。

「良世も一緒におやつを食べる？」

私が動揺を見透かされまいと平静を装いながら尋ねると、彼は静かにかぶりを振り、棚の引き出しから画用紙を取りだした。なにか伝えたくて、画用紙に文字を書くのかと期待したけれど、良世はリビングをすぐに出ていこうとする。

私は慌てて声をかけた。

「絵を描きたかったの？」

彼は立ち止まり、ゆっくり振り返ってから首肯した。

二之宮はすかさず言葉を発した。

「そうか、良世君は絵が好きなんだね」

「子どもが描くレベルではなくて、本当に絵が上手なんです」

アイスの絵を見たときの興奮がよみがえり、思わず自慢していた。賛同を求めるようにドアを振り返ると、そこにはもう誰もいなかった。耳を澄ましても階段を上がる音は聞こえてこない。まるで幻を見ていたかのような奇妙な感覚に囚われた。

「一時保護所にいたときは部屋の隅に座り、身動きひとつせず膝を抱えていることが多かったようです。職員が声をかけても、反応は乏しかった。自分の意思でなにかをやりたいと主張できるのは、心から安心している証拠ですよ」

混乱している気持ちを汲み取ったのか、二之宮は落ち着いた声で教えてくれた。

きっと、施設にいたときよりも伸び伸びと過ごせているのだろう。少しだけ心が軽くなる。この先、口頭で会話ができるようになれば、今抱えている悩みは軽減するかもしれない。

私は藁にも縋る思いで尋ねた。

「良世は本当に場面緘黙症なんですか？　まだ一度もあの子の声を聞いていないので心配で」

「声にだして返答してくれないと心配になりますよね。ただ、学校でも仲のいい友だちとは口頭で話していたようなので、それほど心配はいらないと思います」

「いつ頃から症状が出るようになったのでしょうか」

「良世君のクラス担任の鈴木先生の話によれば、一年半ほど前から口をきかなくなってしまったようです。担任が心配になり、父親に問い合わせたところ、家では普通に会話がなされているという返答があったそうです」

「場面緘黙症になった原因はわかりますか」

「それが原因だったのかどうか判然としませんが、どうやら自宅で飼っていたウサギが亡くなり、その頃から症状が出るようになったと聞いています。担任がスクールカウンセラーに相談し、父親と話し合った結果、しばらく様子を見守ろうという結論に至ったようです」

どうして病院に連れて行かなかったのだろう——。

妙な引っかかりを覚えたが、すぐに疑問は霧散した。教師がいちばん恐れるのは、学校側の落ち度によって問題が発生することだ。親からの強い要望がなければ、「しばらく様子を見守りましょう」という状況になるだろう。自分との会話は成り立っていたので、勝矢もさほど心配していなかったのかもしれない。

二之宮は落ち着いた声で話を続けた。

「殺人の容疑者になっているのは事実なので、疑うような見方をしてしまうのは仕方ありません。ただ、近所の人の話では、とても仲のいい親子だったようですよ。ファミレスで楽しそうに食事をする姿や公園でアイスクリームを食べているところをよく見かけたそうです。良世君は成績も優秀ですし、本も好きだったようです。学校の図書館から頻繁に本を借りていたという話も聞きました」

児童相談所の職員は近隣住民からも話を聞いているようで、父親が虐待しているという噂もなく、場面緘黙症になる前は大きな声で挨拶をする礼儀正しい子だったという。

自宅から発見されたふたりの遺体。勝矢は勤務先の店から睡眠薬を盗んでいた。父子の関係は良好。知り得た情報を頭の中で整理してみるも、なぜ残酷な犯罪に手を染めたのか動機が見えてこない。素人がどれだけ考えても堂々巡りだった。

二之宮は私の顔に視線を据え、力強い口調で言葉を放った。

「良世君だけでなく、葉月さん自身も、ふたりの間に信頼関係が生まれる日が来るよう、我々も力になりたいと思っています。なにか気になることがあれば電話でもかまいませんので、いつでもご連絡ください」

その言葉はとても重く心にのしかかってくる。

良世に対して不信感を募らせているのを見抜かれていると痛感した。心の内を読まれるのは気分がよくない。けれど同時に彼の鋭さに感謝している自分もいた。

壁時計の針は、午後の四時を指している。

二之宮が帰ってから一時間ほど過ぎても、良世が二階から下りてくる気配はなかった。先ほどリビングの棚から画用紙を持っていったので、今頃は夢中になって絵を描いているのかもしれない。

私は夕食の準備をするため、冷蔵庫の扉を開けた。ダークブラウンの小箱が目に入る。四角い箱は目立たないように隅のほうで、ひっそりと青白い光に照らされていた。スーパーでは、あれほど洋酒入りのチョコレートをほしがっていたのに、開けた形跡がなく、未開封のまま保管されている。

気がかりな疑問が徐々に膨れ上がっていく。

先刻、なぜ良世はリビングのドアを少し開け、二之宮との会話に聞き耳を立てていたのだろう。自分のいない席で、どのような会話がなされているのか知りたかったのか――。そこまで考えて思い直した。すべては邪推かもしれない。画用紙を取りに来たけれど、部屋に入りづらくなってしまっただけの可能性もある。

居ても立ってもいられなくなり、私はリビングを飛びだして階段を上がった。

音を立てずにのぼるのは案外難しい。驚かせたいわけではなく、無音で上がれるかどうか試してみたくなったのだ。忍びのように慎重に足をのせてみたが、階段の軋む音が響いてしまう。体重が軽い子どもでも、意識的にやらなければ足音は消せないとわかり、余計に心が塞いでしまう。

二階の廊下に出ると、今度はわざとらしく足音を響かせて奥の部屋まで向かっていく。物音を立てず、突然ドアを開けたら、不快な気分にさせてしまう気がしたのだ。

娘は怖がりだったせいか、自室にいるときはドアを開け放っていた。けれど、良世の部屋はいつも拒絶するように閉まっている。耳を澄ましてみるも、中から物音はいっさい聞こえてこない。

不思議なほど緊張している自分に気づいた。

強めに三度ノックし、「入るね」と声をかけてからドアを開けた。

一瞬、身体が硬直して動けなくなる。

思考が空回りし、瞬きを繰り返した。足元にはたくさんの画用紙が散らばっている。まるで結界のようだ。一歩も前へ足を踏みだせない。

私は凍りついたまま、華奢な背中に目を向けた。勉強机に向かっている良世は気づいているはずなのに、こちらを振り返りもせず、熱心に絵を描いている。

絨毯(じゅうたん)の上に広がる画用紙には、様々な絵が描かれていた。なんの秩序も脈絡もなく、使用している画材もすべて違うものだった。絵を眺めているると目眩(めまい)がして気分が悪くなる。

すぐ近くにある画用紙に視線を落とした。

色は、濃度の薄い黒一色。水の量を多くし、水彩画のような絵が描いてある。絵というよりも、画用紙に墨汁を垂らして滲ませたようなものだ。それに似た絵が、いくつも周囲に散らばっていた。

あれほど巧みな絵が描けるのに、なぜこんなにも理解し難いものを描いたのだろう。

水彩画の隣には、色鉛筆で描かれた樹木画がある。こちらはプロの絵と見紛うほどの秀作だった。画用紙の中央に一本の大木が聳（そび）え立っている。幹は太く、伸びた枝には青々とした葉が茂り、青空には輝く太陽や美しい鳥が描かれている。一見すると、とても清々しい爽やかな絵だった。

それなのに、胸に違和感が降り積もっていく。どの絵を眺めてみても、強い既視感があったのだ。

どこかで目にしたことがある絵――。

次の瞬間、ロールシャッハテスト、バウムテストという言葉が脳裏に浮かんでくる。

良世の絵は、心理テストで活用されるものに似ていたのだ。私はかつて大学の講義で習ったアートセラピーの記憶を呼び起こした。

アートセラピーは心理療法の一種で、描いた絵から相手の心理状態を分析するものだ。

バウムテストは「実のなる木を一本描いてください」と伝え、描いてもらった樹木画から心の内面を読み取っていくパーソナリティ検査だった。

そういえば二之宮は、良世が児童心理司の面談を受けていると言っていた。そのとき、彼は様々なパーソナリティ検査を受けた可能性もある。

私は散らばっている絵を見ているうち、不可解な点に気づいた。

彼の描いた樹木画は優等生すぎるのだ。

バウムテストでは、画用紙の真ん中に描かれた絵は情緒の安定を意味し、大きな木は積極的で自信にあふれている性格だと判断される。幹が太いのは生命力があり、鳥も開放的で明るく、すべてポジティブなイメージを連想させた。

夏休みの宿題の中に、絵を描く課題はなかったはずだ。

姉はどちらかといえば、絵よりも作文がうまかった。読書感想文や人権作文コンテストでよく入賞していた。小学生の頃、私は作文が苦手で、夏休み最後の日になっても書けず、父に叱られたのを今でもよく覚えている。焦れば焦るほど書けない。叱られた夜、泣いている妹を不憫に思ったのか、姉はこっそり読書感想文を代筆してくれた。健全で道徳的な内容。今思えば、良世が描いた樹木画のように、秀逸だけれど少し優等生すぎる作文だった気がする。

部屋に入ると、私は気持ちを落ち着かせるようにベッドに腰を下ろしてから口を開いた。

「絵を描くのが好きなんだね」

良世は黙したまま熱心に絵筆を動かしている。

「私も大好き。絵を描いているときだけは、嫌な過去も辛い出来事もすべて忘れられるから」

なぜか誰にも話していない本音が口からこぼれた。否定も肯定もしない良世といると、不思議に素直な気持ちを語りたくなる。

姉にも、辛い出来事を忘れさせてくれるような趣味はあっただろうか——。

そんなことをぼんやり考えていると、良世は絵筆を置き、椅子をくるりと回転させて私と向き合った。

相変わらず表情は見受けられない。こちらを観察するように眺めている。もう気まずい空気は流れていなかった。ふたりとも静かな時間を過ごすのに慣れたのだ。

「お父さんに会えなくて寂しい？」

どんな感情でもいい。良世の心にしまい込んだ本音を引きだしたくて、思い切って今まで控えていた話題を持ちだしてみた。このまま当たり障りのない会話を続けていても、心の距離は広がるばかりだと思ったのだ。

数秒後、異様な光景に愕然とした。胸の底を冷たい水が流れ、心を凍らせていく。彼は小さな歯を見せて笑ったのだ。

「どうして笑うの？」

その問いに、良世の顔がぐにゃりと歪んだ。まるでどのような表情をすればいいのかわからず、苦しみ、戸惑い、怒り、あらゆる感情が一気に表出したようだった。なにか魔物に取り憑かれているような不気味さを感じた。

再び、すっと無表情に戻る。彼は瞼を伏せて絨毯に視線を落とした。その姿はどこか哀しげに映った。

それがなにを意味するのか理解できず、次の言葉がうまく出てこない。

父親に関する質問をするのは、まだ早計だったのだろうか——。

私は立ち上がり、机に近寄ると描きかけの絵に目を向けた。

分厚い雨雲が太陽を覆い、急に部屋が薄暗くなったような感覚がする。

画用紙には、怪我をした動物たちが水彩絵具で描かれていた。

牛、豚、ウサギ、鳥、魚——リアルな絵ではなく、どれも二頭身のぬいぐるみのようだった。みんな腕や足が傷つき、そこから赤黒い血が流れていた。空を飛んでいる鳥は翼から血を流している。雨のように、大地に血が降りそそぐ。空には黒い雲、左下にはドアも窓もない二階建ての家が描かれている。家の外壁は黒、屋根は朱色。右下には赤い池があり、魚が一匹泳いでいる。いや違う。お腹を上に向けて死んだように浮いていた。

ひどく不吉なものを感じる。まるで地獄絵図のようで、二の腕に鳥肌が立つ。

時折、絵画教室を運営していると、「うちの子は暗い絵ばかり描いているけれど大丈夫ですか」と尋ねてくる保護者がいる。どれも心配するほどのものではない場合が多い。けれど、良世の絵からは激しい負の感情があふれていた。

アートセラピーでは、ドアや窓のない家は心を閉ざしていると判断される。赤と黒の家は怒りをあらわし、真っ黒な雲からは悩みを抱えていることが推察できた。どの絵も全体的に暗く、怪我をしている動物たちは不穏なものを連想させる。

優等生すぎる樹木画とは大違いだった。

なぜこんなにも描く絵が安定していないのだろう。いや、どちらが本当の良世なのか――。

多くの子どもは血を描く場合、鮮やかな明るい赤を使用する。赤黒い色使いも不気味に思えてならなかった。

二之宮は、一時保護所にいたときは部屋の隅に座り、身動きひとつせず膝を抱えていたと言っていた。きっと、パーソナリティ検査以外で自ら絵を描くことはしなかったのだろう。あの健全な樹木画だけを見れば、問題ないと判断されてもおかしくない。

私は両足に力を込めると、動揺を悟られないように尋ねた。

「動物たちは、なぜみんな傷ついているの？」

少し顔を伏せ、良世は長い睫毛を小刻みに震わせている。どこか怯えているように見えた。

「怒ってないからね。絵はどのようなものを表現してもいいんだよ。良世の描いた世界はどんな場所なのか知りたかっただけ」

彼は緩慢な動きで顔を上げた。やっと言葉が通じたのか、目に感情が宿っている。まるで私が発した言葉の真偽を推し量るような視線を向けてきた。

「あれ？　もう一枚あるんだね」

私は動物の絵の下にある画用紙を、そっと引っ張りだした。

すさまじい戦慄が湧き上がる。

ぐらりと脳が揺れる感覚がして、顔から血の気が引いていくのがわかった。画用紙を持つ手が震えてしまう。

良世の視線は、私の震えている手を捉えている。気まずくなり、すぐに画用紙を机に戻すと、ごまかすように右手で左手を強く握りしめた。

画用紙には、首が切断された赤ん坊の絵が描かれている。まるで写真のようなリアルな絵で、どくどくと胸が騒ぐ。

良世は動揺する素振りも見せず、輝く瞳でこちらを見つめてくる。

私は逃げるように、さっと目をそらした。こんなにも疚しさを感じるのは、偽りの言葉を投げたからだ。

絵はどのようなものを表現しても描いてもいい――。

先ほどの自分の言葉を恥ずかしく思った。建前ではなく、本心から放った言葉なら、こんなにも動揺しなかったはずだ。良世はそこまで見抜いている気がして、気持ちが萎縮してしまう。

ふたりだけの空間に身を置いていると息苦しくなる。

私は沈黙に耐えられず、もう一度質問を投げた。

「動物たちはどうして怪我をしているの？」

良世はまっさらな画用紙に、鉛筆で問いの答えを書いた。絵はとても上手なのに、相変わらず字はバランスが悪くて拙かった。

〈大切な人たちです〉

大切な人たち？　なぜ大切な人たちが傷ついているのだろう。考えを巡らすほど理解できなくなり、主語を変えて問いかけてみた。

「なぜ大切な人たちは怪我をしているの？」

〈必要だからです。死んだ魚、ぶた、鳥、牛を買うのといっしょです〉

動物を殺して食べるのは生きるために必要な行為で、それを表現したと言いたいのだろうか。それならば――。

「赤ちゃんの首が斬られているのはなぜ？」

もう一枚の絵について尋ねると、良世はしばらく考えてから、再び「必要だからです」と書いた。

「なにに必要なの？」

つい責めるような口調になってしまう。

室内に沈黙が訪れ、重苦しい空気が立ち込めた。

〈わかりません〉

見慣れた言葉を目にして、溜息がひとつもれた。

この言葉が出ると会話が続かなくなる。私は胸に芽生えた疑問を口にしようとして、どうにか堪（こら）えた。

良世がカリカリと音を立てて爪を噛み始めたのだ。深爪だったのは、こうやって自ら噛んでいたからだ。「わかりません」という言葉も、逃げ口上で述べたのではなく、本心から出たものではないだろうか。彼は自分でも答えがわからなくて苛立っているのかもしれない。

これ以上、センシティブな質問を続ければ、精神的に追いつめてしまう可能性がある。胸に芽生えた疑問をどうにか押し隠し、私は明るい声で提案した。

「夕食はハンバーグにしようかな。これから一緒に料理をしてみない？」

良世は自分の腕に視線を落とした。細い手首に赤黒い絵具がついている。それを黙ったまま、じっと見つめていた。

傷ついた動物たちから流れる血。首が切断された赤ん坊の絵――。

フードプロセッサーに具材を入れて混ぜていると、グロテスクな絵が脳裏に立ちあらわれ、胸にむかつきを覚えた。ハンバーグを提案したことを少し後悔したが、良世の好物なので作ってあげたかったのだ。

以前、食物アレルギーについて尋ねると、良世は素早くキーボードを叩いて「ありません」と返答した。ちなみに彼の苦手な食べ物は、ドーナツと牛乳だという。

私は粘りが出るまで混ぜてから声をかけた。

「一緒にハンバーグを作ってみない？」

冷蔵庫の近くにいる良世は、無言のまま料理の工程を眺めている。目が合うと彼はゆっくり首を横に振った。

その返答は残念だったけれど、無理強いはしたくない。

私は気を改め、フードプロセッサーのカッターを外し、ハンバーグのタネを手に取って丸めた。次にキャッチボールのように右手から左手に投げて中の空気を抜き、楕円形になるように整えていく。

「これは良世のハンバーグ。うまく作れるかなぁ」

突然、良世は近くに寄ってくると、腕を伸ばしてフードプロセッサーからハンバーグのタネをつかんだ。

ついさっき首を振って、料理はしたくないという意思表示をしたはずなのに——。

彼がなにをしたいのか理解できず眺めていると、小さな手にのせたタネを追加するように、私の丸めているハンバーグの上にペチャと重ねた。

意味が理解できず、しばらく沈黙が流れたあと、私は声を立てて笑いだしていた。

「ごめん。ちょっと小さかったね」

謝ると、良世は無表情のままうなずいた。

「私の分を作ってくれる？」

良世は急に興味が湧いたのか、ハンバーグのタネを手に取ると、私に倣って恐る恐るキャッチボールを始める。丁寧に楕円形に整えていく。まるで生まれたての雛(ひな)を扱うような繊細な手つきで、ステンレスのバットにそっと置いた。とても可愛らしい一口サイズのハンバーグが出来上がる。

　良世は顔を上げて、なにか確認するような眼差しを向けてきた。

「手伝ってくれて、ありがとう」

　私がお礼を口にすると、どことなく安堵したような表情を浮かべ、もうひとつ作り始めた。丸めて、右から左へ投げ、形を整えてバットの上にのせる。まるで機械のように同じリズムで繰り返し作っていく。

　彼は無言のまま、小さなハンバーグを作り続けた。


　夕食を済ませ、食器の洗い物を終えてからテーブルにノートパソコンを置いた。

　それを目にした良世はパソコンの前のソファに座り、右上にある起動ボタンに手を伸ばした。彼が自ら起動したのは初めてだった。

　私は胸の高鳴りを覚えながら、いつもより距離を縮め、すぐ隣に腰を下ろした。嫌がるのではないかと心配になったが、避ける素振りも見せず、彼はディスプレイを凝視している。改めて見ると、まだ頬が丸くて幼い顔立ちをしていた。

　夕食後、まるでルーティンワークのように、ふたりの会話が始まる。

良世にとっては苦痛な時間かもしれないと危惧していたので、自ら起動してくれた姿を見て緊張が緩んだ。

「そうだ。チョコレートを一緒に食べない？」

良世は賛同するように深くうなずく。

弾む足取りで冷蔵庫からチョコレートを持ってくると、私はソファに腰を沈め、フィルムを剝がした。その直後、キーボードを強く打つ音が響いた。

〈いりません〉

メモ帳に入力された文字を読み、啞然とした。

じわじわと苦い思い出がよみがえってくる。娘のイヤイヤ期だ。急に気分が変わることも多く、ずいぶん困らされたのを覚えている。

「どうして急に食べたくなくなったの？」

〈変わりました〉

急に気分が変わったというのだろうか。疑問は尽きないが、このチョコレートは良世のお菓子だ。私が勝手に判断していいものではない。

「それなら……冷蔵庫に戻してくるね」

そう口にした途端、彼はどこかほっとしたような表情でうなずいてみせた。

忌まわしい事故の記憶があるせいか、少しでも相手の気持ちがわからなくなると動揺してしまう。美咲希の気持ちを見失ったせいで、あの事故が起きてしまったのではないかという自責の念に駆られていたからだ。

相手を理解したいなら根気よく会話を重ねるしかない。

諦めずに何度でも——。

私は冷蔵庫にチョコレートを戻してから再びソファに座り、先ほどから抱えていた疑問を言葉にした。

「バウムテストという言葉を聞いたことはある？」

良世は入力せず、黙ったままかぶりを振って答える。その仕草は自然で嘘をついているようには思えなかったので続けて質問した。

「誰かに『実のなる木を一本描いてください』と言われて、絵を描いたことはあるかな」

良世は少し顔を伏せてから、ゆっくりうなずいた。

「そう言われて絵を描いたのは何回目か教えて」

無言のまま人差し指と中指を立て、『2』という数字を示した。

予想が当たった。私は興奮を気取られないように質問を続けた。

「最近、誰かに『実のなる木を描いて』とお願いされたんだよね」

先ほどよりも動きが鈍くなっているけれど、良世は首を縦に振った。

「その前はいつ頃、どこで絵を描いたのか教えて」

焦燥感に駆られ、どうしても声に緊張が滲んでしまう。

小さな指がキーボードを素早く打つ。

〈二年の冬。学校です〉

小学校の授業でバウムテストをしたのだろうか。絶対にやらないとは言い切れないけれど、そういう話はあまり耳にしないので疑問に感じた。

「担任の先生に『描いてほしい』と頼まれたの？」

〈ちがう先生に言われました〉

なぜだろう。良世は痛みを堪えているような顔つきだった。肩を強張らせ、歯を食いしばっている。「ちがう先生」というのは、学校の先生ではなく、医師の可能性もある。もしかしたら、勝矢は病院に連れて行ったのかもしれない。

静まり返った部屋に、タイピングの音が響いた。

〈子どもは、なぜ死にましたか？〉

メモ帳の質問を読み、私は知らぬ間に唇を引きしめていた。

以前、娘は車の事故で亡くなったと伝えたはずなのに、なぜ同じ質問をしてくるのだろう。

忘れてしまったのか、それとも、もっと詳しい事故の状況を知りたいというのだろうか。彼の問いかけに、様々な考えが交錯する。

思いだしたくない記憶だったけれど、良世から質問してきたのは初めてなので、私はできるだけ正直に答えてあげたかった。

「娘の名前は美咲希。五歳の頃、車に轢(ひ)かれて亡くなってしまったの」

普段よりもキーボードを叩く音が強く鳴り響く。

〈どこでひかれましたか？　いつひかれましたか？　どう思いましたか？　なぜひかれましたか？　ひかれるところを見ていましたか？〉

次々にあらわれる質問を読み、彼の気持ちにようやく気づいた。

表情が乏しいからわからなかったけれど、不躾な質問に苛立っていたのだ。

子どもだって同じ人間だ。話したくない過去のひとつくらいあるだろう。ましてや心を開いていない相手から、矢継ぎ早に探るような質問を投げられたら不快な気分になるはずだ。羞恥と情けなさが胸に込み上げてくる。

もしも大人が相手なら、早急に関係を深めようとはせず、もっと慎重に接しただろう。子どもたちでさえ、友人関係を築くときは相手を気遣い、言葉を選んで絆(きずな)を育んでいくものだ。これから家族になるという甘えがあったのかもしれない。

重苦しい溜息と一緒に「ごめんね」という言葉が口からこぼれた。

もっと良世について知りたい、一刻も早く胸騒ぎを鎮めて安心したい。そんな身勝手な思いが先走り、彼を追いつめてしまったのかもしれない。自らパソコンを起動してくれた姿を思い返すと、心が割れるように痛んだ。

私は気持ちを切り替え、笑みを浮かべながら言った。

「良世が作ってくれたハンバーグ、すごく美味しかった」

気まずい空気を消したくて、適当な言葉を口にしたわけではない。良世が作ったハンバーグはふっくらとして形もよく、とても美味しかったのだ。

キーボードを打つ音を耳にして、一気に緊張が和らいでいく。

私はディスプレイに視線を向けた。

〈はじめてです〉

「これまで料理を作ったことがなかったの？」

〈いつも勝矢さんが作ってくれました〉

その答えを目にしたとき、嫌な予感が頭をもたげた。

父親を名前で呼んでいるのだろうか。親の呼び方なんて、各家庭によって違ってもいい。美咲希も機嫌がいいときは、私のことを「しょうこちゃん」と呼ぶこともあった。けれど、幼稚園や友だちの前では「ママ」と言っていた。良世が敬語を使うのも気になる。なにか違和感が拭えなかった。勝矢と良世の間には、距離があるように感じられたのだ。

私は何気なさを装いながら言葉にした。

「お父さんのことを名前で呼んでいるんだね」

良世はなにも疑問に感じていないのか、うなずいてみせた。

質問攻めしたくなる心境をどうにか堪え、口を閉ざして頭を働かせる。不要なものが取り除かれ、ある不謹慎な疑問だけが胸に残った。

その疑問は、いつまでも私の心の底で燻り続けた。

## 5

8月3日　晴れ

お姉ちゃん、やっぱりサナさんは優しい人ですね。

義兄が重大な事件の容疑者になっているので、冷たい態度を取られるかもしれないと覚悟していました。けれど、サナさんは「会おうよ。会いたい」と喜んでくれたのです。

これからお姉ちゃんについて調べるようなことをしてしまうかもしれませんが、許してください。良世がなにか苦しみを抱えているような気がしてならないのです。
真実を知らなければ、手を差し伸べることさえできません。
どうか、良世が健やかに過ごせるように見守っていてください。

佐々木サナ。

彼女は、姉の親友だった。姉とサナさんは、中学から大学まで同じ学校に通い、傍から見ていても双子の姉妹のように仲がよかった。

サナさんは奔放で大胆な性格。学生時代は歳が一回り以上離れている教授と付き合っていたようだ。彼女はとても褒め上手な人でもあった。私の家に遊びに来たときは「ショウちゃんは髪が綺麗。今日のワンピースも可愛い」と、いつも前向きな言葉をくれた。同性というより、軟派な異性といるような気がして最初は強い戸惑いを覚えた。けれど、付き合いが長くなるうち、彼女の不思議な魅力に惹き寄せられていった。

自由をこよなく愛するサナさんは、心に余裕があり、なんでも受け止めてくれるような寛容さを持っていた。だから彼女の前では気兼ねなく、ありのままの自分でいられた。当時、悩みがあると真っ先に頼りたくなる相手は、他の誰でもなくサナさんだった。

生前、姉も親友のことを「あんなにも意志が強くて優しい人はいない」と自慢気に語っていた。そのときの誇らしそうな表情が忘れられない。

　二十代の頃、姉とサナさんから旅行に誘われ、三人でニュージーランドを旅したことがあった。ニュージーランドの南島にあるクライストチャーチを観光した夜、サナさんは不吉な夢を見たという。

　突如、ホテルの部屋が雲で覆われ、ベッドに寝ていたサナさんは金縛りの状態になり、身体を動かせなくなったらしい。すると雲の下から見知らぬ女性があらわれ、姉が短命だという予言をする夢を見たようだ。言語は英語だったという。普段は予想外の出来事に遭遇しても楽しめるタイプなのに、サナさんがひどく心配していたので印象に残っていた。

　当時は「お姉ちゃんは心配ない。大丈夫だよ」と笑ってみせたけれど、今となっては不穏なものを感じずにはいられなかった。

　大学を卒業後、サナさんは東京のコンサルティング会社に就職した。あれほど親しい間柄だったのに、姉の葬儀で顔を合わせて以来、お互いに連絡は取り合っていなかった。何度か連絡しようと試みたけれど、暗い内容しか思い浮かばず、メールを送ることさえできなかった。もしかしたら、姉の存在があったから、繋がっていられたのかもしれない。けれど、今はどうしても彼女に会いたかった。姉にいちばん近かった人物に、いくつか尋ねたいことがあったのだ。

彼女の近況が気になり、サナさんの名前をネットで検索してみると、ＳＮＳなどのアカウントは見つからなかった。けれど、以前と同じ会社に勤務していることが判明した。会社のスタッフ紹介のページに彼女の名前と顔写真が掲載されていたのだ。

電話番号が変わっていないことを祈りながら、スマホに登録してある番号に連絡してみると、あっさり会う約束を取りつけられた。

私の自宅からサナさんの会社までは、電車で四十分くらい。それほど離れていないので、こちらから出向こうと思っていたけれど、良世に会いたいという希望もあり、休みの日に自宅に来てもらうことにした。

私がピラフの下準備をしている間、良世はレタスを千切ってサラダの用意をしてくれている。ハンバーグを一緒に作って以来、彼はときどきキッチンに立ち、料理を手伝ってくれるようになった。今ではオフホワイトのマイエプロンも着けている。子どものエプロン姿はとても可愛らしかった。

ふいに、美咲希と一緒に料理を作りたかったという思いが込み上げてくる。彼女なら、きっと鮮やかな柑橘色のエプロンを選んだだろう。

私は胸の痛みを紛らわすように朗らかな声で説明した。

「今日は、良世のお母さんの友だちが遊びに来るからね。名前はサナさん」

表情も変えず黙したまま、彼はシャリとレタスを千切る。なんとなく返事をしてくれた気がしておかしかった。

まだ口頭で会話を交わすことはできないけれど、次第にふたりでいるのが日常になっていくのを感じていた。

昼頃、自宅に来てくれたサナさんは、目尻のシワが増えたくらいで、学生の頃とほとんど変わらなかった。柔らかそうなライトブラウンのボブ、切れ長の目は涼しげで聡明な印象を受ける。白いシャツに細身のデニム。ユニセックスな装いが、彼女によく似合っていた。

姉がサナさんの隣で笑っている姿がよみがえり、懐かしさで胸がじんわり熱くなる。

良世を見た途端、サナさんは目を大きく見開いて「詩織にそっくり」と叫び、嬉しさを隠せないようだった。

きっと、姉と再会できた気分だったのだろう。

サナさんが良世に向かって腕を伸ばすと、彼は隠れるように素早く私のうしろに身を潜めた。おそらく、身体に触れられるのが嫌だったのだろう。けれど、サナさんは気づくはずもなく、「シャイな人は嫌いじゃない」と豪快に笑った。

振り返って確認すると、良世はどこか探るような瞳で、母親の親友を下から上までじっくり観察していた。とても警戒心の強い子だ。それは怯えの感情から生じているのかもしれない。彼の顔には少しだけ不安の色が滲んでいる。

「ショウちゃんは、すごい記憶力だよね。私がエビピラフを好きなのを覚えてくれていたんだね。もう惚れちゃうよ」

ダイニングテーブルに料理を並べると、サナさんは嬉しそうに微笑んだ。

彼女はいつもそうだった。楽しいときは大きく口を開けて笑い、哀しいときは泣きだしそうな顔をする。心と表情が常に一体となっていた。だからこそ心情を深読みする必要はなく、こちらも穏やかな気分でいられるのだ。

椅子に座ったサナさんは、エビピラフを口に入れながら核心に切り込んだ。

「前にね、自殺した姉の真相を知りたいと思っていた妹が、姉の足跡をたどる、っていうドキュメンタリー映画を観たことがあったんだ。もしかしてそんな感じ？」

サナさんにTPOは通用しない。彼女は誰の前でも、思ったことを素直に言葉にしてしまうのだ。

少し心配になり、良世に視線を向けると、彼は素知らぬ顔でサラダを口に運んでいる。食事をこぼすことなく、静かに綺麗に食べる子だった。

「あれ？　詩織の話は禁句だったかな」

　サナさんは茶化すように言ってから、斜め前にいる良世の顔を覗き込むように見た。

　彼はちらりと目を向けただけで、それ以上は反応を示さなかった。

「すごいね。こんなに冷静沈着な男に会ったことがない。しかもまだ子どもだよ。かなりクールで魅力的」

　サナさんの言葉に、私は笑っていた。

　無表情、無反応に困らされ、真剣に悩んできた日々を思うと自分自身が馬鹿らしくなる。同時に、強すぎる個性を魅力的だと判断できるサナさんを羨ましく感じた。これが彼女の優しさの所以（ゆえん）なのかもしれない。

「ねぇ、大人になったら私と結婚してみない？」

　サナさんのプロポーズに、良世は遠慮なく首を横に振る。

「期待を持たせず、バッサリ切るところも魅力的」

　サナさんはそう言ってから、薄く笑みをこぼして私を見た。いたずらっ子のような眼差しだ。目が合った途端、ふたりとも十代の頃に戻ったかのように弾む声で笑っていた。

「そういえば、美咲希ちゃんはどうしたの？」

　突然の質問に身体が強張り、なにか返事をしようにも舌がもつれて言葉にならない。ずいぶん時間が経ったのに、未だに娘の話題になると緊張が走る。今もなお、負い目が消えないからだ。

電話で離婚したことは伝えた。けれど、娘については話しそびれてしまったのだ。

「美咲希さんは五歳のとき車に轢かれて死にました」

一瞬、場が凍りついた。

透明感のある掠れた少年の声——。

良世の声だと瞬時に判断できなかった。彼は不穏な沈黙をものともせず、サラダのパプリカをカリカリと嚙んでいる。

サナさんは「そうか」とうなずきながら、いつもとは違う重い口調で言った。

「ショウちゃん、今までよくがんばったね」

娘を亡くしてから、たくさんの励ましの言葉を耳にしてきた。けれど、「よくがんばったね」と言われたのは初めてで目の奥が熱くなるのを感じた。良世が声を発してくれたのも嬉しくて、もうそれだけでサナさんが来てくれてよかったと心の底から思えた。

結局、良世が声を発したのはそのときだけで、時計の針が一時を指すと、いつものように無言で自室に行ってしまった。少し残念な気持ちが込み上げてくる。

昼食で使用したグラスやお皿を下げ、紅茶やクッキー、カットした果物をテーブルに並べたあと、覚悟を決めて正面に座った。

「良世は……父親のことを『勝矢さん』って呼んでいるみたいなの」

　ふたりきりになったのを見計らって、私は本題に入った。

「それって特別なことかな。最近は友だちみたいな関係でいたいっていう親子も多いらしいよ」

「友だちみたいな親子ではなかったと思う。だって、良世はいつも敬語だし、大切な息子がいるのに、あんなひどい事件を起こす親の心理がどうしてもわからない」

　私が本音を吐露すると、サナさんはくすくす笑いだした。

「もしかして、本当の子どもじゃないかもしれない、浮気相手の子を身ごもったとか思ってる？　詩織は絶対にないよ」

「それなら、どうしてあの人は息子を苦しめるようなことをしたんだろう」

「本当の親なら絶対に自分の子を傷つけない？」

「断言はできないけど……」

「虐待事件のニュースとか見ていると、『本当の親なら自分の子を傷つけない』なんていう理論が成立しない場合もあるんじゃない」

　この世界に理解できない事象は山ほどある。けれど、違和感を覚えたとき、そこにはなにか特別な理由が潜んでいるような気がしてしまうのだ。

「勝矢被疑者……」

そう口にしてから沈黙を挟み、サナさんは言葉を続けた。「人間は色々な個性があってもいいと思ってる。でも、子どもを殺した奴だけは許せない。だから『被疑者』って呼ばしてもらう」

昨日、新潟県警は勝矢を殺人容疑で再逮捕した。

週刊誌などの情報によれば、最初の被害者、竹川優子さんは認知症を患い、ひとりで徘徊していたところを狙われたようだ。勝矢は、竹川優子さんを車に連れ込んで誘拐し、その後、首を絞めて殺害したと供述したという。自宅から発見されたホルマリン、防毒マスク、ゴム手袋、密閉度の高いポリプロピレン製の大型容器などは、ネットの通販サイトで購入していたことが捜査関係者への取材でわかったようだ。そこまで判明しているのに、動機については未だに話したくないと言っているという。

「もしかしたら、お姉ちゃんは……結婚しないほうがよかったのかな」

私は罪の意識に苛まれ、秘めていた想いを言葉にした。

あれほど兄が反対したのに、姉の結婚に賛成したのは私だ。だから責任がないとは思えなかった。当時、兄と一緒に全力で反対していたら、その後に起こる悲劇的な出来事を回避できたかもしれない。

サナさんは珍しく悄然と言った。

「相談を受けたのはショウちゃんだけじゃないよ。私も結婚に賛成したんだ」

子どもを殺害した勝矢への憎悪が強いのに、なぜサナさんが会ってくれたのか得心した。彼女もどこかで、私と同じような罪悪感を抱いていたのかもしれない。いや、サナさんは調査会社の報告書を読んでいないから、勝矢の不穏な過去については知らないはずだ。知らなければ、素直に友人の結婚に賛成するだろう。けれど、姉の親友は本当になにも知らなかったのだろうか――。

私は穏当な言葉を探して尋ねた。

「結婚に関して、お姉ちゃんからなにか相談を受けていた？」

「詳しいことは知らないけど、相手の生育環境に少し問題があるって聞いていた。でも、詩織は『孤独の中から彼を連れだして、ずっと傍にいてあげたいと思った』そう話していた。それだけじゃなくて、詩織自身が彼に救われたとも……」

姉は面倒見のいいタイプだ。幼い頃に両親を亡くした勝矢の不遇な生い立ちに同情し、使命感のようなものが芽生えたのだろうか――。

サナさんは意外な言葉を口にした。

「結婚に賛成したこと、私は後悔していないよ」

「どうして？」

「詩織は出産で命を落としたとしても、良世に会いたかったと思うから」

たしかに、姉は良世に会えるのを楽しみにしていた。実際に命がけで産んだのだ。だからこそ、答えのない自問自答を繰り返してしまう。

私は苛立つ感情を抑えられず、尖った声を上げた。

「やっぱり、息子がいるのにどうして残酷な犯罪に手を染めたのかわからない」

「悩んでも答えがだせないなら、勝矢被疑者に会ってみたら？」

考えてもみなかった提案に驚き、視界が揺れた。

弁護士でもないのに留置場にいる被疑者に会えるのか、それさえよくわからない。

サナさんは天気の話でもするような軽い口調で言った。

「担当弁護士に連絡したら会えるんじゃないかな。もし不安なら、私も一緒について行くよ」

姉の親友は、とても強い人だ。そして優しい。彼女が美咲希の母親だったなら、娘の命を守れたのではないだろうか。私は情けなさが募り、奥歯を強く噛みしめた。

もしかしたら、勝矢は深く後悔し、息子に謝罪したいと願っているかもしれない。良世が大人になれば、嫌でも父親の犯行を知る日が来る。そのとき、彼になにを伝えられるだろう。

勝矢と面会する必要があると感じた。

サナさんは、ふと思いだしたように口を開いた。

「ショウちゃんのお兄さん、大学生の頃、劇作家になりたかったんだって？」

兄が父親の足元で土下座し、「大学を辞めて劇作家になりたい」と告げたときの姿がよみがえってくる。母も私も父が怖くてなにも言えなかった。けれど姉だけは、兄の味方になり、父に対抗した。

「どうして……サナさんがそのことを知ってるの？」

「昔ね、詩織が誇らしげに『私の妹は真面目でとても責任感が強い子だ』って褒めてたの。ハサミが見当たらなくてショウちゃんの部屋に借りにいったとき、詩織はノートを見つけたんだって。そのノートにはびっしり細かい字で、お兄さんが劇作家の道を選んで成功したとき・失敗したときの人生が詳細に書いてあった。『妹は、誰かの人生を大切に考えられる心のあたたかい子なんだ』って、すごく自慢げに話してたんだよ。うちは姉妹の仲がよくないから、ちょっと羨ましかったな」

胸が圧（お）され、気づけば涙が頬を伝っていた。

まさか姉がそんなことを思っていたなんて知る由もなかったのだ。人の相談に乗るのが苦手だった。自分のアドバイスで相手を不幸に導いてしまったら、そう考えると怖くなるのだ。

そんな信念のない優柔不断な自分の矮小さにこれまで幾度も愕然とさせられてきた。

振り返れば、姉はとても家族を大切にする人だった。

たとえ、自分の命が脅かされたとしても——。

あれは、小学三年の冬。英会話教室からの帰り道、私は公園で知らない男に声をかけられた。男は困っている様子で「僕は女性用に入れないから、三歳の娘のトイレを手伝ってほしい」と頼んできた。背が高くて清潔感もあり、爽やかな印象を与える人物だった。まだ幼かった私は、かっこいいお父さんがいていいな、と思いながら疑いもせず、娘がいるという公衆トイレのいちばん奥の個室を覗いてみた。けれど、そこには誰もいない。隅のほうに黒い鞄が置いてあるだけだった。

少し悩んだあと、他の個室も見てみようと思ったとき、突如目の前に大きな手があらわれ、口を塞がれた。呼吸ができなくなり、無我夢中で自分の鞄を振り回すと、なにかにぶつかる感触が走った。運よく鞄は顔面に直撃したらしく、男が苦痛に悶えている間に外に向かって駆けだした。けれど、うしろから腕をつかまれると同時に、首にはナイフが光っていた。

——女子トイレに入れないと言っていたのは嘘？　どうしてこんな怖いことをするの？

すべての疑問をかき消すように、男は乱暴な口調で「騒いだら殺すぞ」と小声で吐き捨てた。身体が凍ったように固まって一歩も動けず、恐怖から喉がしめつけられたようになり、まったく声がだせない。助けを求めるようにトイレの外に目を向けると、木の陰にいる兄と目が合った。お兄ちゃんがいる。もう大丈夫。助けてもらえると思ったら涙がこぼれてきた。

当時、兄は小学五年。その日は、英会話教室でクリスマス会が開催され、いつもより終了時間が遅くなったため、兄と一緒に帰ることにした。帰宅途中、お腹を壊した兄がトイレに行きたいと言ったので、家の近くにある公園の公衆トイレに寄り、そのとき事件が起きたのだ。

私はナイフを向けられたまま、いちばん奥の個室に連れ込まれて鍵をかけられた。怖くて泣くことしかできない。きっと、兄が助けてくれると信じていたけれど、足音はまったく聞こえてこなかった。男は隅に置いてある鞄からデジタルカメラを取りだし、「暴れたら刺すぞ」と脅した。

私は蓋を閉めた便座の上に座らされ、泣きながら全身を震わすことしかできなかった。幼いながらも男が異常者だとすぐに理解した。泣いている私の姿を見て、嬉しそうに笑いながらカメラを向けてきたからだ。

ナイフで服を切られているとき、もう殺されてしまうと思った。

――怖いよ、お兄ちゃん助けて。

そう胸中で叫んだとき、嫌な臭いがした。視線を落とすと、ドアの隙間から白い煙がもくもくと入ってくるのが見えた。

「助けて！　火事！」

突然、女性の叫び声と悲鳴が耳に飛び込んでくる。焦げくさい臭いが漂ってきて顔を上げると、男はだらりと腕を垂らして青白い顔をしていた。あまりに突然のことで、動揺しているようだった。

しばらくしてから我に返った男は、慌ててナイフを鞄にしまい、個室を飛びだした。

私は力の入らない足でどうにか立ち上がり、壁に手をつきながらトイレの外に向かって歩を進めた。よろめきながら外に出ると、カッターナイフを手にした姉の姿が目に飛び込んできた。

姉はすっと移動し、男の退路を塞いだ。

不気味な笑みを浮かべ、姉はカッターナイフの刃をだした。男は右手に鞄、左手にデジタルカメラを持ったまま呆然と立ちすくんでいた。

姉は聞いたこともないような低い声で言い放った。

「カメラを捨てなければ、お前を殺す。本気よ。だって、前から人を殺してみたかったの」

美しい姉から吐きだされる暴言は、ぞっとするほど信憑性があるように感じられた。まるで別の人格が宿っているようだった。

私は居ても立ってもいられなくなり、姉の背後に逃げるように隠れた。

当時、姉は中学一年。きっと、大人の男に立ち向かうには、相当の勇気を必要としたはずだ。命がけだったかもしれない。

姉はクリスマス会の片付けをしていたので、私たちより遅くに英会話教室を出た。兄が助けを呼びに行ったとき姉に出会わなければ、私はもっとひどいことをされていた可能性がある。

クリスマス会の日は、姉のクラスの先生の誕生日だった。生徒たちでケーキを買い、お祝いをしようと計画していた。ローソクに火をつけるためにライターを持っていた姉は、自分のノートに火をつけ、火事だと思わせて救出してくれたのだ。

その後、姉が時間稼ぎをしたのが功を奏したのか、逃げだした男はすぐに警察に捕らえられた。犯人は「小さな女の子がひとりだけだと思ったのに」と反省する素振りもなく悔しがっていたという。

あのとき、兄が木の陰からすぐに姿をあらわしてくれたら、男はなにもせずに逃げだした可能性が高かった。けれど両親は、大人に助けを求めた兄の行動を褒め称(たた)え、姉の行為を危険だと注意した。

まだ幼かった兄を責めてはいけない。ずっと、そう思って生きてきた。けれど、危険を顧みず助けてくれた姉と比較してしまう自分がいた。

サナさんは紅茶を一口飲んだあと、真面目な口調で言った。

「いつも生真面目なショウちゃんが結婚に賛成してくれたから、詩織は『とても嬉しかった、心強かった』と話してたよ。ただ……」

サナさんは珍しく逡巡したあと言葉を続けた。「誰にも言わないで、ってお願いされたんだけど、詩織は医師から肺に問題があって難しい出産になるって告げられていたんだ。でも、彼女に迷いはなかった。それほど生まれてくる子どもが可愛かったんだよ」

おそらく同じ妊婦だった私に負担をかけないように、医師から忠告されたことは言わなかったのだろう。そういう優しさのある人だった。けれど、今となっては、その優しさが少し悔しかった。

サナさんは眉間にシワを寄せながら口を開いた。

「一度だけ、深夜に電話がかかってきて、あのとき、詩織は『夫に、子どもは嫌いだから産まないでほしいって言われた』って泣いてた。もしかしたら、勝矢被疑者は子どもが苦手だったのかもしれない」

姉と勝矢の出会いは、河川敷だった。

貧血でうずくまっている姉を見つけた勝矢は、河川敷の階段に座らせて、ミネラルウォーターを買ってきてくれたようだ。その話を聞いたとき、彼はとても優しい人物だと思った。

長女のせいか、姉は幼い頃から悩みがあってもひとりで解決することが多く、ほとんど自分の話はしなかった。だから、ふたりの馴れ初めについては、あまり詳しく知らなかった。もっと詳しく尋ねていれば、勝矢の裏の顔に気づけただろうか——。

「お姉ちゃんは、大学時代から付き合っていたサトシ君と結婚するんだと思っていた」

「あのバンド男は最低」

サナさんは語気を強めた。「あいつは二股かけていたうえに、詩織の貯金を持ち逃げして、どこかにバックレたんだよ」

一瞬、思考が停止した。初耳だったのだ。

記憶の中にいる姉は、いつも賢くて堅実な人物だった。少なくとも悪い男に騙されるようなタイプではない。もしかしたら、妹には弱いところを見せたくなくて、いつも強く優しく振る舞っていたのだろうか。姉の輪郭がどんどん歪んでいく。

私の複雑な心情を察したのか、サナさんは気まずそうに言った。

「ごめん。ショウちゃんは知らなかったんだね。仲がいい姉妹だからなんでも話していると思っていた」

「サトシ君と別れたのはいつ頃だった？」

「たしか大学を卒業して、病院で管理栄養士の仕事を始めた頃だから、二十三歳くらいのときじゃないかな」

今思い返してみると、姉は不健康なほど痩せてしまった時期があった。大学を卒業して数ヵ月経った頃だ。サトシ君と別れた時期と一致する。

目の下には黒いクマ、頬はげっそりとこけて、身体は一回りも薄くなっていた。何度も病院に行くよう説得してみたけれど、姉は「平気だから」と頑なに拒み続けた。おそらく、サトシ君のことが原因だったのだろう。

姉が勝矢に出会ったのは三十歳の頃で、翌年にふたりは結婚した。

さっき、サナさんは「詩織自身が彼に救われた」と話していた。

私は芽生えた疑問を口にした。

「お姉ちゃんは、南雲勝矢のどこに惹かれたんだろう」

「無口で不器用だけど、バンド男とは違って、誠実で優しかったみたいだよ。それは詩織だけじゃなくて、勝矢被疑者も『詩織に会えたから、生きる希望を見つけられた』って言っていたみたい。あのときは、ふたりは心で結ばれている気がして少し羨ましくなったんだけどね」

たしかに、勝矢は感情の起伏が少ない無口な人だ。兄が質問したときも軽々しく答えることはせず、よく考えてから言葉にするタイプだった。それを誠実と読み取ることもできる。けれど、誠実で優しい人間が身重の妻に「子どもは嫌いだから産まないでほしい」と言うだろうか。

心になにかが引っかかる。結婚後に性格が豹変(ひょうへん)してしまったのだろうか。

私は催促するように尋ねた。

「他に結婚へ踏み切った理由について思い当たることはない？」

サナさんはしばらく思案するような表情を浮かべたあと、自分に語りかけるように言った。

「理由……そういえば詩織は、小学生のときに起きた事件をずっと気にしていたみたい」

「事件って？」

「クラスメイトが校舎から飛び降り自殺した事件」

たしか、私が小学二年の頃、校舎から児童が転落する事故が起きた。けれど、あれは自殺ではなく、事故だったはずだ。

困惑しながらも興味を惹かれ、私は知っている情報を口にした。

「まだ小さかったからよく覚えていないけど、姉のクラスの子が、窓拭きをしていたとき誤って転落してしまった話なら聞いたことがある」

「誤って転落……」

サナさんは戸惑いを言葉に滲ませながら続けた。「児童が亡くなる前、教室の黒板に『クラスメイト全員、呪う。死ね』って書き残されていたみたいだよ」

「それは、遺書ってこと？」

「誰が書いたのか判然としないし、いつの間にか消されていて、大きな問題にはならなかったみたい。だから、児童は自殺ではなく、事故死として処理されたらしい」

「どうしてお姉ちゃんはその事件を気にしていたの？」

「実際に教室で執拗ないじめが起きていたんだって。しかも黒板に残されていた字は、亡くなった児童の筆跡にそっくりだったみたい」

「まさか、いじめの主犯格は……」

サナさんは首を振りながら否定した。

「違うよ。多くのクラスメイトが傍観者で、詩織も見て見ぬ振りをしたひとり。みんな、いじめのターゲットにされないように気をつけていたみたい」

「クラスの中で真実を語る子はいなかったの？」

「中学受験を控えている児童も多くいたから、受験に不利になるのが嫌で、誰ひとり真実を話さなかったらしい。詩織は後悔しているみたいで、『自分の身を守る方法がわからず、正しいことをするのが難しい時期だった』って涙ながらに話していた」

私の知っている姉は、正義感が強くて勇敢な人物だった。もしかしたら、自分の過去を悔いていた姉は二度と同じ過ちを繰り返さないために、その後、勇敢であろうと努めていたのかもしれない。

しばらく考え込んだあと、サナさんは口を開いた。

「前に詩織は『同じクラスに南雲さんがいたら、あの子を救えたかもしれない』って言ってた」

「どういう意味？」

「あのときは、ただのお惚気（のろけ）だと思って笑って聞き流してしまったから、詳しくはわからないけど」

なにか気配を感じて、私は咄嗟に振り返った。

リビングのドアはしっかり閉まっている。

二之宮が家庭訪問に来たときのことを思いだし、警戒心が働いた。生前の母親の気持ちは知ってほしいけれど、父親の「子どもは嫌いだから」という発言は耳にしてほしくなかった。

サナさんが帰るとき、一階から大声で良世に声をかけてみたが、しばらく待っても返事はなく、二階はいつまでも沈黙したままだった。

部屋から出たくないのか、それとも夢中で絵を描いていて気づかないのか——。

二階に呼びに行こうとすると、サナさんが「良世にまた会いたいから、さよならの挨拶はいらない」と言うので、私はひとりで駅まで送ることにした。

最寄り駅は、自宅から徒歩五分ほどの場所にある。

ふたりで幅の広い歩道を歩いていく。一緒に並んで歩いていると、姉と肩を並べているような錯覚に陥った。旧友に会ったせいか、この世にいないはずの姉の存在がどんどん色濃くなる。

駅に近づくほど心細くなり、自然と歩くスピードが落ちていく。

住んでいるところが近所だったらよかったのに。そんなことをぼんやり考えていると、サナさんは平坦な口調で言った。

「私と妹は、本当の姉妹じゃない。血の繋がりがないんだ。でも、偽物とも違う」

本当の姉妹じゃない？

唐突にそんな話をする意図がつかめず、黙ったままシャープな横顔を見つめていると、彼女は頬に笑みをのせたまま話し始めた。

「中学の頃、私の母は他に好きな人ができたみたいで、家を出ていったんだ。離婚してから半年ほどで、父は再婚した。一緒に暮らすことになった継母には、私よりひとつ下の娘がいてね」

サナさんはどこか遠くに目をやりながら言葉を継いだ。「継母に意地悪をされた経験も、差別されたこともない。でも、継母と妹が目を合わせて笑っているだけで寂しくて、悔しくて、辛くなるときがあった。そこに父が加わったときは、もう最悪」

まだ中学生の多感な時期に母親がいなくなるのは苦しかっただろう。新しい母と関係を築くのも、そう簡単ではなかったはずだ。突然の告白に、どのような言葉をかければいいのか考えあぐねてしまう。

サナさんは冷徹な声で言った。

「早く父と継母の間に子どもができればいいのに、と願っていた」

「どうして？」

「ふたりの血を受け継いでいるのは新しい子どもだけで、私も妹も本物ではなくなると思ったから。そうすれば少しは気持ちが楽になれる気がした。でも、それは叶わなかった。どうしようもないねじれた感情を抱えながら過ごす生活は、かなりキツくて……限界を感じた日、学校で苦しい思いを吐きだしたら、詩織はそっと手を繋いでくれた。あのとき『大丈夫だよ。私がサナのお母さんになってあげる。苦しいときはずっと傍にいる』って言ってくれた」

実際にその姿を見たわけではないのに、少女たちの寄り添う姿が脳裏に浮かび、視界が滲んでいく。想像以上に、ふたりは強い絆で結ばれていたのかもしれない。

深い憧憬を感じて、心があたたかくなる。私がこの世を去ったあと、こんなふうに思いだしてくれる友人が、この世界にひとりでもいるだろうか。姉とサナさんの関係が羨ましく思えた。

「母親は、ショウちゃんひとりじゃないからね」

私は意味がわからず、柔らかい笑みを湛(たた)えている彼女の顔を見た。

別れ際、サナさんはさらりと口にした。

「困ったときは私が良世の三番目の母親になってあげる。ちょっと頼りないけど、困ったことがあったらいつでも相談して」

サナさんは「またね」と軽く手を上げると、背筋を伸ばして改札に向かって歩いていく。その頼もしい姿をいつまでも見送っていたい気分だった。

駅を出て空を振り仰ぐと、子どもが描きそうな丸い雲が浮かんでいる。幼い頃、姉と一緒に空の絵を描いたことがあった。懐かしい笑顔が舞い戻ってくる。

私は、勝矢に会おうと決意した。

〈妊娠6ヵ月〉妊娠20週〜妊娠23週

お腹がずいぶん大きくなり、足に疲労が溜まりやすくなりました。

階段の上り下りが少し大変ですが、あなたが成長している証拠だと思うと嬉しくて、心に大きな力が湧いてきます。

数日前から下腹部が張り、微かに痛みがあったので、念のため病院で検査を受けました。

大きな問題はありませんでしたが、早産にならないように、いくつか気をつけなければならないことがあります。

未だに、なにが真実なのかわかりませんが、少しでも心配な出来事が起きると、自分の過去の罪と結びつけて考えてしまいます。

身長28センチ、体重620グラム。

毎日、あなたが無事に生まれてくることを願っています。

小学生の少女が、顔を歪めて泣いている——。

よく見るとそれは私自身だった。トイレの個室に閉じ込められ、誰かが助けに来てくれるのを待っている。なぜか小さな手には、カッターナイフを握りしめていた。

突然ドアが開き、顔を上げると、十代の姉の姿が目に飛び込んでくる。彼女は薄い唇を噛みしめ、そっとこちらに手を伸ばす。その手が赤黒い血に染まっている。私は少しも怖くなかった。躊躇わず腕を伸ばすと、ふたりの手が触れ合う直前、眩しいほどの光の洪水に襲われて目を閉じた。

夢を見ていたのだろうか——。

現実に引き戻された私は、緩慢な動きでソファから上半身を起き上がらせた。ダイニングテーブルの上には、スマホが置いてある。最近、深く眠れない日が続いていたので、電話を終えたあと転寝（うたたね）をしてしまったようだ。

これまで兄とは密に連絡を取り合う仲ではなかった。けれど、良世と生活するようになってから、頻繁に電話が来るようになり、他愛もない会話を交わしている。なにか問題が起きていないか心配しているのだろう。

結局、兄は市議会議員選挙への出馬は取りやめた。義父から、待てば海路の日和あり、と窘（たしな）められたようだ。義父は自分の言葉で語るよりも、ことわざや四字熟語を多用する人のようで、思慮深い兄とは相性がいいようだった。

以前、兄は電話口で、勝矢の弁護士から連絡があったと話していた。そのとき弁護士から、義兄について、いくつか質問されたようだ。

心配性の兄に面会のことを相談したら反対されるのは目に見えている。だから、その件は伏せて、私は勝矢の担当弁護士の連絡先を教えてほしいとお願いした。怪しまれないように、現在、良世の父親がどのような状況なのか知りたいという理由も付け加えた。

性格を考慮し、うまく依頼したせいか、兄は不審がる様子も見せず、思いの外あっさりと勝矢の私選弁護人、三浦幾人の連絡先を教えてくれた。

ニュースの報道によれば、勝矢は竹川優子さんへの殺人容疑で送検されたという。面会は難しいのではないかと思っていたけれど、心配は杞憂に終わった。

思い切って連絡してみると、三浦弁護士は「少しお時間をいただきますが、接見禁止処分は受けていないので、面会は可能です」と軽い口調で承諾してくれた。声の調子からは、まだ若い弁護士のようで、どことなく話し方がサナさんに似ているせいか、少しだけ気持ちが楽になるのを感じた。

面会の日程が決まり次第、三浦弁護士が連絡をくれるという。

数日前までは、会えるだろうかと気を揉んでいた。それなのに面会の手続きが進行し、現実味を帯び始めると、今度は勝矢と相対するのが恐ろしくなってくる。期待と不安、相反するような複雑な感情が綯い交ぜになっていた。

良世が二階から下りてきたので、私は声をかけた。

「夕方から絵画教室があるんだけど、もし興味があったら見学してみない？」

絵画教室を開講している間、良世をひとりきりにしてしまうので気になっていた。来たばかりの頃はまだ難しいと危惧したけれど、今は精神的にも安定しているので参加できるかもしれない。絵の才能をもっと伸ばしてほしいという気持ちもある。かつて絵の世界に魅了された人間だからこそ、どれほど望んでも得られない才能が存在することを知っていた。彼にはその能力がある。

絵画教室は週一回、午後の四時半から六時半まで開講していた。今日はお盆休み前の最後の教室だった。

良世はソファに腰を下ろすと、両の拳を握りしめてから口を開いた。

「教室でなにをしますか」

抑揚のない話し方だけれど、サナさんが遊びに来た日から声をだして会話ができるようになった。きっと、姉の親友が心を開いてくれたのだろう。

少しでも興味を持ってもらいたくて、私はできるだけ明るい声で説明した。

「小中学生のお友だちと一緒に自分の好きな絵を描いて、楽しみながら表現力や技術を身につけていくの」

「ひとりで描けます」

「絵の画材には、色々あるんだよ。パステル、油彩、水彩、木炭デッサン。それぞれに魅力があって、教室には様々な道具が揃ってる。他の人が描く絵を見るのも楽しいよ。同じものを描いても、みんな違う絵になるんだから」

良世は素早く左右に目を走らせてから小声で訊いた。

「翔子さんは、どう思いますか」

「私は……見学に来てくれたら嬉しい」

彼は視線をそらすと、少し目を伏せてから口を開いた。

「それなら……教室に行きます」

自分では判断できない場面に遭遇すると質問を投げて、私の答えに従おうとする。ときどき、無理強いをしているのではないかと不安になってしまう。いや、仮に無理強いだとしてもかまわない。夏休みの間に少しでも新しい環境に馴染んでほしかった。

良世は夏休み明けから、近隣の小学校に転入することになっている。クラスは四年二組。詩音君と同じクラスだった。もしも気が合えば、学校生活は楽しいものになるはずだ。その前に、いくつか約束してもらわなければならないことがある。

私は少し緊張を滲ませた声でお願いした。

「苗字のことなんだけど、これからは『南雲』ではなくて、『葉月』と名乗ってほしいの」

部屋に重い沈黙が落ちた。

私は棚から紙を取りだし、ボールペンで『葉月』と書いて、良世に渡した。

緊張が高まる。父親は入院していると伝えていた。もしも「なぜ苗字を変えるの？」と問われたら返答に困ってしまう。事件については話せないからだ。

少しだけ間を取ったあと、特に不思議がる素振りも見せず、良世は「わかりました」とうなずいてくれた。

素直な態度は嬉しい。けれど、意思や個性というものが欠落しているような気がして、戸惑いを覚えた。

絵画教室が始まる三十分前になると、良世はそわそわと落ち着かない様子で爪を嚙み始めた。少し目を細めて、カリカリ嚙んでいる。強いストレスや不安を感じているのかもしれない。

嫌なら断ってもいいと伝えようとしたとき、彼はおもむろにソファから立ち上がった。ドアを開けて廊下に出ると、ゆっくり歩いていく。そのまま、いちばん奥の部屋に足を踏み入れた。

そこは絵画教室として使用している部屋――。

真っ白な壁、フローリングが広がる教室は、和室だった頃の面影はいっさいない。室内には木製の椅子、キャンバスをのせたイーゼルがいくつか置いてある。

常時、換気扇を回しているけれど、室内には油絵具の独特の臭いが漂っていた。学生時代を喚起させる懐かしい香りだ。

部屋に入った良世はキャンバスを端から眺めていく。注意深く観察してみると、彼は瞳を輝かせて色白の頬を上気させていた。こんなにも興奮している姿を見るのは初めてだった。

今すぐ美術館に連れていき、たくさんの名画に触れさせたいという思いが込み上げてくる。

一通り絵を眺め終えると、良世は前から三列目の窓際に置いてあるキャンバスに戻った。それは詩音君のものだ。

キャンバスには、水彩絵具で髪の長い女性が描かれている。彼女は白いワンピースを着て、自転車に乗っていた。背中には蝶のような翅が生えている。翅はところどころ穴があいていて、痛々しいほどボロボロに破れていた。

以前、どうして翅が傷ついているのか質問したことがあった。そのとき詩音君は「翅がダメになって飛べないから、この人は自転車に乗っているの」と説明してくれた。

立体感のない平面画だけれど、独創的で大胆な色使いは見る者を圧倒する。前に彩芽が「息子の描いた絵が、絵画コンクールで優秀賞を受賞したの」と嬉しそうに話してくれたことがあった。

実際に詩音君の絵は個性的で、入賞してもおかしくない作品ばかりだった。しかも描かれた世界には、彼なりの物語が存在している。物語の印象的な一場面を選び取り、キャンバスにぶつけているのだ。その想像力は彼の強みになるような気がした。

家のチャイムが鳴り、玄関の鍵を開けると、児童たちが「こんにちは！」と元気よく挨拶しながら入ってくる。みんなカラフルな靴下を履いていた。次々に廊下を駆け抜け、突き当りにある教室まで走っていく。

「あれ？　これ誰？」

小学五年の女の子が、好奇の目で良世を見ていた。他の児童たちも興味津々に眺めている。詩音君はドア付近で足を止め、観察するように新しい生徒と他の児童たちの様子を交互に窺っていた。

「新しい生徒？」

「何年生？」

「名前なんて言うの？」

「絵が好きなの？」

児童たちから次々に浴びせられる質問に、良世は怯えた表情で固まっている。

「彼の名前は良世君。今日は教室の見学に来たの。みんな仲よくしてね」

私がそう言うと、児童たちは屈託のない声で「は〜い」と返事をし、いつもの定位置についてエプロンなどの準備を始めた。その後、中学生たちが少し遅れて入ってくる。彼らはあまり関心がないのか、それとも無関心を装っているのかわからないけれど、新しい生徒に対してなにも質問しなかった。

良世はいちばんうしろの席に座り、絵を描いているみんなの姿を静かに眺めている。結局、教室が終わるまで、彼が手を動かすことは一度もなかった。

キッチンで食器の後片付けをしながら、私はソファに目を向けた。

夕食後、良世は熱心に色鉛筆で絵を描いている。教室ではまったく描こうとしなかったのに、今は夢中で手を動かしていた。人が大勢いるところで絵を描くのが苦手なのかもしれない。

私は洗い物を終えるとソファに座り、落胆を気取られないように声をかけた。

「その絵が気に入ったの？」

良世は手を止めて顔を上げる。唾をごくりと飲み込み、少しだけ目を伏せた。

画用紙には蝶の翅が生えた女性の絵が描かれている。立体感のある上手な絵だけれど、自転車に乗っている構図も詩音君のものとまったく同じだった。模倣を通して学ぶのは、悪いことではない。けれど、良世には好きなものを描ける技術がある。それにもかかわらず、誰かの作品を模倣する心理がわからなかった。

　想像を膨らませて、自ら創りだすことが苦手なのだろうか。もしかしたら、自分のほうが技術面において優れているということをアピールしたかったのかもしれない。どちらにしても、詩音君が見たら気分が悪くなるだろう。

「どうして詩音君と同じ絵を描いているの」

「これは……痛いですか」

　良世の質問の意味がわからず、私は「なにが痛いの」と訊き返した。

「蝶は翅が破けたら痛いですか」

　たしか、昆虫には痛覚がないというのを本で読んだ記憶がある。

「専門家ではないからわからないけど、昆虫類は痛みを感じる神経がないっていう説が多いみたいよ」

「人間じゃなくて、この人が昆虫なら……痛くないんですね」

「それが気になって、同じ絵を描いたの？」

　良世は静かな声で「はい」と答えた。

　絵を描きながら、相手の痛みを想像していたのだろうか――。なにか不思議な感覚が全身を走り抜けていく。

声をだせるようになってから、良世は緊張しながらも、ときどき自分から質問するようになった。けれど、父親の安否については一度も訊いてこない。こちらからも父子に関する疑問は迂闊に尋ねられず、未だに当たり障りのない会話を続けている。

以前、執拗に質問したせいで、彼を精神的に追いつめてしまったことがあった。あれ以来、質問を重ねるときは慎重になってしまう。

きっと、サナさんなら「軽く訊けばいいじゃない。相手が怒るなら、そのときは喧嘩すればいい」と笑うだろう。おそらく、姉も親友の意見に賛同するだろう。

ふたりに背中を押され、私は気になっていた疑問を口にした。

「良世は、お父さんのことを名前で呼ぶんだね」

彼は思案顔になったあと、鈍い動きでうなずいた。

「どうして『勝矢さん』って呼ぶようになったの」

「呼びなさいって言われました」

「お父さんから？」

「そうです」

「敬語も？」

「はい」

それ以上質問されるのが嫌なのか、また色鉛筆で絵の続きを描き始めた。先ほどよりも筆圧が強く、力を込めて色を塗っている。

「お母さんのことは？」

「詩織さん」

彼は手を止めずに答えた。「勝矢さんも……『詩織』と呼んでいます」

まるで尋問しているような雰囲気になってしまい、気まずい空気が流れた。

静まり返った室内に色鉛筆の擦れる音だけが響いている。さらに筆圧が強くなった気がする。絵の構図はまったく同じなのに、良世の描く世界は全体的に暗く、不穏なものが漂っていた。

8月23日　晴れ

今日、新潟の警察署まで赴き、留置場にいる義兄と面会します。

三浦弁護士も一緒なので、さほど不安はありませんが、限られた時間の中でどのような質問をすべきか悩んでいます。

反対されるのは目に見えていたので、結局、兄には面会の件は言えませんでした。

私が家を空ける間、夏季休暇中のサナさんが良世の面倒を見てくれることになりました。

彼女は自宅まで来てくれるそうです。お姉ちゃんが言うように、サナさんは優しい人ですね。

義兄は被疑者であると同時に、ひとりの父親でもあります。

今頃、良世のことを心配しているのではないでしょうか。息子に伝えたい言葉や想いがあるはずです。

あの事件が、義兄の犯行ではないことを願っています。

外はまだ薄暗い、早朝四時半。私はリビングで日記を書いていた。

もしかしたら自分で思っているよりも、緊張しているのかもしれない。

昨夜、眠りについたのは深夜だったのに、数時間後には目が覚めてしまい、そこからは一睡もできなくなってしまった。

深い静寂の中、新聞配達のバイクの音が聞こえてくる。

私は書き終えた日記帳を棚の引き出しにしまうと、ノートパソコンをテーブルに置き、ブラウザを立ち上げた。すぐに勝矢の事件について検索を開始する。

ネットニュースによれば、新潟地検は事件当時の刑事責任能力の有無を調べるため、九月上旬にも勝矢を鑑定留置するという。ネットで調べてみると鑑定留置とは、病院などの施設に留置し、被疑者の心身の状態を鑑定することらしい。

私は詳しい知識を有していなかったので、起訴前に精神鑑定を行うという内容に驚いた。

現在、勝矢はどのような状態なのだろう。

ニュース映像では自宅から連行されていくとき、彼は薄気味悪い笑みを浮かべていた。その表情からは、以前のような生真面目さは微塵も感じ取れなかった。人を殺害して微笑んでいたとしたら、常軌を逸しているようにも思える。普通に会話はできるのか、それさえもわからず、重い息が口からこぼれた。

ネットの書き込みの中には、遺体をバラバラにしていたという情報もある。真偽は定かではないけれど、中には人肉を食していたという猟奇的な内容もあり、胸にむかつきを覚えた。

検索を続けていると、被害者の小宮真帆ちゃんの母親が取材に答えている映像を発見した。

マウスを握る手が、じっとりと汗ばんでくる。再生しようかどうか迷った。映像を目にしたら、娘を失った母親の痛みがダイレクトに伝わってくる気がして、怯(ひる)んでしまったのだ。

意を決して、マウスをクリックする。

瞬時に女性の啜り泣く声が耳に飛び込んできて、肩に緊張が走った。

真帆ちゃんは温厚な性格で、ソフトクリームとドーナツが大好物だったようだ。声を震わせて娘の思い出を語る母の姿は、見るに耐え難いものがある。彼女は途中から感情が高ぶり、うまく話せなくなってしまった。

　映像の下にあるコメント欄には、加害者に対する罵詈雑言が並んでいる。

　子どもを失う苦しみは、嫌というほど理解できた。けれど、私は簡単に加害者を批判することはできなかった。それは自分が曖昧な立場に身を置いているからだろう。加害者側の家族や親族は謝罪の言葉を口にできても、一緒に犯人を批判する権利はないように思えたのだ。

　ポータルサイトのトップニュースには、中学二年の男子生徒が同級生を刃物で刺殺したという事件が掲載されている。加害者の男子生徒は、学習塾の夏期講習で犯行に及んだようだ。被害者に対して一方的に恨みを募らせて襲ったと見られている。

　人間はやろうと思えば、子どもでも人を殺せる。もちろん、大人も同じだ。隣席のクラスメイト、会社の同僚、名も知らない通行人を刃物で一突きすれば殺害してしまえるほど、人間は自由な生き物なのだ。けれど、その境界線を越える者は少ない。

　一体、南雲勝矢という人間は、どのような人物だったのだろう――。

　カーテンを開けると東の空が白み始め、鳥の澄んだ鳴き声が聞こえてきた。普段なら平穏な朝を告げる鳥のさえずりが、今朝は胸に焦りの感情を連れてくる。

　もしも本当に勝矢の犯行ならば、この先、彼がどれほど心から反省し、幾度も謝罪の言葉を口にしようとも、良世の背負う苦しみを消すことはできない。父親が傷つけたのは被害者だけでなく、息子の環境や未来もずたずたに切り裂いたのだ。

足音が近づいてきて振り返ると、ドア付近に良世が立っていた。

「おはよう」

お互いに挨拶を交わし、朝食の準備を始めた。

いつもと変わらず、とても静かな食卓だった。リビングにはコーヒーの香りが漂っている。良世は牛乳が苦手なので、オレンジジュースを飲んでいた。いつものクールな雰囲気とは違い、こぼさないようにグラスを両手でつかんでいる姿は、まだ幼い子どもそのもので庇護欲を掻き立てる。

もしも父親に会いに行くことを伝えたら、どのような反応を示すだろう。そう思った途端、強い後ろめたさに襲われた。父親にいちばん会いたいのは、良世なのかもしれない。けれど、正直に伝えることはできない。彼はまだ真実を知らないのだ。このまま嘘をつき続けることに罪悪感を覚えた。

約束した時間に自宅に来てくれたサナさんに留守を頼み、私は最寄り駅まで向かった。

涼しかった早朝とは違い、歩いているだけで汗が噴きだしてくる。

昼食用に鶏肉の炊き込みご飯、肉じゃが、サラダなどを冷蔵庫に入れてきた。最低限の準備はしてきたけれど、休みの日に子守をさせてしまうのが申し訳なかった。

　出発前、サナさんは自分の胸を叩き、「ここは第三の母に任せなさい」と微笑んでくれた。良世には急用ができたから出かけてくるとしか伝えていない。あまり興味がないのか、彼は無表情のまま抑揚のない声で「わかりました」とつぶやいた。

　電車に揺られ、大宮駅まで向かうと新幹線に乗り換え、二時間くらいで新潟に到着した。そこから在来線に乗り、三浦弁護士と待ち合わせをしている警察署の最寄り駅のホームに降り立った。

　改札を抜けてタクシー乗り場まで行き、私は空車の後部座席に乗り込んだ。背もたれに身体を預け、流れる景色をぼんやり眺めていると、良世の顔が浮かんでくる。

　柔らかそうな髪、色素の薄い瞳、小さな鼻と口、唇は薄くて肌はとても白い。

　父親に似ているところはあるだろうか――。

　記憶を掘り起こしてみるも、なぜか勝矢の顔が明確に思いだせなかった。

　弁護士は、いつでも被疑者と面会ができるようだが、一般面会の場合は平日のみで時間も決められているという。面会予定時間は、午後二時。

　寡黙なタイプなのか、それとも行き先が警察署だったせいか、運転手はなにも話しかけてこなかったので気持ちが楽だった。ずっと窓のほうに顔を向けていた。

　タクシーを降りてから、警察署の敷地内に足を踏み入れると、駐車場付近にそれらしき人物が立っているのに気づいた。

男性は、紺のスーツ姿だった。胸につけた弁護士バッジが、強い日射しに反射して輝いている。彼はこちらに近寄ってくると、「葉月さんですか」と笑顔で確認してから自己紹介を始めた。

「弁護士の三浦です。本日はよろしくお願いします」

三浦弁護士は慣れた手つきで名刺を取りだし、深く頭を下げた。

声の印象では二十代くらいに思えたが、実際は三十代後半くらい。髪は短く、ヘアワックスで前髪を立てている。弁護士と言われなければ、街中でよく見かける爽やかなビジネスマンのようだった。

電話で聞いたところによると、勝矢が逮捕されたとき、三浦弁護士は当番弁護士として呼ばれ、そのまま私選弁護人として契約したようだ。

彼は自分の腕時計にちらりと目を向けてから、特に説明もなく軽い口調で「そろそろ行きましょうか」と声をかけてきた。

心の準備ができていないせいか、警察署は目の前なのに足が一歩も動いてくれない。私は焦燥に駆られ、どうしても訊きたかった質問を口にした。

「本当に南雲勝矢は人を殺したのでしょうか……もしそうなら、動機はなんだったんですか」

良世の父親に会う前に、わずかでもいいから真相を知りたかった。

しばらく沈黙したあと、三浦弁護士は硬い声で答えた。

「南雲さんは責任を逃れるために詭弁を弄することもなく、全面的に犯行を認めていますが、動機についてはなにも語ろうとしない状態が続いています」

「認めている……つまり、彼は本当に人を殺したということですか」

「新たな新事実が出ない限り」

「これから精神鑑定が行われるんですよね」

三浦弁護士は気の毒そうに表情を曇らせてから口を開いた。

「今回の場合、精神鑑定が行われても不起訴になるのは難しいでしょう。起訴された場合、自白事件ですので、裁判では量刑を争うことになります」

視界が狭まり、辺りが仄暗くなった気がした。

私は底知れぬ不安を感じながら、縋るように訊いた。

「人を殺めたのが事実なら……今、彼は反省しているのでしょうか」

「南雲さんの生育歴はご存知ですか？」

唐突に質問を振られ、思わず息を呑んだ。

答えに窮してしまう。結婚前、兄が調査会社に調べさせたということは言いづらかった。私は調査報告書の内容を聞き知っているように装って返答した。

「義兄は、幼い頃にご両親を事故で亡くし、親戚の家で養育してもらったそうですね。でも……なにか問題があって、一時は児童養護施設に行き、そこからまた親戚の家に戻ったという話は聞いています」

「週刊誌の類には目を通されていますか」

その脈絡のない質問に、私は戸惑いながら「すべての雑誌に目を通してはいません」と返した。

三浦弁護士は言葉を選ぶように間を取り、「ある雑誌にも掲載されていましたが」と前置きしてから話し始めた。

「小学五年の頃、南雲さんは叔父の家で生活していたようです。その頃、近所に住む男性の腹をカッターナイフで切りつけて怪我を負わせる事件を起こしました。当時、十歳の触法少年なので刑事責任は問われませんでしたが、それが原因で児童養護施設に送致になったんです」

「どうしてそんな事件を起こしたんですか」

「今回の事件の動機と関係があるかどうか判じかねますが、当時の南雲さんは、児相の職員との面談で『人を殺したいという願望がある』と告白したそうです」

犯罪者の中には、刑期を終えたあと幾度も犯行を繰り返す者もいる。

まさか勝矢は、幼い頃からずっと人を傷つけたいという衝動を抱えていたというのだろうか――。

抑えられないほどの激しい怒りが湧き上がってくる。もしも、大人になっても抗えない殺人衝動を抱えていたなら、なぜ結婚して子どもを持とうと考えたのだろう。あまりにも身勝手な行為だ。

かつて姉は、勝矢から子どもは嫌いだから産まないでほしいと言われ、サナさんに相談した。既に身ごもっている妻に対し、それを伝えるのはとても残酷な行為だ。夫、父親、人間としても身勝手で、強い憤りが胸をかき乱した。

やはり、どうしても姉が勝矢を愛した理由がわからない。

腑に落ちないことばかりだけれど、面会の時間が迫っていたので、警察署の総合受付へと向かった。受付で身分証明書を提出し、簡単な説明を受けてから長椅子に座って待っていると、体格のいい男性の留置係があらわれた。

彼と一緒に長い廊下を歩いていく。

案内された面会室には、透明なアクリル板が設置されていた。ちょうど部屋の中央で仕切られている。部屋はさほど広くなく、アクリル板の向こうにもドアがあった。おそらく、留置施設に繋がっているのだろう。

三浦弁護士に勧められ、私は用意されているパイプ椅子に腰を下ろした。

一度大きく深呼吸する。無機質な室内は想像以上に緊張感を煽る場所だった。

高ぶる感情を鎮めようとしても心臓の鼓動が激しくなり、掌にじんわりと汗が滲んでくる。

先ほどまでの怒りは消失し、恐怖が心を支配していた。

以前の勝矢は口数も少なく、おとなしい人物だった。今も変わらないのだろうか。それとも意思の疎通ができないほど獰猛な動物に変わり果ててしまったのか――。

一線を越えた人間に会うのが、とても怖く感じられた。

これまでどれほどの人々が、この面会室で被疑者と対面してきただろう。家族はみんな、苦しい思いを抱えていたことだけはよくわかる。

軋む音が響き、アクリル板の向こうのドアがゆっくり開く。

次の瞬間、胸に冷たい感触が走った。

勝矢は灰色の上下スウェット姿。長い髪はうしろでひとつにまとめている。目は落ち窪み、頬の肉はそげ、まるで重篤な病人のようだった。平静を装っているのか、表情からは胸の内は読み取れない。耳を澄ますと、なにか歌を口ずさんでいる。聞き覚えのある洋楽だった。

「静かにしろ」

勝矢と一緒に入ってきた警察官が厳しい声音で注意を促したが、彼は口ずさむのをやめようとしない。それどころか、わずかに音量を上げた。

たしか、姉が好きだったバンドの歌だ。高校の頃、姉は軽音楽部に所属し、ガールズバンドでベースを担当していた。そのときも、この曲を演奏すると言っていたのを覚えている。

「静かにしろ！　面会を終了するぞ」

警察官に再度警告され、勝矢はいかにも渋々といった様子で椅子に座った。

面会時間は二十分――。

短い時間だとわかっているのに、頭が真っ白になり声がだせない。

面会に立ち会う警察官は、小さなテーブルの前の椅子に腰を下ろし、メモを取り始めた。

アクリル板越しに、黙したまま被疑者と目を合わせていると、頭が痺(しび)れてくる。濁りのない澄んだ瞳が殺人犯には似つかわしくなくて、余計に動揺してしまう。

目の前にいる人間は、私の知っている義兄なのか。本当に人を殺したのだろうか――。

緊迫した空気の中、最初に口を開いたのは勝矢だった。

「なぜ生きているんですか？」

「え？　それってどういう……」

「あぁ、そういえば、あなたは出産後、命を落とさなかったんですよね」

私は言葉を失った。重大な事件の被疑者になり、久しぶりに顔を合わせた義妹に対して最初に言う言葉ではない。

こちらの困惑など意にも介さず、勝矢は感情のこもらない口調で言った。

「ずいぶん顔色が悪いようですが大丈夫ですか」

相手のペースに巻き込まれたくなくて、私は冷静に返答した。

「こんな形でお会いしたくありませんでした」

「詩織は美しかった。あなたは、姉とは似ていませんね。本当の姉妹なのでしょうか」

唖然となり、彼を正面から見つめることしかできなかった。

この人は、本当に姉が結婚した相手だろうか——。外見を似せただけの、別人のように思える。

勝矢はアクリル板に顔を近づけると、重大なことを打ち明けるように囁いた。

「良世はそっくりですよね」

「姉に似てよかったです」

私は動揺を気取られないよう、嫌味を込めて言い返した。

勝矢の目は虚ろで、口元には笑みを刻んでいる。魂が抜け出ているような印象を受けた。

まともに意思疎通が図れないのではないかと思ったとき、彼は奇妙な言葉を口にした。

「強い怒りに支配されても、良世に暴力をふるったことは一度もありません。ただ……どちらかというと僕が彼に苦しめられてきたんです」

「どういうこと？」

「子どもを育てるのは非常に難しい。爆弾テロで多くの犠牲者をだした犯人も、警察の銃を奪って乱射した青年も、クラスメイトを毒殺した生徒も、みんな、みんな人間の子どもです」

「なにが言いたいんですか」

「あの子には、隙を見せてはいけない。油断していると、あなたもやられますよ。取り返しがつかないことになる」

勝矢は秘密をもらすように小声で言葉を継いだ。「あなたは真実が知りたくて僕に会いに来たんですよね。なぜならば、良世に不信感を抱き始めているからだ。ええ、教えてあげますよ。次の養育者に早く真実を伝えたかった。息子は人殺しなんです」

警察官が顔を上げて勝矢を睨むと、隣で三浦弁護士が溜息をついた。

私は怒りに駆られて声を上げた。

「どうしてそんなひどいことを……良世はあなたの息子じゃないですか」

「母性、父性、親子愛、無償の愛が成立するのは、子どもが普通の愛らしい人間の場合のみです」

「良世が普通じゃないって言いたいんですか」

「ずいぶん鈍い人だ。僕は誕生したときからわかっていた」

勝矢は不気味な笑みを浮かべ、すぐに真顔に戻った。「あなたは、良世の怖さにまだ気づいていない。息子は不幸を呼ぶ子なんです。誰かを不幸にする強力な力がある」

三浦弁護士が顔を歪めて言葉を挟んだ。

「南雲さん、そんな非科学的な発言はしないほうがいい」

勝矢は泣きだしそうな表情で、三浦弁護士に視線を移してから言った。

「先生は頭がいいからわかっているはずですよ。この世には悪魔がいるんです。悪魔と関わると、立て続けに不幸な出来事が起きる。人間関係が崩れ、大切な人が離れていき、身内が死に、会社は倒産し、人生が破滅する。その人間から離れられたら、また自分の人生を取り戻せる。もちろん、奈落の底まで堕ちていなければの話ですけどね」

なにも面白いことなどないのに、勝矢は顔を伏せて忍び笑いをもらした。

私は眼差しに力を込めて訊いた。

「あなたは、息子に申し訳ないと思わないんですか」

「僕は父親になんてなりたくなかった」

勝矢は視線を落としてなにかつぶやいたあと、さっと顔を上げた。「もうじきですよ。もうすぐあなたにも、あの子の怖さがわかる。そういえば……娘さんはお元気ですか」

勝矢には、美咲希が亡くなったことは話していなかった。娘の葬儀は、夫の両親と兄しか参列していない。私が家族葬にしてほしいとお願いしたのだ。

「ええ、元気ですよ」

なぜ嘘をつこうと思ったのか自分でもわからない。けれど、勝矢相手になにひとつ真実など語りたくないという思いでいっぱいだった。

「おそらく、あの子は傷つけてしまうでしょう。ふたりきりで家にいるのなら、今頃、娘さんは亡くなっているかもしれませんね」

勝矢は眉を寄せ、憐れむような表情を浮かべている。

恐怖よりも怒りが勝った。私は気味の悪い男を睨みながら言葉を吐き捨てた。

「幼い頃に、ご両親を亡くした。あなたには辛い過去があるようですね。それが原因で自分の息子を愛せなくなったんですか」

勝矢の顔から笑みが消え、眼光が鋭くなる。

「低レベルの人間には、僕の複雑な感情は理解できない。それなら最初から理解しようとしないほうがいいですよ。中途半端な人間に会うと虫酸が走る。あなたには相手の心を読み解く能力がない。だから僕の気持ちは永遠にわからない。唯一、正確に心を読み解き、寄り添ってくれたのは詩織だけです」

僕の気持ちは永遠にわからない？

自分のことばかりで、息子を心配する気持ちは微塵もないのだろうか。

もう話にならない。まともに会話ができない怖さを感じた。

私は椅子を引いて立ち上がると、ドアに向かって歩きだした。改悛の情があるのではないかと期待した自分が愚かだった。甘かったのだ。

そのとき、胸を射貫く言葉が耳に飛び込んできた。

「詩織は『妹は両親に愛されている私に嫉妬している』と悩んでいました。空から詩織の声が聞こえてくる……」

慌てて振り返ると、勝矢は虚ろな目で天井を見つめていた。直後、かっと目を見開き、興奮した様子で言い放った。

「ショウちゃんが死ねばよかったのに。ショウちゃんは、私や弟よりも頭が劣っていてダメな子なの。あの子は生きていても意味がない。私じゃなくて弱虫で根暗な妹が死ねばよかったのに」

顔が強張り、視界が暗くなる。

警察官が立ち上がると、時間よりも早く声をかけた。

「おい、立て。もう終わりだ」

警察官は無理やり腕をつかんで、立ち上がらせようとしている。

勝矢が出ていくまで、そこから一歩も動けなかった。呼吸が浅くなる。

静まり返った部屋に、いつまでも耳障りな笑い声が響いていた。


警察署の近くにあるカフェは空席が多く、飾り気のない店内だった。

木製のテーブルにはアイスティがふたつ。いびつな形の氷がカランと音を立てて崩れた。

「ご気分はどうですか」

店員がテーブルを離れるのを見計らってから、三浦弁護士は口を開いた。

私は面会室を出てから目眩に襲われ、バランスを崩して廊下に座り込んでしまった。

勝矢に会うまでは微かな希望を抱いていた。ひとりの父親として、息子に対する愛があるはずだと信じていた。わずかでもいいからその痕跡を目にしたい。そんな願いは虚しく打ち砕かれ、強い虚無感に襲われて全身から力が抜けていった。気づいたときには、警察署のつるりとした白い廊下に膝から崩れていた。

「先ほどは、すみませんでした」

私は謝罪したあと、面会時に覚えた違和感を口にした。「南雲勝矢は、精神鑑定で責任能力を有さないと判断されるために、猟奇的な人物になりきろうとしているんですか？　それとも心を蝕まれ、本当におかしくなっているのでしょうか」

三浦弁護士はアイスティで喉を潤してから答えた。

「わたしは専門家ではないので明確な回答はできません。いえ、その道の専門家でも判断するのはとても難しいと思われます」

たしかに、彼の深層心理を分析するのは至難の業だろう。

私はいちばん気になっていたことを尋ねた。

「警察の取り調べでも、息子が人殺しだと言っていたんですか」

「わたしが接見したときは、一度も耳にしたことはありませんでした。遺体に関しても、息子さんが学校に行っている間にすべてひとりで処理したと話しているようです」

「彼の息子は事件に関係ないということですよね」

「少なくとも我々には、そう供述しています」

「それなら、なぜあんなことを言ったんですか」

三浦弁護士は思案顔になってから、意外な質問を発した。

「事件前、南雲さんとのご関係は良好でしたか」

「いえ……あまり連絡は取っていませんでした」

「傍から見ていても、彼の胸中は読み取れませんでしたが、あれが虚偽の発言ならば、葉月さんを脅し、困らせようと躍起になっているように見えました」

息子の養育者を脅してなんになるというのだろう。勝矢が望んでいることがまったく理解できない。ただ単に私に嫌悪感を抱いたのか。それとも、良世の養育者として適任かどうか見抜こうとして暴言を吐き、試したのだろうか——。

もしかしたら姉は私を嫌っていて、その復讐をしたかったのかもしれない。

相手の気持ちを探れば探るほど、なにが真実なのかわからなくなり、樹海の奥深くへと迷い込んでしまう。仄暗い森で迷子になれば、もう二度と戻れない予感がして恐ろしくなる。

私はネットに書き込まれていた情報を思いだした。

「ネットで得た情報なので偽りかもしれませんが、遺体をバラバラにしていたという内容が書き込まれていて、それは事実なのでしょうか」

「申し訳ありません。現段階では事件の詳細についてお話しすることはできません。ただ、裁判が始まれば、犯行の詳しい内容が報道されるでしょう」

完全に否定せず、答えを濁すということは、可能性はゼロではないということだ。

私は強い口調で言葉を放った。

「やはり、あの人は普通ではないのでしょうか。子どもの頃から殺人願望があったんですか」

死後の世界は存在するのか、明確に答えられる者はいない。わからないからこそ、人は死を恐れる。猟奇的な殺人事件が起きるたび、動機を知りたいという思いが湧くのも、理解できないものが怖いからだ。

ふいに、良世が描いた絵が脳裏に立ちあらわれる。

怪我をして血を流している動物たち、首を切断された赤ん坊の絵。今まで見ようとしなかった、心の奥にしまい込んだ不安がむくむくと頭をもたげてくる。

私は良世が怖いのだ——。

だから父親に愛があるのを確かめて、安心感を得たいという思いに駆られたのかもしれない。

「南雲勝矢と叔父の関係はどのようなものだったのでしょうか」

事件のことは語れなくても、勝矢の生い立ちなら話せるのではないかと期待し、私は縋るような思いで訊いた。

「何度目かの接見のとき、南雲さんは奇妙な過去を語ってくれました」

三浦弁護士はアイスティを飲み干すと、知り得た情報を教えてくれた。

勝矢を引き取った叔父は、ホルマリンを用いて魚の標本を作るのが趣味だったようだ。叔父は気に入らないことがあると、「子どもの標本も作ってみたい」と脅すような言葉を口にしたという。勝矢は人間の尊厳を捨て去らなければ生きていけないほど、ひどい虐待を受けていたようだ。けれど、大学の学費がほしくて、中学の頃に叔父の家に戻ったという。

勝矢は自分の生い立ちを語ったあと、「だから僕は猟奇犯罪者になりました。世間はこういう理解しやすい因縁話が大好きでしょ？　まだやりたいことがあるので、裁判では僕の痛ましい境遇を織り交ぜて熱弁し、ぜひとも量刑を軽くしてください」、そう三浦弁護士に微笑んだという。

まだやりたいことがある？

叔父からの虐待話も、すべてが欺瞞に満ちた供述に思えてしまう。ふたりの命を奪っておきながら、自分が罪に問われたら助けてほしいというのは筋が通らない。殺された被害者たちも、やりたいことはたくさんあったはずだ。

勝矢のなにもかもが信じられず、私は棘のある口調で言った。

「彼は本当に被虐待児だったのでしょうか」

「量刑の減軽を図るために、依頼人の証言の真偽を確かめるのも我々の仕事のひとつです。

生い立ちに関しては、これから詳しく調査していきたいと思っています」

面会前、三浦弁護士は、小学五年の頃、勝矢が近所に住む男性の腹をカッターナイフで切りつけて怪我を負わせたと言っていた。

私は胸騒ぎを抑えきれず質問した。

「先ほど、南雲勝矢はカッターナイフで人を切りつけたと仰っていましたが、被害者の男性との間に、どのような問題があったのでしょうか」

「被害者の男性を調べたところ、既に病気で亡くなっていました。そのうえ、三十年前に起きた事件を覚えている関係者は少なく、調査は難航していたため、直接、南雲さんに事件のことを尋ねると、被害者の男性には南雲さんと同い年の娘がいたようです。彼女とは仲がよかったと話してくれました」

「仲のいい友だちの父親を傷つけたんですか？」

「どうやら、彼女は父親から虐待を受けていたようです」

勝矢は、友だちの少女を救いたいと思ったのだろうか。腑に落ちないところがある。

「もしも彼女のために犯行に及んだのなら、どうして児相の面談で、『人を殺したいという願望がある』と告白したんですか」

「彼女が虐待について他言したことが明るみに出れば、父親の暴力がますますエスカレートすると考えたようです」

つまり、虐待を受けている女の子を救うため、「人を殺したいという願望がある」と嘘をつき、彼女を守ろうとした？　そこまで考えたとき、サナさんから聞いた姉の言葉が耳に戻ってきた。

——同じクラスに南雲さんがいたら、あの子を救えたかもしれない。

おそらく、姉は勝矢の過去を知っていたのだろう。姉は苦しんでいるクラスメイトに手を差し伸べられず、命を救えなかった。けれど、勝矢は自分を犠牲にして、友だちを守ろうとした。その強さや優しさに惹かれたのだろうか。もしそうならば、そんな勇敢な人物が、どうして息子を苦しめるような過ちを犯したのだろう。

三浦弁護士は胸中を読み取ったのか、穏やかな声音で言った。

「現時点では、わたしもなにが真実なのか判然としません。残念ですが、依頼人の中には同情を誘うような発言をする人も多く、真実を見極めるのが非常に難しい場合があります」

「虐待されていた娘さんには、お会いできないのでしょうか」

「調べたところ、彼女は高校生の頃に交通事故で亡くなっていました」

三浦弁護士は深い溜息をついてから続けた。「どのような真相があったにせよ、葉月さんは、もう南雲さんとはお会いにならないほうがいいと思います」

面会後、警察署の廊下で気分が悪くなってしまったからだろうか。自分の腑甲斐なさを痛感し、情けなくなる。

彼はまっすぐこちらを見て、少し強い口調で言った。

「本物の悪人と対峙するとき、こちらも呑み込まれないように気をつけなければなりません。残念ですが、加害者の中には人心をコントロールするのが非常に巧みな人間が存在します」

三浦弁護士の苦言が身に沁みた。勝矢が放った、「ショウちゃんが死ねばよかったのに」という言葉がべったりと耳に残り、いつまでも消し去れなかったからだ。頭の中で繰り返される言葉は、次第に姉の声に変わり、真実となって心に留まり続けていた。

「葉月さん、大丈夫ですか？」

我に返り、私は顔を上げた。

「すみません。少し心が不安定になってしまって……」

アイスティを口に入れても、冷たいだけでまったく味がしない。

久しぶりにアルコールを口にしたいという抑え難い欲求に駆られた。

新幹線の車窓を眺めながら、私は面会室の光景をぼんやり思い浮かべていた。

アクリル板の向こうは別世界のようだった。面会をすれば、真実に近づける気がしていた。

それなのに疑問は氷解するどころか深まるばかりで、真実はますます遠のいていった。勝矢の不気味な笑みだけが頭の中に焼きついている。

良世に伝えられる言葉を持ち帰ることはできなかった。それどころか、心に奇妙な種を植えつけられた。水を与えてもいないのに疑惑という芽が育ち、心に黒い根を張り巡らせていく。もうとっくに面会は終了しているのに、今もなお勝矢に感情を支配されているような気がして、自分の愚かさに嫌気が差す。それなのに勝矢の言葉が、耳鳴りのように響いてくる。

——この世には悪魔がいるんです。

幼い頃、姉と一緒に『トワイライトゾーン』というオムニバス映画を観たことがあった。その中の一篇に、特殊能力を持つ少年の物語がある。少年の家族は、理不尽なことをされても彼に逆らえなかった。なぜならば、少年は嫌いな相手を自分の思い通りにできるという特殊な能力を持っていたからだ。かつて、少年の姉は彼を怒らせてしまい、テレビアニメの中の怪物に食い殺されてしまう。彼を化物だと恐れているのに、誰も逃げだすことはできないという恐ろしい映画だった。

映画を観終わったとき、姉は青白い顔で「本当にこんな怖い子がいると思う？」と尋ねてきた。まだ幼かった私は、うまく考えがまとまらず、口をつぐんでいた。特殊能力を持つ人間が、この世に存在するかどうかわからなかったのだ。ただ、心の底から家族の中に化物がいなくてよかったと安堵していた。

小学生の少年に殺人はおろか、遺体をホルマリン漬けにするなんてできるはずがない。頭では理解しているのに、なぜか心に巣くう不安を払拭できずにいた。

自宅の最寄り駅に到着したのは、夜の六時半過ぎだった。

空は、徐々に群青色に染まり始めている。日は暮れても、肌にまとわりつくような蒸し暑さが残っていた。心身ともに疲れ切っていたので、早く帰宅して身体を休めたいのに、歩を進めるほど陰鬱な思いが立ち込めてくる。足取りは重くなる一方だった。

通い慣れた道を歩いていると弱々しい嘆息がもれた。

自宅にたどり着くと、私はドアの前で足を止めた。躊躇（ちゅうちょ）している自分がいる。腕がやけに重く、ドアノブに手を伸ばすことさえできずにいた。

時間が経つほど戸惑いは増していく。

顔を合わせた瞬間、父親と面会したことを嗅ぎ取られるような気がして、良世と対峙するのが怖くなる。胸に不安が芽生えると、また勝矢の声が聞こえてくる。

――おそらく、あの子は傷つけてしまうでしょう。ふたりきりで家にいるのなら、今頃、娘さんは亡くなっているかもしれませんね。

サナさんに良世の面倒を見てもらっている。自宅にいるのは、ふたりだけだ。

焦りの感情がじわじわと胸の内を侵食していく。あり得ない妄想を打ち消し、私は急いでドアを開けた。

玄関の空気はひんやりして、廊下は静まり返っている。普段と変わらない光景なのに、他人の家に帰ってきたような錯覚に陥ってしまう。

廊下を進んでリビングに入ると、キッチンで洗い物をしているサナさんが顔を上げた。

「おかえりなさい。さっき、ふたりでシーフードピザを食べたんだ。ショウちゃんの分もあるからね」

私は「ありがとう」と微笑んだあと、ソファに座っている良世に近寄り、彼が描いている絵に目を向けた。

「すごいうまいんだよ。良世には絵の才能がある。そういえばショウちゃんは、美大卒だったよね。叔母の才能が遺伝したのかなぁ」

反応がないからか、サナさんは近寄ってくると私の顔を覗き込んで言葉を続けた。「この子は、本物の天才だね」

私は低い声で「そうかもね」とつぶやいた。それが精一杯だったのだ。訝(いぶか)しがるサナさんを尻目に、リビングを飛びだして二階に駆け上がる。廊下を歩く足音が、いつもより大きくなってしまう。娘の部屋に入り、すぐに勉強机の引き出しを漁った。指が強張り、動きが鈍くなる。

どこを探しても、あるべきものがない。

どうして――。

今度は良世の部屋に向かうと勉強机の引き出しを上から順に開けていく。一段目には文房具類が綺麗に並べてある。二段目には折りたたまれた画用紙、その下にはノートや付箋。次に三段目の引き出しを開けたとき、嫌な予感は確信に変わった。

そこには、娘の部屋にあるはずの絵本があったのだ。奥のほうからミニアルバムも出てくる。娘の写真だけを集めたアルバムだった。

――美咲希さんは五歳のとき車に轢かれて死にました。

良世が初めて発した言葉が、耳の奥から繰り返し響いてきた。

激しい動悸のせいか、頭がくらくらしてくる。額にじんわりと汗が滲む。

良世がリビングで描いていたのは、大きな瞳のトラ猫。それは、私が大学時代に創った絵本の主人公にそっくりだったのだ。

再び二段目の引き出しを開け、折りたたまれた画用紙を取りだした。綺麗に半分に折ってある。触れないほうがいいと本能が警告しているにもかかわらず、強張る指は画用紙を広げていた。

手の震えが激しさを増していく。心がかき乱され、頭の中が混乱をきたしていた。

画材は色鉛筆。幼い少女が描かれている。少女の首は切断され、その横で母親らしき人物が朗らかに笑っていた。

強い落胆と怒りが湧いてくる。

絵の中の母子は、私と娘の顔にそっくりだったのだ。少女が着ている洋服に見覚えがあった。おそらく、アルバムの娘の写真を見て模写したのだろう。

強烈な悪意を感じる。子どもの悪ふざけだと看過することはできない。

激しい頭痛に襲われ、ベッドに腰を下ろした。耳の奥で自分の鼓動が強く鳴り響いている。

疼くこめかみを指で押さえた。

私は心を鎮めてから立ち上がると、不吉な画用紙を手に部屋を飛びだした。

どんな心境で、この絵を描いたのだろう。彼の気持ちがまったく理解できない。

足音を響かせて階段を下り、私はリビングに駆け込むと即座に尋ねた。

「どういうこと？　どうしてこんな絵を描くの？」

良世はゆっくり顔を上げる。表情というものがまるでなかった。

私は画用紙を広げながら、感情を抑えた声で言った。

「どうして美咲希の部屋に入り、こんな絵を描いたのか教えて」

良世は反省する素振りも見せず、まるで侮蔑するかのように微笑んだ。

一気に頭に血がのぼり、唇がわななないた。


「なぜ微笑むの？　黙ってないで答えて」

怒りに駆られて声を荒らげると、サナさんが宥めるように私の背中を撫でた。

「ショウちゃん落ち着いて、急にどうしたのよ」

小学生を相手に憤っている自分が情けなくなる。背を撫でられるたび、虚しさと罪悪感が募ってくる。途端に視界が歪み、ひどい息苦しさを感じた。自分の身体なのにうまくコントロールできない恐怖を覚えた。

サナさんに画用紙を渡すと、私は声を振り絞った。

「これを……この子は、こんな絵を……」

彼女の表情がさっと曇った。

良世の不気味な笑みに耐えられず、私は逃げるようにリビングをあとにした。

完全に心の余裕を失っていた。こんな気持ちのまま子どもと対峙してはいけない。教師だった頃の自分に叱責され、玄関のドアを乱暴に開けて庭に飛びだした。

頭を冷やしたいのに、外に出てひとりになっても、心が少しも鎮まってくれない。蒸し暑い夜なのに指先も身体も冷たくなっていた。

勝矢と面会したせいか、ひどく神経が過敏になっている。気配を感じて慌てて振り返ると、玄関のドアからサナさんが顔をだした。良世ではないことに安堵している自分に気づき、無性に情けなくなる。

サナさんは隣に並ぶように立つと、いつもの軽い口調で言った。

「大丈夫？　ちょっと顔色が悪いね」

「良世は？」

自分から部屋を飛びだしたのに、彼の様子が気になって仕方なかった。サナさんが一緒にいてくれるという甘えがあったのかもしれない。

「感情が読めない子だから少し難しいよね。でも、なんとなく寂しそうだった」

寂しそう？　本当にそんな表情を浮かべていたのだろうか。

私は納得できず、胸の内を吐露した。

「さっき、あの子は笑っているように見えた。隠れて、こんな残酷な絵を描いているのもショックだった」

その言葉には反応せず、サナさんは温和な口調で別の質問を投げてきた。

「面会はどうだった？　ショウちゃん、帰ってきてから少し変だよ」

「あの人は父親なのに……」

誰かに相談しなければ不安が膨れ上がって今にも破裂しそうだった。それなのに別の疑問が口からこぼれてくる。

「あの子は……今日はどんな感じだった？」

「すごくいい子だったよ。午後は宿題をやる時間みたいで、ずっと二階の自室にいた。なにもやることがなくて部屋に遊びに行ってみたら、『勉強がしたいのでひとりにしてください』って言われた」

娘の部屋に入ったのは、今日だとは限らない。もっと前の可能性もある。どちらにしても、彼の思考が理解できない。

私は訥々と状況を説明した。

「さっきリビングで良世が描いていたトラ猫の絵は、娘の部屋に置いてあった絵本の主人公なの」

「つまり、断りもなく……良世が美咲希ちゃんの部屋に入ったってこと？　でも、絵本なら学校や書店で見た可能性もあるよね」

「私が大学のときに創ったものだから、書店では販売されてない。絵本だけじゃなくて、良世の部屋からは、娘のアルバムも見つかった」

サナさんは少し考え込んでから口を開いた。

「私には、ちょっとだけ良世の気持ちがわかるな。自分を養育してくれる人には娘がいた。その人の娘はどんな子だったんだろう。ただ知りたかっただけなんじゃないかな」

以前、サナさんが教えてくれた話を思いだして胸が痛んだ。彼女も継母に育てられたので、良世の気持ちがわかるのかもしれない。それでも言葉を止められなかった。

「あの絵はなに？　なぜ首を斬り落とされた少女の絵を描くの……しかも隣で母親らしき人物が笑ってた。絵の母子は、私と娘の顔にそっくりだった」

「ショウちゃん、大丈夫だよ。相手の気持ちがわからないなら向き合えばいい。良世は声がだせるようになったんだよね。たくさん話し合ってみなよ」

人の気持ちなんて言葉にしなければわからない。そんな基本的なことくらい心得ている。けれど、彼と相対するのが怖く感じるのだ。

サナさんは訝しげな表情で言った。

「面会でなにかあったんだね」

「南雲勝矢が……良世は人殺しだって言ったの。あの子は、人を不幸にする強力な力があるって」

サナさんは大きな声で怒鳴った。

「本当に最低。まさか、それを信じているわけじゃないよね？」

私は頬を張られた気がした。

三浦弁護士の言葉が頭の中に流れてくる。

――加害者の中には人心をコントロールするのが非常に巧みな人間が存在します。

勝矢の言葉に翻弄され、ありもしない疑念に取り憑かれていたのかもしれない。けれど、どうしても良世には不穏なものがまとわりついているように思えてしまう。

「彼は美咲希が他界したのを知らなくて……義兄に、良世は私の娘を傷つける、と言われて……それで混乱してしまって……」

話しているうちに声が震えてくる、自分自身が養育者として失格だと認識できたからだ。激しい罪悪感が押し寄せてきて、顔を上げることができなかった。

他の母親たちは、いつも強く優しくいられるのだろうか。愚かな妄想を膨らませ、迷いや不安に駆られるときはないのだろうか――。

ふいに右手があたたかくなるのを感じた。

視線を落とすと、サナさんが手を繋いでいた。まるで小学生のように繋いだ手をぶらぶら前後に揺らし、「ショウちゃん大丈夫だよ、大丈夫、大丈夫」と呪文のように繰り返した。興奮した神経が鎮まり、心が落ち着きを取り戻す。視界が涙でぼやけた。

サナさんはそっと手を離すと、微笑みながら言った。

「子どもってさ、悪いことをしたときは隠すよね。それなのに堂々とリビングで猫の絵を描いていたのは、悪いっていう認識がないからだよ」

「でも、首が切断された絵は引き出しに隠していた」

「そっちは悪いことだと気づいているんだろうね。つまり、ちゃんと善悪の分別はついているんじゃないかな」

私は前から抱いていた疑問を口にした。

「良世は自分の身体に触れられるのが苦手みたいなの」

「それは私も気づいてる。まさか虐待されていたわけじゃないよね」

「義兄は、息子に暴力をふるったことはないって言っていたけど……真実はわからない」

「さっき『絵がうまいね』って頭を撫でようとしたら、明らかに避けられた。接触恐怖症か、もしくはパーソナルスペースが広いのかなって感じた」

パーソナルスペース。人間にはそれぞれ心地いいと思える距離感が存在する。好きな相手とは近づきたい。けれど、嫌いな相手とは距離を大きく取りたいものだ。けれど、それが問題ではない気がする。かつて、良世は見知らぬ女性と手を繋いでいたのだ。

彼の行動は予定調和からはみだすものばかりで混乱してしまう。

サナさんはくすくすと笑いながら言った。

「ふたりとも、すごく似てる。本当の親子みたいだよ」

私は意味がわからず、柔らかい笑みを湛えているサナさんの顔を見た。

「昔、ショウちゃんは、私が苦手だったでしょ？」

思わず二の句が継げなくなる。図星だったのだ。同性というより、軟派な異性といるような気がして、どんどん距離を縮めてくる彼女の態度に、小学生だった私は戸惑いを覚えていたのだ。

「ショウちゃんの警戒心を解くまで時間がかかったよ。でも、今は一緒に手を繋げる。時間はかかるかもしれないけど、いつか良世ともそんな関係になれると思う」

他人との距離を簡単に縮められる人もいる。その一方で、関係を築くまでに長い時間を必要とする人間も存在する。

私は焦っているのだろうか――。

庭からリビングの窓に目を向けた。カーテンが閉まっているので、中の様子はわからないのに、なぜか良世は寂しそうにうつむいている気がした。

グラスにオレンジジュースを注ぎ、テーブルの上にそっと置いた。

ふたりだけのリビングは、張りつめたような緊張感が漂っている。

良世は色鉛筆を動かしているけれど、絵は描いていなかった。同じ場所に、同じ色を繰り返し塗っている。首を切断された絵は二つ折りにして、テーブルの隅に置いてあった。

あとどのくらい、こんな不穏な夜を過ごせば、互いの気持ちをわかり合えるのだろう。

驚くことに、最初に話を切りだしたのは良世だった。

「怒っていますか」

心にあるのは、怒りの感情なのだろうか。違う。私は相手に自分の気持ちを伝えるのが苦手だった。どれほど言葉を交わしても、心の底から理解し合える人に出会えなかったからだ。夫との関係もそうだった。

今必要なのは、自分の素直な想いを伝えることだと感じた。

「残酷な絵を見て……哀しくて、とても寂しくて、悔しかった」

「大切な絵本だからですか」

意味が取れず良世の横顔を見ると、彼は静かな声で訊いた。

「あの絵本は翔子さんが創ったもので、猫の目に落書きしたのは美咲希さんですか」

「そうよ」

「大切な絵本に落書きされて怒っていますか」

絵本についての質問だと気づき、私は気持ちを正直に言葉にした。

「それもまったく同じ。怒りの感情よりも、とても哀しかった。だからずっと答えを探している。美咲希はあの絵本が好きだと言ってくれたのに、数日後、急に嫌いだと言いだして、クレヨンで落書きしたの。その理由を未だに考え続けている」

「もう死んだから、考えなくてもいいと思います」

「そうかもしれない。でも……考えたいし、答えを見つけたい。もう遅いけど、娘の抱えていた気持ちに気づいてあげたい」

どんな感情が芽生えているのか推し量れないけれど、良世は力強い眼差しを向けてきた。

私はテーブルの隅に置いてある画用紙に手を伸ばし、そっと広げた。何度見ても胸がずきりと痛む絵だった。

「これは娘と私だよね？　なぜこの絵を描いたのか教えて」

「綺麗なもの、正しいもの、みんなが好きなものでなければダメなんですか？　前に『絵はどのようなものを表現しても描いてもいいんだよ』って言いました。嘘ですか」

「嘘ではない。でも、もし私が良世の首を斬り落とした絵を描いていたら、どう思う？」

良世は少し顔を伏せてから答えた。

「……怖いです」

その短い回答に救われる思いがした。

「私も同じだよ。美咲希が大切だから、娘が傷ついている絵を目にするのは辛いし、怖い」

「自分よりも大切なんですか」

「娘のこと？」

良世はゆっくりうなずくと、真意を探るような表情で訊いた。

「もしも神様がいて、翔子さんの命をあげたら、美咲希さんを生き返らせてくれると言われたらどうしますか」

「今すぐ死んでもいい」

思わず本音が口からこぼれた。本心から出た言葉なのに、なぜか良世は失意の表情を浮かべた。

私はできるだけ穏やかな声を心がけて尋ねた。

「どうして娘の部屋に入ったの？」

「確かめるためです」

「なにを？」

「ふたりが……どういう人なのか知りたかったんです」

一緒に生活を始めてから、ずっと良世の人柄や抱えている気持ちを知りたいと望んできた。それは、彼も同じだったのかもしれない。養育者はどのような人間なのか見極めて安心したかったのだろう。

「誰かの命と交換して、美咲希さんが生き返るなら、翔子さんは人を殺せますか」

衝撃的な質問に、私は戸惑いながら答えた。

「自分の命と引き換えるならかまわない……でも……」

「他人の命と交換するなら、やれませんか」

誰かの命と引き換えに、娘を蘇らせてくれるとしたら。もしもそんな奇跡が起きるなら、私は望み、求めるだろうか――。

答えに窮していると、良世は神妙な面持ちで言った。

「美咲希さんは、新しい命が生まれてくるために死んだんです」

「それは、どういう意味？」

「誰かが死なないと、新しい命は生まれないんです。本に書いてありました」

子ども向けの本にしては残酷な物語だけれど、どこかで読んだのかもしれない。たしか二之宮は、良世がよく学校の図書館で本を借りていると話していた。

私はなにか胸騒ぎを感じて尋ねた。

「その本のタイトルは覚えている？」

「マエゾノツカサの『最後の審判』です」

私はテーブルに置いてある画用紙を手に取り、もうひとつ質問を投げた。

「なぜ美咲希の首が斬り落とされて、その隣で私が笑っているの？」

「本に同じような絵があったから……描いてみたくなりました。ごめんなさい」

子どもの頃、私も品行方正な絵ばかり描いていたわけではない。好きな映画のワンシーンを切り取り、こっそり残酷な絵を何枚か描いたこともある。もしも、それを親に見つけられて咎(とが)められたら、絵を嫌いになっていたかもしれない。子どもの出来心に目くじらを立て、大騒ぎをしている自分が少し滑稽に思えた。

良世が疲れているような顔をしているのに気づき、時計に目を向けると夜の十時を過ぎていた。

「ごめん。もう眠る時間だったね」

私がそう言うと、彼は少し目を細めて微笑んでみせた。

歯磨きを終えたあと、良世が本を読んでほしいと言うので、ベッドの横に座ってリクエストされた猫の絵本を読んだ。

嬉しそうに瞳を輝かせていた娘の姿がよみがえり、胸が苦しくなる。

しばらくしてから寝息が聞こえてきた。

規則的な呼吸音。長い睫毛。真っ白な肌。華奢な肩――。

そっとタオルケットを首元までかける。こんな小さな子を怖いと感じた自分が馬鹿らしく思えてくる。

柔らかそうな髪に腕を伸ばし、触れる寸前で手を止めた。

雨粒が窓を叩く音が響いてくる。次第に雨の勢いは強さを増していく。

ゆっくり時間をかけ、幾度も言葉を交わしていこうと胸中で誓った。

〈妊娠7ヵ月〉妊娠24週〜妊娠27週

昨夜、生まれる前の記憶を持つ幼児の特集番組をテレビで観ました。

真偽は定かではありませんが、幼児の中には、自ら母親を選んで生まれてきたと証言する子どももいて、驚きと同時に奇妙な緊張感を覚えました。

もしかしたら、あなたも私を選んでくれたのでしょうか——。

お医者さん曰く、そろそろ周りの音も聞こえ、味覚もわかるようになる時期のようです。

これから退屈しないように絵本を音読し、もっとたくさん話しかけるようにしますね。

どのような音楽や物語が好きなのか気になります。

身長36センチ、体重９８０グラム。

これからも元気に育ってくださいね。

娘が泣いていた。大きな目から紫色の涙があふれ、こぼれ落ちる。絵本の猫と美咲希の瞳が重なり、深い孤独感に襲われた。

ごめんね。何度謝っても、美咲希の涙を止めることはできない。涙を拭ってあげたいのに、指先が頬に触れる直前、視界が薄紫色の靄に包まれた。彼女がどこにいるのかわからなくなる。手探りで必死に探す。両手が靄の中を彷徨っていた。

上半身を起き上がらせると、身体がひどく凍えていることに気づいた。腕を枕にして、机に突っ伏して眠っていたようだ。私は緩慢な動きでリモコンをつかみ、エアコンの電源を切った。視線を落とすとテーブルに雫がこぼれている。

なぜ娘の夢だけは、こんなにもリアルなのだろう。

ティッシュで涙を拭き、鼻をかんだ。濃厚なバターと甘い匂いが漂ってくる。クッキーを焼いていたのを思いだし、慌てて立ち上がると布製のキッチンミトンを両手につけてオーブンから取りだした。

もう少しで良世が宿題を終える時間だったので、クッキーとオレンジジュースをトレーにのせて二階に上がることにした。

ジュースがこぼれないようにゆっくり階段を踏みしめていく。一緒にクッキーを食べてくれる相手がいる。ひとりきりではない。そう思うと安らぎが胸を満たしていく。

ドアをノックし、「入るね」と声をかけてから開けると、良世は勉強机で熱心に顕微鏡を覗いていた。顕微鏡は、兄の息子たちから譲ってもらったものだ。他にも使用していない虫眼鏡や双眼鏡なども段ボールに詰めて送ってくれた。以前は言い争いをした日もあったけれど、兄はときどき忙しい仕事の合間を縫って、私たちを気遣ってくれている。

「なにをやっているの？」

勉強机に近づきながら声をかけると、良世は平坦な声で答えた。

「自由研究です」

彼は真剣な眼差しで顕微鏡を覗き込み、両手にピンセットを持っている。その姿は本物の研究者のように様になっていた。白衣を着せたら小さな博士のようで、写真に残したいほど可愛らしかった。

私は、ひたと勉強机の隅に視線を据えた。

鼓動がにわかに速まり、不穏な予感が全身を駆け抜けていく。

机の上に、ふたつの瓶が置いてある。ひとつはブルーベリージャム、もうひとつはマーマレードの瓶だ。どちらも数週間前に捨てたものだった。

ブルーベリーの瓶には、小さくて黒い虫がさわさわと動いている。ものすごい数の蟻だ。

隣のマーマレードの瓶にも蟻がいるようだけれど、そちらは静まり返っていた。

良世はピンセットでなにかをつかみ、机の上のコピー用紙に慎重に並べていく。

ぞわっと鳥肌が立った。

思わず後退り(あとずさ)すると、手にあるトレーが傾き、グラスが倒れてジュースがこぼれ落ちた。

腕に力が入らず、すべて手から離れていく。

良世は動じる様子もなく、静かに顕微鏡を覗き込んでいた。

足がすくみ、うまく声がだせない。

嘔気を覚え、口元を手で押さえた。そのまま急いで部屋を出ると廊下を駆けだし、急いで階段を下りる。リビングの窓を開けて、裸足のまま庭に飛びだした。

周囲の木々から途切れることなく、蟬の鳴き声が降ってくる。慌てて目を伏せると、足元に蟻の大群がいるような錯覚に陥り、身体の芯が凍った。

浅い呼吸を繰り返しながら、ぎこちない動きで二階の窓に視線を移した。

次の瞬間、肩をびくりと震わせ、リビングに目を向けた。

外界の音が遠のいていく。

部屋の中から良世がこちらを見ている。作られたような笑みを浮かべていた。

「翔子さん、どうしてジュースをこぼしたんですか」

邪気のない透き通る声を耳にしたとき、サナさんの言葉が脳裏をかすめた。

──子どもってさ、悪いことをしたときは隠すよね。

彼は蟻の胴体をピンセットで固定し、脚を一本ずつ引き抜き、それを丁寧にコピー用紙に並べていたのだ。おそらく、瓶の中の動かない蟻たちは、脚を引き抜かれたものだったのだろう。

私は懸命に口を動かした。

「どうして、あんなこと……蟻の脚を抜いているの」

「触角も抜いてます」

「あなたがやろうとしている自由研究のテーマはなに？」

「蟻の研究です。触角や脚を抜いたらどうなるのか調べています」

「どうしてそんなことが知りたいの」

「わかりません」

久しぶりに聞くフレーズだった。声をだせるようになってからは、ほとんど使用しなくなった言葉──。

良世は誇らしげな口調で言った。

「痛みがないから選びました」

いつかの夜、彼と交わした会話を思いだした。

蝶の翅が破けたら痛いかと訊かれ、たしか、昆虫類は痛みを感じる神経がないと答えた記憶がある。

生き物を利用し、実験を行っている研究者は多い。それらの実験により医学は進歩し、救われる命も生まれる。けれど、小学生が生き物の命を奪ってまで研究する意味はあるのだろうか。許されるのか――。

幼い頃を思い返せば、近所の子どもがひどい遊びをしていた。カエルに爆竹を巻きつけて遊んでいたのだ。子どもたちは無邪気に「カエル爆弾」と言って笑っていたのを鮮明に覚えている。

勝矢が殺人事件の被疑者だから、物事を大げさに捉えてしまうのだろうか。

世界中の親に相談したい気分だった。もしも自分の子が昆虫を使って命の実験をしたらどうするのか。そんなことを相談したら、生き物を傷つけるような子どもに育てた親が悪いと糾弾されそうで陰鬱な気分になる。

彼には父親も母親もいない。助けてくれる人も相談できる相手もいないのだ。私が向き合うしかない。どれほど考えを巡らせても正しい答えにたどり着けないなら、心の中にある気持ちを素直に口にするしかないと思った。

私は正面から彼の目を見据えて言った。

「昆虫は痛みを感じないかもしれない。でも、生き物の命を奪うなら、それなりの大義や理由が必要だと思う」

「大義ってなんですか」

「大義は……人として大切にしなければならないものよ」

「大切な理由があれば、殺してもいいですか？」

大切な理由があれば殺してもいい——。

どうしてだろう。良世と相対するたび、自分の中にある倫理観や価値観が大きく揺らぐ。大人として伝えられる言葉がなくなり、自分は心が空っぽなのではないかと気づかされる。明確な答えは持ち合わせていないけれど、やはり信じている想いを伝えるしかない。

「蟻について知りたいなら、まずは本を読みなさい。それでもわからないことがあれば、蟻の研究をしている人を探して、一緒に話を聞きに行こう。それでも疑問が解決できないとき、そのときは研究を始めればいい」

良世は感情の読めない顔で、じっとこちらを見つめてくる。

無言で見つめてくる目に、怒りと哀しみを隠しているような気がした。

少しの沈黙のあと、彼は乾いた声で「わかりました」と答えた。

ブルーベリーの瓶の蓋を開け、まだ生きている蟻たちが這い出るのを待った。自由を手にした黒い虫たちは、踊るような足取りで大地を駆けていく。その姿を良世は虚ろな目で見つめていた。

今度は庭の隅にスコップで穴を掘り、私はマーマレードの瓶の中の死骸を埋め、黙したまま手を合わせた。横目で確認すると、良世も小さな手を合わせている。

彼の中に死を悼む気持ちはあるのだろうか。なにを考えているのかわからないけれど、命を大切にする気持ちが芽生えてほしいと願っていた。

数日前、彼は瓶に少量のアイスを入れ、それを庭に置いて蟻を集めたようだ。私に気づかれないようにゴミ箱からこっそり瓶を拾い、計画を実行に移したのだろう。

これまでの日々を日記に綴り、良世のことをよく観察し、それなりに理解しているつもりでいた。けれど、彼の不審な動きにまったく気づけなかった。同じ家に住んでいても、子どもの気持ちをすべて汲み取るのは難しいと改めて実感した。

夕食後、どういう心境の変化なのか、良世は夏休みの自由研究で、絵本を創りたいと言いだした。もしも、あのまま蟻の研究を続けたいと言われたら、どう対処すればいいのか判断がつかなかったので、私はほっと胸を撫で下ろした。それなのに、子どもの主体性を奪ってしまったのではないかという罪悪感が胸に燻っていた。

レシピを参考にして料理を作れば、美味しい食事を提供できる。けれど、子育てには明確なマニュアルが存在しない。善悪の判断が難しい問題に行き当たったとき、なにが正しいのかしっかり吟味して伝えることが、親の役目のひとつなのかもしれない。その行為は非常に重く難しいものだ。娘のことを考えると、居たたまれない気持ちなる。

夕食を済ませたあと、さっそく絵本創りに取りかかることにした。

まずは物語を創作し、次に水彩絵具で画用紙に絵を描いていく。絵が仕上がったタイミングで、油性ペンで物語を書き込む。ドリルなどの宿題はすべて終了していたので、良世は夏休みの残りの一週間を絵本創りに充てることにしたようだ。

絵画教室の時間も絵本創りに励み、他の生徒たちの関心を得ていた。生徒たちは良世の絵に歓声を上げ、実力を認め、教室の仲間として受け入れてくれたようだ。

絵画、ダンス、歌は、国境を超え、文化や言葉が違っていても、見る者の胸にダイレクトに響けば認めてもらえる魅力がある。

心が共鳴すれば、一瞬のうちに相手との距離を縮められることを、良世も身をもって実感したようだ。まだ口数は少ないけれど、最近、生徒たちと楽しそうに会話を交わす回数が増えている。その姿に、少しだけ光明を見た思いがした。

完成した画用紙を半分に折り、裏面をスプレー糊で貼りつけて製本していく。

仕上がった絵本は、とても胸を打つ物語だった。

幼い頃に買ってもらったウサギのぬいぐるみ。ぬいぐるみの名前は『ミル』。ミルは、少女が成長するまで傍で見守っていた。雷が怖い夜は一緒に眠り、寂しいときは少女をぎゅっと抱きしめる。どんなときも、いつも一緒だった少女とミル。やがて少女は大人になり、薄汚れたぬいぐるみに興味を示さなくなる。最後、ゴミ箱に捨てられたミルは、満足そうに少女の幸せを祈りながら物語は終わる。

文章はとても少ないけれど、ぬいぐるみの役割を全うしようとするミルの姿に涙がこぼれた。これまで彼が描く絵を何枚も見てきた。絵は驚くほど秀逸なものばかりだったが、どこか躍動感に欠けていた。けれど、背景に物語があるせいか、今回の絵には感情が宿っているように見えた。

「とても哀しい物語だけど、この絵本が大好き」

私がそう言うと、良世の顔に動揺が走った。

まるでどのような表情をすればいいのか戸惑っているようだ。この子は褒められることに慣れていないのかもしれない。

良世は話をそらすように言った。

「猫の絵本、本当の瞳の色が見たかったです」

娘は、猫の瞳をすべて紫色に塗りつぶしてしまった。小さな手で塗りつぶしている姿を想像すると、胸が苦しくなる。こんなにも引きずっているのは、彼女の抱えていた気持ちに気づけなかったことが、あの事故に繋がっている気がしてしまうからだ。

私はできるだけ明るい声で尋ねた。

「明日から学校が始まるね。少し緊張してる？」

「大丈夫です。詩音君とも仲よくなりました」

詩音君には感謝していた。最初に絵画教室に入会してくれたのも彼だった。だから彩芽とも交流が復活したのだ。

彩芽は子どもが生まれる前は保育士、今は惣菜屋でパートをしている。私と同年齢で、好きな有名人や映画の好みも似ていた。娘が亡くなる前までは、昔からの知り合いのように気楽に話せる存在だった。

絵画教室の入会説明会で、久しぶりに顔を合わせたときは気まずかった。けれど、無邪気な詩音君がいると場は明るくなり、以前のように自然な会話ができた。

子どもが、母親たちの絆を取り戻してくれたのだ。

転校初日は、私も一緒に学校まで付き添った。

一緒に親と登校しているのが珍しいのか、他の児童たちの好奇の視線をひしひしと感じた。けれど、良世は相変わらず無表情ではあったものの、緊張している様子はなく、どこか転校慣れしているような堂々たる態度で歩いていた。

時折、不思議な感覚に襲われる。彼の中には、ふたりの人格が存在しているような奇妙な錯覚に囚われてしまうのだ。

ひとりは臆病で繊細な人格、もうひとりは残酷で攻撃的な人格——。

もしかしたら、考えすぎなのかもしれない。人間は多少なりとも多面性のある生き物だ。社会に適応するため、いくつかの顔を持っていてもおかしくない。けれど、ふとした瞬間に言葉にできない違和感を覚えてしまう。そのたびに自分の矮小さに愕然とさせられる。頭の片隅で、勝矢の事件がちらついてしまうからだ。

翌日からは、詩音君が自宅まで迎えに来てくれるようになった。ひとりでは心配だったので、詩音君への感謝の念が込み上げてくる。

彩芽に対しても同じ気持ちを抱いていた。外で顔を合わせるたび、彼女はママ友たちの輪に加われるように、私に声をかけてくれることが多くあったのだ。

「良世君ママ、こんにちは！」

買い物からの帰宅途中、公園のほうから声が聞こえてきた。

慌てて振り返ると、ママ友たちがこちらに顔を向け、笑みを浮かべている。

輪の中に彩芽がいるのに気づいた途端、強張っていた肩の力が抜けていくのを感じた。娘を亡くしてからずいぶん経っていたので、彼女たちの輪にスムーズに加われるかどうか不安だったのだ。

「良世君は絵がうまいって、うちの息子が感心してたのよ」

「娘も『本屋さんに売ってる絵本みたい』って驚いてた。うちは女の子なのに自由研究は蜘蛛の観察をしたいって言うから困っちゃった」

「蜘蛛はダメ。私も苦手。でも、自由研究をやるだけマシよ。うちは終わらなくて提出できなかったもん。もう先生に合わせる顔がない」

周囲にどっと笑い声があふれた。まだ誰がどの児童の母親なのかわからないので、私は笑顔で相槌を打つことしかできなかった。

「そういえば、良世君は葉月さんのお子さんなんでしょ？」

鮮やかな青藍（せいらん）色のシャツを着ている母親がこちらに顔を向けて訊いた。

ただの質問なのに後ろ暗いところがあるせいか、全身に緊張が走る。私は平静を装いながら言葉を吐きだした。

「姉の夫の体調が優れないので、しばらく一緒に生活しようと思っているんです」

「お姉さんは？」

「病気で亡くなって……」

彼女たちは困惑顔で「そうだったの」「葉月さんは偉いわ」と口々に言った。

青藍色のシャツの母親が、今度は不思議そうな表情で訊いた。

「ということは、良世君のお父さんはお姉さんの姓だったのね」

「あ、あの……そうです。姉の姓を名乗っていたので……」

私が動揺しているのを察知したのか、彩芽は咄嗟に口を開いた。

「最近は多くなったよね。女性のほうが苗字を変えなければいけない決まりもないし」

周囲は賛同するように「そうよね」「面倒なのよ」とうなずいている。

「翔子さん、もしかしてアイス買ってない？」

彩芽はそう訊きながら、私の手にあるスーパーの袋に目を向けた。

「すっかり忘れてた。さっきアイスを買っていて」

私はママ友たちに頭を下げ、公園の外に向かって歩きだした。

本当にアイスを購入していたのに、胸に仄暗い翳が射す。

勝矢の事件について感づいている人はいないだろうか——。

不信感を抱かれているかもしれないという妄想が膨れ上がり、心の奥に不安が残った。

突然、うしろから肩を叩かれて振り返ると、彩芽が微笑んでいる。

「これからパートだって嘘ついちゃった」

彩芽は「へへ」と笑った。いたずらっ子のような笑みに誘われ、私も自然に頬が緩んだ。

ふたりで並んで歩き始めると、彩芽が小声で言った。

「同じクラスの高橋桜介(たかはしおうすけ)君のママは悪い人ではないんだけど、ちょっと噂好きなんだよね」

きっと、青藍色のシャツの人が高橋さんなのだろう。

娘を亡くしたあと、元教員の私は世間体を気にするあまり、娘に過剰な躾をしていたのではないか、そう吹聴された時期があった。当時を思い返すとママ友との付き合いが急に難しく感じられ、気が滅入ってしまう。

彩芽はどこか誇らしそうな表情で口を開いた。

「良世君の創った絵本、担任の木下先生がすごく褒めていたんだって。詩音は誇らしそうに、自分のことのように自慢してたんだよ」

良世は学校の話はあまりしなかったので、驚きと同時に嬉しさが込み上げてくる。

「詩音君に仲よくしてもらっているから本当に助かってる。良世も学校に行くのが楽しいみたいで、ありがとう」

彩芽は目尻を下げて「こちらこそ、いい友だちができてよかった」と微笑んでくれた。

ママ友たちとの付き合いは、少し窮屈だったクラスメイトとの関係に似ている。大人になり、あの頃よりもずっと自由なのに、ときどき狭い教室に閉じ込められている錯覚に陥ってしまう。けれど、教室に心を許せる友だちがひとりでもいてくれたら、そこは苦痛な場所ではなくなる。

茜色の空の下、ふたりで他愛もない話をしながら歩いていく。

西日が影を長くし、彩芽の柔らかそうなライトブラウンの髪を照らしていた。いつもと変わらない空なのに、それはノスタルジックな光景として目に映った。

「どうしてもハムスターがほしいです」

良世から頼み事をされたのは初めてだった。

どうやら詩音君がハムスターを飼っているから自分もほしくなったようだ。けれど、簡単に賛成できなかった。二之宮から聞いた話が忘れられなかったからだ。

場面緘黙の症状が出るようになったのは、飼っていたウサギが亡くなった時期と重なるため、どうしても躊躇してしまう。けれど、悪い想像を膨らませ、動物を飼わないというのも違う気がする。

私は慎重に言葉を探し、誰にでも起こりうる事実として伝えた。

「人間もそうだけど、動物はいつか死んじゃう日が来るよ」

「いつか死ぬから、翔子さんは僕と一緒に暮らさないんですか」

この子はとても頭がいい。なにを言えば大人が納得するか心得ている。

ウサギが亡くなったのは、良世が低学年のときだ。当時に比べれば、心身ともに強くなっているだろう。彼の成長を信じたい気持ちもあり、大事な質問を投げた。

「しっかり面倒を見られる？」

良世は瞳を輝かせて「やれます」と答えた。

ペットショップの店員になにが必要なのか教えてもらいながら、ケージ、床材に使用する広葉樹のチップ、回し車、飼育方法が載っている本などを購入した。

良世は真剣な眼差しで一緒に暮らすハムスターを選んでいる。ケージの中を覗き込みながら、まるで対話するように目を合わせ、慎重に見極めていた。

二十分ほど悩んだ末、詩音君と同じ種類の白いハムスターを選んだ。

ハムスターの名前は『ノア』。

ノアは良世の部屋で暮らすことになった。新しい家族が増えたのだ。

最初は心配で注意深く観察していると、餌やりも、ケージの掃除もこまめにやっているようだった。表情の乏しい子だけれど、ノアと一緒のときは笑顔も多く、よくハムスターの絵をデッサンするようになった。

私の心配をよそに、学校もノアとの生活も順調にスタートした。

あっという間に一ヵ月が過ぎ、昔からこの地域に住んでいた子どもたちとなんら変わらない様子で、良世は公園や学校のグラウンドで楽しそうに遊んでいた。

異様な出来事が起きたのは、秋が深まる頃だった。

木下先生から電話がかかってきて、学校に呼びだされたのだ。

——休み時間に良世君がカッターの刃をだしたんです。

私はまったく事情が呑み込めなかった。すぐに学校まで来てほしいと言われ、刻んでいたキャベツをそのままにして、バッグをつかんで家を飛びだした。おもてに出た途端、どちらの方角に向かうべきかわからなくなる。頭が真っ白になるほど動揺していた。

小学校へ向かう道すがら、木下先生の「カッターの刃をだした」という言葉を幾度も頭の中で反芻してみるも、なにが起きたのか推察することさえできなかった。

もしかしたら、クラスメイトを傷つけてしまったのだろうか——。

気が動転していて、大事な質問をしなかったことを後悔した。こんなにも不安になるくらいなら、事前に落ち着いて詳しい事情を聞くべきだった。

学校に着くと会議室のような部屋に通された。部屋には長机が置かれ、いくつか椅子が並べられている。

良世は大きな窓を背にして、少し顔を伏せて座っていた。気まずいのか、一度もこちらに目を向けようとしなかった。

木下先生は難しい顔で、ポケットからおもむろにカッターナイフを取りだして机の上に置いた。

紺色のカッターナイフの幅は細く、見覚えのないものだった。

私は勧められたので、良世の隣に腰を下ろしてから尋ねた。

「この子がカッターを人に向けたんですか」

木下先生は困り顔で首を横に振った。

「いえ、そうではありません。あの……」

あまり親の対応に慣れていないのか、彼は言葉を選びながら続けた。「クラスの児童たちに少しからかわれたようで、良世君がカッターの刃をだしたんです」

幾度も質問を重ね、ようやく状況を理解した。

カッターナイフは、図工の授業で使用していたようだ。授業が終わるとすべて回収する決まりになっていたが、良世はそれを戻さず、こっそりポケットに隠していたという。

図工の授業を終えて休み時間に入ると、クラスメイトたちから心ない言葉を投げられた。

――本当の親じゃない人と暮らしているんでしょ。

――ウソ親は絵の先生なんだよね。

――もしかしてあの絵本、ウソ親に創ってもらったんじゃない？

――絵がうますぎて怪しいと思った。

次々に傷つく言葉を浴びせられた良世は、ポケットからカッターを取りだし、「殺人はこの教室でも起きるかもしれません」、そう繰り返しながら何度もカッターの刃を出し入れしたという。その姿に危険を感じた児童が、担任に報告したようだ。

木下先生は深く頭を下げると謝罪した。

「申し訳ありません。僕がちゃんとカッターを回収しなかったのがいけなかったんです」

児童一人ひとりの机を回って、カッターを回収するのは効率が悪い。児童を信頼し、回収ボックスに戻してもらう方法を選択したことを責めるつもりはなかった。それよりも、私はいじめが起きているという現状のほうが気がかりだった。

「良世君は……ご家庭での様子はどうでしょうか」

担任の何気ない質問に胸がざわついた。

木下先生は勝矢の事件について知っている。普通の子どもよりも不安になるのは当然だ。

けれど、家庭に問題があると言われているようで胸が重くなる。いや、悪く捉えすぎかもしれない。単純に、いじめの相談は受けていないか知りたいだけの可能性もある。

「すみません。一緒に生活しているのに、家では良世が悩んでいるのに気づけませんでした」

私は冷静に真実を告げてから、今度は良世に尋ねた。

「ポケットにカッターを忍ばせていたのは、もっと前から嫌がらせを受けていたからだよね」

良世は少し顔を上げ、黙ったまま一度瞬きをした。

「ちゃんと声にだして答えて」

私がそう言うと、良世は蚊の鳴くような声で「はい」と返事をする。直後、また目を伏せてしまった。手元を見たまま顔を上げようとしない。

木下先生は気の毒そうに顔を曇らせてから口を開いた。

「学級委員から、からかった児童の名前は聞いているので、これからはしっかり指導していきたいと思っています。明日から休み時間は、教頭が教室のうしろに立ち、児童たちを見守ることになりました」

突然、会議室のドアが開き、三十代くらいの女性教諭と小太りな少年が入ってきた。女性教諭はこちらに頭を下げ、すぐに部屋を出ていった。

少年はボーダー柄の長袖、ベージュのチノパン姿。いじめっ子の雰囲気はなく、どこか怯えているように映った。

「桜介君、ちゃんと良世君に謝りなさい」

桜介という名を耳にした途端、青藍色のシャツの女性が思い浮かんだ。たしか、彩芽は「高橋桜介君のママ」と言っていたはずだ。

木下先生に背中を押され、高橋君は小さな口を動かした。

「僕が……何度も意地悪なことを言ってしまいました。すみませんでした」

彼は緊張しているのか、台本を読むような口調だった。太い指が、小刻みに震えている。本当に反省しているように見えた。

重苦しい沈黙が立ち込め、気詰まりな時間が流れていく。

木下先生は神妙な面持ちで、こちらの様子を窺っていた。

なにを発言すべきなのか思い悩んでいると、良世が沈黙を破った。

「もう平気です。高橋君、これからは僕と仲よくしてください」

良世は優しい声音で言うと、目を細めて微笑んでみせた。

高橋君の緊張が一気に緩んだ。強く叱られると思っていたのか、つぶらな目にじわじわと涙があふれてくる。

直感で気の弱そうな子だと感じた。群れると気が大きくなり、暴言を吐いてしまうけれど、ひとりのときはおとなしくて臆病な少年のようだ。

良世に視線を移すと、素直に謝罪してもらったのが嬉しかったのか、微かに頬が上気し、目が輝いている。

子どもは、すぐに許し合える力を持っているのかもしれない。

事件が起きたのは一度目だ。学校側も問題への対応を打ちだしてくれた。木下先生とも相談し、しばらく様子を見守ることになった。

私は深く頭を下げ、「どうか良世をよろしくお願いします」と、木下先生と高橋君に言った。高橋君は目を丸くしながらも「はい」と答えてくれた。

校舎を出る頃、空は西日に染められていた。細い茜雲がいくつも流れている。

近くの公園から、子どもたちの歓声が響いていた。喧嘩をしたのだろうか、はしゃぐ声に混じって泣き声も聞こえてくる。

先ほどから、ふたりとも無言のまま遊歩道を歩き続けていた。

「迷惑をかけて、ごめんなさい」

しばらくしてから良世は平坦な声で謝罪した。

私は前から知りたかったことを尋ねた。

「良世は敬語が好き？」

「好きかどうか……わかりません」

「好きだと思ったらそのままでいいけど、私には敬語を使わなくてもいいよ」

そう言うと、良世は「いつかそうします」と静かな声で答えた。

本当に「いつか」が訪れる日は来るのだろうか。

お互いになにを話せばいいのかわからず、また無言のまま歩を進めていく。自宅の近くにあるスーパーの前にさしかかったとき、良世は弱々しい声で言った。

「転校生がいじめられる物語をたくさん読んでいたので、大変だと知っていました。高橋君とは仲よくなれそうなので、もう平気です」

よくある話だから大丈夫です、そう自分を、私を励まそうとしている気がして胸がつまった。

重苦しい空気を感じ取ったのか、良世は簡単な問いを投げてきた。

「翔子さんは、本が好きですか」

「本はあまり読まなかったけど、子どもの頃は映画が好きだった」

「幸せな結末、不幸な結末、どちらの物語が好きですか」

「小学生の頃は最後に幸せになる話が好きで、中学や高校の頃は妙に残酷な物語に惹かれた。でも、歳を重ねると、また幸せな結末がいいなと思うようになった。おばあちゃんになったら、どうなるんだろうね」

私は笑いかけながら訊いた。「良世はどんな結末が好き?」

「僕は……どちらでもいいです」

投げやりではなく、諦めのような感情が見え隠れしている口調だった。

暮れていく空を眺めていると、ふいに言いようのない焦りが胸に迫ってくる。実際に見てもいないのに、カッターの刃を出し入れしている良世の姿が脳裏に浮かんでくる。

私は何気なさを装いながら尋ねた。

「今日、どうして『殺人はこの教室でも起きるかもしれません』なんて言ったの」

良世は表情を固くし、なにか警戒するように左右に目を走らせてから答えた。

「本の中に出てくる言葉で……使ってみたくなったんです。タイトルは忘れました」

どのような本なのか質問されるのを先読みし、予防線を張っているような言い方だった。

これ以上質問を重ねても、いつものように「わかりません」と言われるのは目に見えている。

私が創った絵本に落書きした美咲希——。

娘の気持ちがわからないまま、永遠の別れを迎えなければならなくなった。もう二度と同じ過ちを繰り返したくない。

夕闇が迫る中、このまま良世を見失わないように、なにかやれることはないか考え続けていた。

6

〈妊娠8ヵ月〉妊娠28週〜妊娠31週

性別が判明したので、そろそろ名前を考えようと思っていたら、パパから素敵なプレゼントをもらいました。

プレゼントは、一冊のノートと可愛らしいハート柄のおくるみです。

ノートにはたくさんの名前が並んでいて、そのすべてに意味が込められていました。

あなたに対する愛情を強く感じることができて、胸が喜びでいっぱいになり、幸せな気持ちに包まれました。

このノートの中から、あなたの名前を決めますね。

身長40センチ、体重1680グラム。

赤ちゃんグッズも買い揃え、準備は万全です。

どうか、元気な産声を聞かせてください。


娘の名前、美咲希――。

美しい希望の花がたくさん咲くようにと願いながら名付けた。けれど、彼女はたった五年しか生きられず、この世を去った。もしも別の母親のもとへ生まれていたら、事故に遭うことはなかったかもしれない。そう思うと堪え難い悔悟の念が込み上げてくる。

カッターの事件以来、同じ過ちを繰り返さないためにも、私はずっと良世について考え続けていた。今日は二之宮が家庭訪問に来てくれる日だった。家庭訪問は来月の予定だったが、どうしても頼みたいことがあり、時期を早めてもらったのだ。

私は約束の時間通りに自宅に来てくれた二之宮に訊いた。

「良世の元担任の鈴木先生に、バウムテストを実施したことはないか尋ねてもらえませんか」

「理由をお聞きしてもよろしいでしょうか」

「以前、良世がパーソナリティ検査で使用する図版にそっくりな絵柄を描いていたことがあったんです。少し気になることがあって……」

「パーソナリティ検査なら、児相で行った可能性がありますが」

「バウムテストを受けたのは二度目のようなんです。特に問題があるわけではないのですが、なぜ実施したのか理由が気になってしまって」

二之宮はしばらく考え込むと、面倒がる素振りも見せず、「少しでも気になることは確認していきましょう。わたしのほうから連絡し、先生に尋ねてみますね」と快く引き受けてくれた。

かつて良世が描いた樹木画に引っかかりを覚えていたのだ。

カッターナイフの事件がなければ、些細な違和感として流せたかもしれない。けれど、今はどんな小さな疑問でも無視することはできなかった。

あの大木の絵は、完璧すぎたのだ。まるで自分は健全な人間だと全力で証明しているような疑念が拭えなかった。わずかな手がかりから、良世が抱えている闇に気づけるかもしれない。

時刻は、午後の五時。これまでの良世なら帰宅している時間だったけれど、最近は高橋君たちと遊んでいるようで、帰りは五時半くらいになる日が多かった。

木下先生からの連絡によれば、あれ以来いじめ問題は起きていないという。休み時間、教室の後方に立って見守ってくれている教頭先生にも頭が下がる思いだった。

三十分ほど話したあと、二之宮はいつもの決まり文句を口にした。

「他に気になることはありませんか」

首を切断された少女の絵を描いていた——喉元まで出かかった言葉をどうにか呑み込んだ。良世の切実な声がよみがえってくる。

——綺麗なもの、正しいもの、みんなが好きなものでなければダメなんですか？　彼についてなにもかも話すのは憚られた。多くの人は、近しい人間にしか見せない顔を持っている。子どもだって同じはずだ。すべて暴露されたら、彼は私を信用しなくなるだろう。二之宮が余計なことを言うとは思えないけれど、不測の事態が発生しないとも言い切れない。

「特に問題はありません」

私が返答すると、二之宮は嬉しそうな表情で「この前、良世君に会ったとき、とても明るくなっていました」と言ってくれた。児童相談所の職員ではなく、まるで孫の話でもするような優しい笑みを浮かべている。

二之宮から連絡があったのは、家庭訪問の一週間後だった。

ここ数日、鈴木先生は風邪で休んでいたため、連絡が取れたのは昨日だったようだ。依頼していた問いの答えは、私の予想を覆すものだった。鈴木先生は「一度もバウムテストを実施したことはないし、他の教員からもそういった話は聞いていない」と答えたという。

すべては考えすぎなのだろうか——。

違和感の源がどこにあるのか判然としないけれど、なんとなく釈然としない思いが残った。

肝心な質問を投げると、良世は答えをごまかすときがある。ある程度、こちらが真実をつかまなければ、永遠に真相を語ってくれない予感がした。もしも、思いすごしならそれでもかまわない。なにも知らずに子どもと接する場合と、知りながら見守るのとでは大きな違いが生じるはずだ。良世の苦しみに気づけなければ、心に寄り添うことはできない。

厚かましいと思ったけれど、もう一度自分で確認したいとお願いし、鈴木先生のいる小学校の電話番号を教えてもらった。先に児童相談所から連絡してもらったのは、私が叔母だと証明できる術はなく、相手がセンシティブな話をしてくれるかどうか不安だったからだ。けれど、事前に二之宮から連絡が入っていれば、怪しまれずに話を進められるはずだ。

学校の代表番号に電話をかけると、女性教諭が取り次いでくれた。二之宮から、鈴木先生は三十代の男性教諭だと聞いていた。

保留音が途切れ、鈴木先生が出たので、私は軽い自己紹介をしてから用件を伝えた。

『あぁ、二之宮さんからもご連絡をいただきました。バウムテストの件ですね』

やはり、結果は同じだった。学校で実施した覚えはないという。

私はストレートにぶつけてみた。

「小学二年の冬、良世は先生からバウムテストのようなものをやらされたと言っていたのですが、彼はなにか勘違いしているのでしょうか」

一瞬、電話の向こうで息を呑むのがわかった。

私は畳みかけるように言葉を吐きだした。

「学校に迷惑をかけるつもりはありません。良世のためにも、真実を教えていただけたらと思っています」

受話器を通して戸惑っている様子が伝わってくる。鈴木先生はしばらく沈黙を挟んでから「もしかしたら」と口を開いた。

『ちょうどその頃、場面緘黙の症状があらわれた時期で、それで……スクールカウンセラーの小泉(こいずみ)先生に面談してもらったんです』

「スクールカウンセラーの先生に電話を代わってもらえませんか」

『すみません。小泉先生は……半年ほど前から体調不良で休職していて、今は別の先生が担当しているんです』

一気に落胆と徒労感が押し寄せてくる。

学校側がスクールカウンセラーを配置する理由は、子どもたちだけでなく、教諭たちを守るためでもある。責任の重いスクールカウンセラーが体調を崩し、学校を辞めていくという話を幾度も耳にしたことがあった。

「小泉先生がバウムテストを実施した可能性はありませんか」

『あの……しっかり記憶に残っているわけではないのですが、検査のために絵を描いてもらったという話は聞いています』

なにか隠し事をしているという予感が働き、私は懇願するように言った。

「鈴木先生にはご迷惑をおかけしないようにします。どうか、どんな小さな出来事でもかまいませんので、なにか覚えていることを教えてもらえませんか」

『本当に隠すつもりはなかったんです。子どもならよくあることなので……』

真剣な願いだと伝わったのか、鈴木先生は過去の出来事を正直に話してくれた。

小学二年の冬、小泉先生が絵を描かせたのは事実のようだ。それがバウムテストかどうかはわからないという。

「そのとき、良世はどのような絵を描いたのでしょうか」

『ウサギが首を吊っている絵を描いたという話を聞きました。心配になった小泉先生が、なぜこんな絵を描いたのか尋ねると、良世君は飼っていたウサギが死んじゃったと教えてくれたそうです』

事前に保護者の承諾を得ず、絵を描かせて検査をしたのは問題になる可能性があったため、学年主任と相談のうえ、「息子さんはウサギが亡くなってショックを受けている」という内容だけを勝矢に報告したようだ。

鈴木先生は気まずそうな声で言った。

『黙っていてすみません。そんなに大きな問題だとは思わなかったもので……』

私も中学の教諭だったせいか、隠そうとした先生たちに対する怒りは生じなかった。

今は簡単にネットで糾弾される時代だ。児童の親に話す内容も慎重に吟味しなければならない。真実を教えてくれたのは、教師としての責任感があったのだと思えた。

最後に鈴木先生に『良世君は元気に学校に通えていますか』と訊かれ、私は「大丈夫です。ありがとうございます」と伝えてから電話を切った。

いつまで経っても断片的なことしかわからないのがもどかしい。小さな情報を集めても意味はないかもしれないのに、不安を払拭したくて調べるのをやめられなかった。

良世の言葉を一つひとつ思いだしながら、パソコンを起動し、ネットに接続した。

検索窓に『マエゾノツカサ　最後の審判』と入力していく。以前、良世が言っていた作者名と本のタイトルだった。

検索結果の上位に『前園ツカサ』という作家がヒットする。前園ツカサは小説家ではなく、漫画の原作者のようだ。作画は別の人物が担当している。

前園ツカサ原作の作品は『樹海の空』と『ラストゲーム』という二作品だけだった。どちらも三巻で完結していて、二十年ほど前に刊行されたものだ。どれだけ検索を続けても『最後の審判』という作品は出てこなかった。

他の二作品を検索すると、おどろおどろしい絵が掲載されているサイトを発見した。どうやらホラー漫画のようだ。

あらすじを読んでみたところ、『樹海の空』は、富士の樹海に住んでいる少年の物語だった。少年の人差し指から不思議なキノコが生えてくる。そのキノコを食べた動物たちは、人間の言葉が話せるようになるようだ。言葉を取得した動物たちは、樹海で自殺を図ろうとする人の苦しみや悩みを聞きだし、独自に調査を開始する。動物たちは人間界で集めた情報を少年に伝えて、自殺者の謎を解明していくという物語だった。

もうひとつの作品『ラストゲーム』は、いじめを受けている転校生の復讐の物語。以前、良世は、転校生がいじめられる物語をたくさん読んでいた、と言っていた。

――殺人はこの教室でも起きるかもしれません。

もしかしたら、良世が教室で口にしたのは漫画の中のセリフだったのかもしれない。

他にも情報がほしくて前園ツカサについて検索してみたけれど、漫画原作者という経歴しか得られなかった。漫画本はどちらも絶版になっている。もともと発行部数が少ないのか、中古本でも売りだされていなかった。オークションなどを調べてみると、『ラストゲーム』

の出品者を発見した。即決の商品だったので、すぐさま相手が希望している料金を入力して落札する。

落札後、ゆっくり商品説明欄に目を通すと、奇妙な文言が書かれていることに気づいた。

――犯罪行為を誘発した、あの伝説の『ラストゲーム』。

今度は検索窓に『ラストゲーム　前園ツカサ　事件』と入力し、なにか関連のある記事はないか調べてみた。表示された結果を目で追っていると、『並木通り殺傷事件』というブログにたどり着いた。

心臓がにわかに騒ぎだす。

たしか、私が大学の頃に起きた事件だ。犯人は十六歳の少年だった。未成年の少年が引き起こした残虐な事件だったため、鮮明に記憶に留まっていた。

平日の午後、人気の観光スポットでもある並木通りで、恐ろしい通り魔事件が起きた。少年は手に持ったハンティングナイフで次々に通行人を傷つけ、五人もの命を奪った。死者だけでなく、重傷を負った子どももいたという。殺害されたひとりは、臨月を迎えた妊婦。彼女の赤ちゃんまでもが命を落とすという凄惨な事件だった。

アスファルトに血が飛び散っている映像が脳裏に再生される。

記憶を呼び起こしてみるも、一向に芽生えた疑問は氷解しない。『ラストゲーム』と『並木通り殺傷事件』には、どのような関連性があるのだろう。

妙な胸騒ぎを覚えながらブログの記事を読むと、事件の犯人は自分のホームページを作成していたようだ。そこにはクラスメイトへの悪口や好きな漫画などの話題が書き込まれていたという。彼は特に『ラストゲーム』という漫画を気に入っていたようで、いじめを受けていた主人公の少年が、次々に包丁でクラスメイトを刺し殺すラストシーンが快感だったと書き記していたそうだ。そのことが原因でネット上では、『ラストゲーム』が犯罪を誘発したのではないかという議論が巻き起こった。

現在ほどネットが普及していなかったこともあり、騒ぎはさほど大きくならなかったが、事件と漫画を関連づけて考える人々が今もなおいるようだった。

もしかしたら、この事件のせいで前園ツカサは漫画原作の道から離れてしまったのかもしれない。そう思うと、同情を禁じ得なかった。誰かを傷つけたいと願い、物語を書いていたわけではないような気がしたのだ。しかも、本当に事件を誘発したのかどうか検証するのは極めて難しい問題だ。

加害者について詳しく調べてみると、犯人の少年は家に居場所がなく、学校でも不当な扱いを受けていたようだ。もしも彼が愛情を受けて育っていれば、クラスメイトにいじめられていなければ、身近に助けてくれる教師や大人がいれば――。深く原因を追究していけば、この世界にいる人間全員に問題があるような気がしてしまう。それを漫画原作者だけに背負わせるのは、あまりにも乱暴で短絡的だ。

けれど、もしも良世がこの事件や漫画に強い影響を受けていたとしたら、同じことが言えるだろうか——。

気づけば、部屋はいつの間にか薄暗くなっていた。

私は重苦しい溜息を吐きだした。なにをやっているのだろうという思いが込み上げてくる。冷静になれば、目の色を変えて子どもの好きな本を探している自分が馬鹿らしく思えた。そこからどのような真実が導きだせるというのだろう。

最近はなんの問題もなく、良世は順調に学校生活を送れている。漫画については、夕食の時間に何気なさを装いながら訊いてみようと思った。けれど、その夜はふたりとも夕食を口にすることはできなかった。

ノアが脱走したのだ。

学校から帰宅した良世がケージを覗くと、ノアの姿がなかったようだ。ケージの上部には出入り口があり、そこを押し開けて外に出た形跡があったという。

小さな生き物なので踏み潰さないように、ふたりで慎重に家の中を探し回った。

幾度もノアの名を呼びながら、ベッドの下、勉強机、引き出し、娘の部屋も丁寧に確認していく。どこにもいない。階段を下りたとは思えなかったけれど、一階もくまなく見て回った。

すべての部屋の電気をつけて遅くまで探し続けた。懐中電灯を片手に庭も調べてみる。けれど、虚しく時間が過ぎていくばかりで、どれだけ探してもノアを発見できなかった。

良世は顔色が悪く、可哀想なほど落ち込んでいた。ひとつクリアすれば、また次の難題があらわれる。頭上に垂れ込める雨雲は、いつまでも消え去ってくれないようで、陰鬱な気分に沈んでしまいそうになる。

脱走してから一週間が過ぎても、ノアがまだ家の中にいるような気がして、部屋のあちこちに餌を入れたカップを置いておいた。けれど、餌が減っている形跡はなかった。

肩を落としている良世に、新しいハムスターを飼おうと提案してみると、彼は消え入るような声で「もういりません」とつぶやいた。素早く視線をそらして俯く姿は、悔いが滲み出ているようだった。

ノアが脱走して以降、私は学校でも新たな問題が起きるかもしれないと身構えていた。けれど、予想に反して時は穏やかに流れていった。

十二月の初旬、テレビは再び勝矢の話題でもちきりになった。

精神鑑定の結果が公表されたのだ。新潟地検は「刑事責任能力が認められる」と判断し、ふたりの被害者に対する殺人罪、死体遺棄罪で勝矢を起訴したという。

相変わらずネットもテレビも見せておらず、事件についてもなにも伝えていないため、良世は未だに父親が病院に入院していると思っている。それなのに、彼は父親に関する質問をしてこない。ときどき、なにもかも知っているのではないかと勘ぐりたくなる。けれど、ストレートに疑惑を口にすることはできなかった。

「お父さんに会えなくて寂しくない？」

私がそう訊くと、リビングで絵を描いている良世は顔も上げずに答えた。

「早く病気がよくなればいいなと思っています」

演じているようには見えなかった。だからといって、心の底から病気が治ってほしいと願っているようにも見えない。どことなく諦めているような口調だった。

この先、いつか彼に真実を告知しなければならない日が来るだろう。

もう少し大人になり、心がもっと強くなったら、きっと――。

12月12日　雪

今年いちばんの寒波が到来しました。

窓の外では、柔らかそうな雪が舞っています。

外気とは違ってこんなにも胸があたたかいのは、昨日、良世からとても嬉しいプレゼントをもらったからです。

木下先生が応募してくれたようで、良世は『絵本コンクール』の小学生の部で最優秀賞を受賞したのです。それだけではなく、学校で描いた絵が『子ども絵画コンクール』で金賞を受賞しました。

全校朝会のとき、校長先生から表彰してもらったようです。

帰宅後、少し照れくさそうな顔で賞状と盾をプレゼントしてくれました。

養育者としても、絵画教室の講師としても、これほど嬉しい贈り物はありません。

この先も絵を描くという行為が、彼を支えてくれるような気がしています。

今日は良世の10回目の誕生日です。

家族の誕生日を祝える喜びを深く嚙みしめています。

朝から冷たい空気が張りつめていた。この冬いちばんに冷え込んだ日、私はナッツがたくさん入ったチョコレートケーキを作って良世の帰りを待っていた。

父親の事件が起きてから辛い経験もたくさんしたはずなのに、良世の口から弱音を聞いたことは一度もなかった。ノアがいなくなってからも気丈に振る舞っている。

もしかしたら、本当の母親ではないから甘えることができないのかもしれない。

二之宮に告げられていたとおり、初公判まではとても時間がかかるようで、今後も事件について報道される可能性もあるため、今もなおテレビをつけられないでいた。いつまでこのような生活を続けなければならないのか、先行きが不安になる。

フライドポテト、ハンバーグ、鶏の唐揚げ、サーモンとオニオンのカルパッチョなどをテーブルに並べていく。家族の誕生日を祝えるのが嬉しくて、少し作りすぎてしまった。次々に並べていくと、お皿を置くスペースがなくなってしまう。

リビングのドアが開くのと同時に、私は声をかけた。

「おかえりなさい」

帰宅した良世は黒のダッフルコートを羽織っている。

彼はリビングに足を踏み入れた途端、すぐに表情を曇らせた。頬から血の気が引き、みるみる青白くなっていく。その場に立ち尽くしたまま、戸惑いと警戒が入り交じった顔つきでテーブルの料理を眺めていた。

なにか嫌いな食べ物でもあったのだろうか——。

私が「どうしたの」と声をかけようとした直前、良世は我に返ったように笑顔を作り、「手を洗ってきます」と言い残し、リビングを出ていった。

最近、不可思議に思う行動は見当たらなかったので、微かに胸が波立つ。

誕生日に彩芽と詩音君も呼ぶつもりだった。けれど、良世が「女子みたいで恥ずかしいです」と言うのでふたりだけで祝うことにしたのだ。

数週間前、誕生日プレゼントはなにがいいか尋ねてみると、「ほしいものはありません」とそっけなく返された。物をほしがらない子どもがいることに驚き、私は戸惑いを隠せなかったが、よく考えてみると遠慮をしているのではないかと思い至り、埋まらない距離に寂しさを覚えた。

やはり、なにかがおかしい——。

夕食の席についた良世は、緊張の色を隠せないでいた。瞬きが多く、薄い唇が乾燥している。どこか怯えているようにも見える。祝いの席ではなく、まるで最後の晩餐のような緊張した雰囲気が漂っていた。

私は重苦しい空気を振り払うように、弾む声で言った。

「お誕生日おめでとう」

「翔子さんは、詩織さんが死んで喜んでいるんですか」

良世は真顔だった。この家に来た日と同じように、感情がいっさい窺えない目をしている。

「どうしてそんなことを訊くの」

良世の誕生日は、姉の亡くなった日でもある。誕生日を祝うのは、不謹慎だと言いたいのだろうか。

彼の声には憎しみのようなものが宿っていた。

「僕と詩織さんなら、僕のほうが大事なんですね」

「ごめん。お母さんが亡くなった日でもあったんだよね」

私がそう言うと、良世は満面の笑みを浮かべ、「僕もごめんなさい。嬉しいのに、ちょっと変な気分になったんです」と取り繕った。

演じているような不自然さを感じた。なにか返そうにも、うまく言葉が出てこない。

雪よりも冷たい沈黙が、室内に降り積もっていく。

もしかしたら、彩芽たちを呼ぼうと提案したとき断ったのも、ほしいものがないと言ったのも、すべて誕生日を祝ってほしくなかったからかもしれない。彼の本心に気づけず、私は独りよがりに進めてしまったのだ。申し訳ない気持ちが押し寄せてきて、胸が重くなっていく。

反省と同時に、ある疑問が脳裏をかすめた。

「これは……良世の誕生日のお祝いだよ」

「だって、お祝いするから」

勝矢は、これまで息子の誕生日をどう過ごしてきたのだろう。

「今まで誕生日のお祝いはしなかった？」

私が尋ねると、良世は黙ったままうなずいた。

声がだせなかった頃に戻ってしまった気がする。やっとの思いで距離を縮めたのに、つかみかけた手を引き離されてしまいそうで強い焦燥を覚えた。

少しの沈黙のあと、良世は神妙な面持ちで口を開いた。

「勝矢さんは、僕を大切に思っています。詩織さんのことも同じです」

咎められた気分になり、大量の料理を前にして、どうすればいいのかわからなくなってしまう。彼と相対するたび、自分が浅はかな人間だと気づかされ、心がぐらぐら揺れ始める。

それでも、言い訳ではなく自分の想いを伝えたい。

「私も、ふたりとも大切だよ。だから今日はお姉ちゃんへの感謝と、良世の誕生日をお祝いしたい」

「感謝？」

「あなたをこの世に誕生させてくれた。私は良世に出会えてよかったから」

嘘ではなかった。娘を亡くし、彼が家に来てくれた日の嬉しさは、今も鮮明に記憶に残っている。

「翔子さんは、ひとつしか選べなかったら……どちらを選択しますか」

良世は真顔で言葉を継いだ。「詩織さんがいる世界と僕がいる世界」

なぜこんな残酷な質問をするのだろう。

なにも答えない私に痺れを切らしたのか、彼はまた難しい問いを投げてくる。

「美咲希さんと僕、どっちが好きですか」

そう尋ねる声は緊張を孕んでいた。怖いのに訊かずにはいられないという心境が伝わってきて困惑してしまう。

彼は真偽を推し量るような目で、じっとこちらを見つめながら訊いた。

「僕が死んで、美咲希さんが生き返るならどうしますか」

私は戸惑いを通り越して恐怖を覚えた。なにか鬼気迫るものを感じたのだ。

「死んだ人は……もう生き返らないから……」

答えにならない言葉をつぶやくのが精一杯だった。

こんなときサナさんがいてくれたら、軽く笑い飛ばしてくれるだろうか。誰かに助けを求めたくなる。静かな空間が、やけに恐ろしく感じられた。

良世は少し苦しそうな息遣いで尋ねた。

「美咲希さんは、もう生き返らない。だから、僕と一緒にいるんですね」

「それは違う」

本当に違うと言えるだろうか――。

もしも美咲希が生きていたら、彼を引き取れなかったかもしれない。

私の内心を見透かしたのか、良世は小さな歯をだして微笑んでみせた。なにもかもを受け入れているような哀しいほど静かな笑みだった。

大人気もなく、「私の命と引き換えに、姉が生き返るならどうする」という問いを投げたくなる。けれど、言葉にしなかった。感情ではなく理性が働いたのは、涼しい顔で「詩織さんが生き返るほうを選びます」と言われるのが怖かったのだ。

私たちは、なぜ一緒に生活しているのだろう。良世はここにいることを望んでいるのだろうか――。

相手の気持ちはわからないけれど、自分の想いなら明確にわかる。ウソ親と罵られてもかまわない。胸の奥から込み上げてくる感情を言葉にした。

「私は良世が大切だよ。これからもあなたと一緒に暮らしたいと思っている」

子どもにとって居場所がないほど辛いことはない。ふたりの関係性なんてわからないけれど、とにかく彼が帰れる場所を作ってあげたかった。けれど、その場所にいたいと思えるかどうか決めるのは、大人ではなく子ども自身だ。

良世は、箸を手に取ると、自分の小皿にハンバーグを移した。小さく切ってから口に運ぶ。ゆっくり咀嚼し、こちらに向かって笑みを浮かべた。

ふたりの間には、互いを気遣うような奇妙な空気が漂っている。

私もハンバーグを箸でつかみ、口に入れて笑顔を作る。

とても静かな晩餐――。

きっと、永遠に忘れられない誕生日になる。そんな予感を抱えながら、私はフライドポテトを自分の小皿に移した。彼もフライドポテトに箸を伸ばし、そっと口に入れる。

鏡のように同じものを次々に口へ運んでいく。まるで言葉にできない感情をぶつけ合っているようだった。同じものを食するたび、静かな安堵感が胸を満たしていくのを感じた。

5月8日　曇りのち晴れ
桜は散り、新緑がとても美しい季節になりました。

春休みを終え、新学期がスタートしてから1ヵ月が経ちます。

良世は5年生に進級しました。

相変わらず痩せてはいるけれど、ずいぶん身長が伸び、背の高い詩音君と並んでもさほど変わらないようになりました。

このまま無事に小学校を卒業できることを祈る日々です。

週に一度は良世の部屋の絨毯に掃除機をかけていた。それ以外は手をださなくてもいいほど、きっちり整理整頓されている。

ノアがいなくなってもケージは部屋の隅に置いてあった。いつか戻ってくると信じているのかもしれない。彼の気持ちが痛いほどよくわかる。私も未だに、公園のブランコ、夕暮れどきの歩道、風に揺れるカーテンの向こう側に娘の姿を探してしまう。

最近、娘の幻聴をあまり耳にしなくなった。それは喜ばしいことなのか、哀しむべきことなのかわからず、心が宙ぶらりんの状態になっていた。

部屋に風を通したくて、勉強机の近くにある窓を開けてから、クローゼットの扉を両手で広げた。カラフルな服がずらりと並んでいる。

最初の頃は、買い物に行っても地味な服しか買わなかったのに、ここ最近の良世は自分の好きなデザインや色を選ぶようになった。描く絵にも変化が生じている。鮮やかな色彩、独創的な絵が増えた。個性を大事にする気持ちが育っているようで、彼の成長ぶりに嬉しさが込み上げてくる。

なんの気なしに視線を落としたとき、クローゼットの右隅に白いパーカーが落ちているのに気づいた。落ちているというよりも、故意になにかを隠そうとしているように見えた。

子どもにもプライバシーがある。断りもなく勝手に覗くのはよくないと思いつつも、つい手が伸びてしまう。

彼の綺麗好きで几帳面な性格を思うと、強い違和感を覚えたのだ。

白いパーカーを手に取り、屈んで奥を覗き込んだ。そこには濃紺の箱がある。たしか、前にスニーカーを買ったときの箱だ。

突然、ミシッという音が響き、私は弾かれたようにドアを振り返った。

少しだけドアが開いている。

立ち上がり、廊下を確認してみたけれど誰もいない。まだ午前中なので良世は学校にいるはずだ。動きを止めて耳を澄ましてみたが、階下から音は聞こえてこなかった。

家鳴りだろうか。木造住宅なのでたまに耳にする音なのに、後ろめたさから過剰に反応してしまう。

私はドアを閉めると、気を取り直して濃紺の箱をつかみ、そっと開けてみた。

一瞬、瞼の裏に蟻の死骸がよみがえる。

箱の中には……蟻ではなく、黒いＵＳＢメモリが入っていた。

死骸ではなかったことに安堵している自分がいる。

これまでの生活で、ＵＳＢメモリを買ってあげたことはない。自宅に置いてあるものでもなかった。良世がこの家に来たとき、私物はほとんどなかったはずだ。

まさか、勝矢のＵＳＢメモリ？　警察に押収される前にどこかに隠していたのだろうか――。


部屋に掃除機を残したまま、急いで階段を下りてリビングに戻った。ダイニングテーブルにノートパソコンを置いて起動する。

もしかしたら家族写真などの画像が保存してあるのかもしれない。そう思いたいのに、一秒ごとに警戒心は増していく。

見慣れたデスクトップの画面があらわれるとすぐにＵＳＢメモリを差し込んだ。保存されているフォルダをデスクトップに移動させてから開いた。

フォルダの中には、いくつか画像ファイルが保存されている。

ファイルのアイコンをクリックした瞬間、思わず目を見張った。マウスをつかんでいる手が強張り、じっとりと汗ばんでくる。瞬きを繰り返した。

クリックするたび、裸体の少年の画像が次々に表示される。

全部で十二枚。すべて同一人物が写っていた。

少年の表情はどれも違う。泣き顔、悔しそうに睨みつけているもの、放心している表情

——。

今まで助けてくれた彩芽の姿が浮かんできて、胸が抉られたように痛んだ。

保存されている画像は、すべて詩音君だったのだ。

なぜこんなものを持っているのだろう。ふたりは仲がよかったはずだ。

振り返ってみても、絵画教室で楽しそうに絵を描いているふたりの姿しか思いだせない。

まさか絵のヌードモデルになってもらったのだろうか。いや、それは考えられない。どう見ても詩音君は嫌がっているように見えるし、小学五年という多感な時期に、いくら友だちのためとはいえ、全裸になるのは難しいだろう。

どんどん悪い想像が膨らんでいく。

ファイルの中にひとつだけ動画があることに気づき、すぐに再生した。

動画には、白いハムスターが映っている。

どうして——。

牢獄のような場所に、ノアがいた。四方をブロックで囲まれている。ノアからすれば、高い塀に囲まれている気分だろう。黒いつぶらな瞳で不安そうに上空を見上げていた。

突然、画面がぶれて、今度は大きな石を持ったひとりの少年が映しだされる。「良世君、顔は映さないでよ」という声が聞こえたあと、また怯えたノアの映像に戻った。ノアは警戒した様子で、狭い場所を走り回っていた。そのとき、雲が太陽を覆い隠すように、辺りが急に薄暗くなる。直後、ノアを目がけて大きな石が投げ落とされた。キュッという小さな鳴き声が耳に飛び込んでくる。

私は悲鳴を上げ、マウスを手で撥ね退けた。恐怖と強い怒りの感情が湧き上がってくる。息が苦しいのに、まだ動画から目を離せない。唇がわななき、目の周りが熱くなってくる。

少年は、ノアの頭上から大きな石を落としたのだ。

動画に映っていたのは、高橋桜介君だった。

私は即座に動画の音量を上げた。姿は見えないけれど、まだ声変わりしていない、少年独特の甲高い笑い声が響いてくる。先ほど高橋君は、「良世君」と言っていた。おそらく、動画を撮影しているのは良世なのだろう。

ふたりは動物を殺して笑っているのだろうか？

良世の輪郭が歪んでいく。彼の中に潜んでいる残酷で攻撃的な人格が色濃くなる。

門限は六時。良世が約束を破ったことは一度もない。学校が終わったあとは、家の近くの市立図書館に行くか、友だちと公園などで遊んでいた。友だちの中には、いつも詩音君がいると思い込んでいたけれど、実際は彼らの関係性を詳しく知らなかった。

——殺人はこの教室でも起きるかもしれません。

棚の引き出しを開け、中から一冊の漫画本を取りだした。ネットオークションで落札した『ラストゲーム』の三巻目だ。数ヵ月前に届き、目を通してみたけれど、特段心惹かれるものはなく、主人公の少年の悲哀だけが深く記憶に残る作品だった。

椅子に腰を下ろすと、ページを捲っていく。あるシーンで手を止めた。

学校でいじめられていた少年が、クラスメイトを刺し殺す前に「殺人はこの教室でも起きるかもしれません」とつぶやくシーンが描かれている。

カッターナイフの事件以来、良世と高橋君は仲よくなり、いじめ問題も起きていない。それなのに、なぜノアは殺されてしまったのだろう。しかも実行犯のひとりは、良世だ。詩音君の裸体の画像の理由もわからない。

一体、学校でなにが起きているのだろう――。

冷静に時間をかけて熟考してみるも、少年たちの抱えている闇にたどり着くことができなかった。ただ明確にわかるのは、大切なノアが殺されたという事実だけだ。残酷な絵を描いたときとは違い、今回は子どもの悪ふざけでは済ませられない。大事な命が奪われたのだ。

動画を目にしたあと、昼食どころか水分も摂れず、ひたすら良世の帰りを待っていた。

帰宅後、彼と顔を合わせてから、どう切りだせばいい。そのことばかりが頭の中をぐるぐる回っていた。勝手に部屋に入り、私物を持ちだしたことを謝罪するつもりはない。あのときＵＳＢメモリを発見しなければ、事が明るみに出ることはなく、子どもたちの残虐な行為はますますエスカレートする恐れもあったのだ。

なぜあれほど大切にしていたノアを傷つけたのか。どうしてケージからいなくなったという嘘をついたのか。なにもかもがわからない。記憶をたどるほど、混乱は深まるばかりだった。

あの夜、遅くまで懸命にふたりで探したのに——。

チャイムが鳴り、慌てて時計を見上げる。午後の四時半。いつもより帰宅時間が早くて驚いた。玄関まで急ぎ、鍵を開けた途端、絵画教室の生徒たちが快活な声で「先生こんにちは！」と挨拶しながら入ってくる。

生徒たちは靴を脱ぐと、「おじゃまします」と言って、慣れた様子で廊下を駆けていく。

その後ろ姿を呆然と眺めていた。

絵画教室の日だったのをすっかり忘れていたのだ。

私は急いでリビングに戻り、慌ててパソコンを閉じた。誰かに見られたら大変だ。呼吸が荒くなり、頭がぐらぐらして、気分が悪くなる。

なにか気配を感じて振り返ると、ふたりの少年の笑顔が目に飛び込んでくる。

リビングのドア付近には、良世と詩音君が肩を並べて立っていた。

ふいに、姉と勝矢の写真が脳裏に立ちあらわれる。二階建ての一軒家の前で、肩を寄せて微笑む男女ふたりの姿――。

「先生、こんにちは」

詩音君はいつものように元気な声で挨拶し、良世と一緒に廊下を歩いていく。

やはり、彼らは仲がいいのだ。

絵画教室を開講している間、ふたりを注視してみるも、特に変わった様子は見受けられなかった。けれど、詩音君の絵は昔に比べ、色彩が暗くなったように思えた。

もしかしたら、あの写真を見たからそう感じるだけなのかもしれない。

絵画教室の終了時刻は六時半。けれど、目指している絵画コンクールが近くなると、中学生の中には八時くらいまで教室に残る生徒もいた。

宅配デリバリーで注文した弁当をリビングに用意し、良世には先に食べていてもらうことにした。衝撃的な映像を目にしたせいで、夕食の準備をすっかり忘れていたのだ。

彩芽はひとりで子育てをしていたので、仕事が遅くなるときは詩音君も一緒に夕食を食べて帰る日もあった。迎えに来た彩芽は深く頭を下げて「本当にごめんね」と謝り、いつもパート先の惣菜をわけてくれた。惣菜はどれも美味しく、優しい味がした。

彩芽の夫は酒癖が悪く、息子に手をあげることもあり、ふたりは離婚したという話を高橋さんから聞いた。高橋さんは「暴力亭主から子どもを守ったんだから偉いわよ」と言っていたが、私も同意見だった。経済的な理由から暴力に目をつむる母親もいるからだ。

最後の生徒が帰ってからリビングに行くと、どこにも良世の姿はなかった。

キッチンのゴミ箱には、弁当の殻が入れてある。ちゃんと分別されていた。

リビングを出て脱衣所のドアを開ける。浴室に人影はなく、洗濯カゴには見慣れた服が置いてあった。入浴を済ませ、既に歯磨きも終えているはずだ。

彼は利発で手のかからない、とてもいい子なのだ。

その場に立ち尽くして逡巡したあと、もう一度リビングに戻り、引き出しに隠してあるUSBメモリをポケットに忍ばせて二階に向かった。鉛がついているかのように足が重い。真実を知るのは怖いけれど、知らないのはそれ以上に恐ろしかった。

一段ずつ階段を上がるごとに、身体が冷えて呼吸が苦しくなる。

ノア、教えて。良世はどんな子なの？　なぜあなたを殺したの？

気づいたら、縋るように胸の内で尋ねていた。

階段を上がると廊下を進み、勢いよくドアを開けた。

勉強机に座っている良世の肩がびくりと揺れる。パジャマ姿の彼は、珍しく動揺した様子でこちらを振り返った。疚しいことがあるのか、真っ青な顔をしている。

彼は素早い動きで勉強机の引き出しになにかを隠した。そのまま固まったように動かない。強張っている背中は、突然の来客を拒絶しているようだった。

私が勉強机に近寄り、引き出しに手をかけると、良世は鋭い目でこちらを見上げた。かつて目にしたこともない攻撃的な雰囲気に気圧（けお）され、一瞬怯んでしまう。

すぐに気を取り直し、無理やり引き出しを開け、黒い物体をつかんだ。まだ熱を持っている。

「なぜあなたがスマホを持っているの」

私の声は自分でも驚くほど低く響いた。

どれだけ待っても返事はない。答えたくないのか、良世は目を伏せ、奥歯を強く嚙みしめている。視線を落とすと、小さな拳が微かに揺れていた。

「これは誰のもの？」

スマホを買ってあげた覚えはない。仮に、勝矢が買い与えていたとしても、通信履歴を調べるため警察が押収したはずだ。

突如、かっと頭に血がのぼる。

誰のものか知っているはずなのに、良世が困惑顔で首をひねったのだ。

「答えて、誰のものなの？」

「……詩音君」

驚くべきことに、良世の声は落ち着き払っていた。それとは対照的に、頬は赤く染まり、憎悪の感情がもれ出ている。怒りに支配されているようだった。

「なぜあなたが詩音君のスマホを持っているの」

「借りました」

これが虚偽ならば、あまりにも作為がなさすぎる。それとも詐欺師みたいに嘘をつくのに慣れているのだろうか。

私はできるだけ落ち着いた口調で尋ねた。

「なんのために借りたのか教えて」

「調べたいものがありました」

「それって……家でネットを利用していたってこと？」

良世は黙したまま、緩慢な動きでうなずいた。

きっと、家の無線ＬＡＮに接続し、こっそりネットを利用していたのだろう。

ルーターはリビングに置いてある。本体の側面にはＳＳＩＤと暗号化キーが書かれたシールが貼ってあった。図書館で調べた可能性もあるけれど、パソコンが得意な良世なら、接続するのはそう難しいことではないだろう。そこまではスムーズに想像できても、残りの疑問は氷解しないままだった。

私は厳しい口調で質問した。

「なにを調べていたのか説明して」

「いつも質問ばかりして……翔子さんは警察官、検事、裁判官なんですか」

「ふざけないで。真剣に訊いてるの」

なにも答えないので、スマホの画面をタップした。暗証番号を求める画面が出てくる。

「暗証番号は？」

黙りこくっているので、脅すような言葉を投げた。

「今から詩音君のお母さんに連絡して、暗証番号を教えてもらう」

良世は眉根を寄せて迷惑そうな顔つきで、しぶしぶ四つの数字を答えた。

暗証番号を入力すると、『五年二組のプリズナーズ』というサイトが目に飛び込んでくる。

良世は五年二組だった。嫌な予感は確信に変わっていく。

サイトには、匿名で書き込める掲示板のようなものがあった。

——サルがまずいバナナを捨てて、オレンジに接近中。

——キモい。オレンジ逃げてぇ〜。

——違う、違う。バナナがサルを完無視が正解。

——え？　サルってイチゴ狙いじゃないの？

私が教員をしていた頃、職員会議の席で、ネットリンチやＳＮＳのいじめについて議論されることが多くあった。学校裏サイトがないか調べている教員もいた。当時、詳しく調べてみても、ネットでのいじめは発見できなかった。けれど、今となってみれば気づかなかっただけで、水面下では行われていたのかもしれない。

他校の教員に聞いた話によれば、匿名掲示板に教師の悪口を繰り返し書き込んでいた人物は、生徒の親だったというケースもあったそうだ。

ネットの闇は子どもだけの問題ではなく、大人の心も蝕んでいるのだ。

最近では子どもによるネット犯罪がいくつか起きている。ある児童は、同級生のＩＤとパスワードを勝手に使用し、オンラインゲームに不正アクセスしたとして警察に逮捕された。かつて二之宮も、小学三年の児童がコンピュータウイルスを作成し、児童相談所に通告されるケースがあったと言っていた。それを思いだすとやりきれない気持ちになる。

「女子を果物にたとえて、男子は動物？」

私の問いかけに、良世は、よくわかりましたね、というような笑みを浮かべた。

その鷹揚な態度に苛立ち、声を尖らせた。

「あなたたち、誰かをいじめたりしているの？」

「最初にいじめをしてきたのは詩音君です」

「だから彼のスマホを取った？」

良世の目がきつくなる。まだ子どもなのに、殺気を感じるほど鋭い眼差しだった。

「翔子さんは、僕が傷つけばいいと思っていますか」

「そんなこと思うわけないじゃない」

「高橋君が、やばいサイトがあるって教えてくれたんです」

「やばいサイトってなに？」

「デスサイトです」

「デスサイト？」不穏な言葉に、つい声がうわずってしまう。

カッターナイフの事件後、良世と高橋君は仲よくなり、ふたりだけで過ごす時間が増えていったようだ。そのうち、高橋君はある秘密を教えてくれたという。

私は先を促すように声を上げた。

「詳しく説明して」

「デスサイトは通称で、本当の名前は『五年二組のプリズナーズ』というサイトです」

なにもかもがわからない。根気よく話を聞くしかないと覚悟を決め、頭の中を整理してから単純な言葉を投げた。

「どういうサイトなの？」

「デスサイトには、クラスメイトの秘密が書き込まれるんです。たとえば、相澤(あいざわ)レイナさんのお母さんが不倫してるとか」

私は思わず驚きの声を上げそうになったが、平静を装いながら訊いた。

「なぜ相澤さんのお母さんが不倫をしているってわかるの」

「誰かが証拠写真をアップしたんです」

「どんな写真？」

「腕を組んで男の人と歩いている写真です。デスサイトに貼ってあったから……」

偶然、街で見かけたのだろうか。今は小学生でもスマホを持っている時代だ。やろうと思えば、簡単に写真を撮ることができるだろう。

「そのサイトの運営者は誰？」

「最初は誰が運営しているのか知りませんでした。僕が転入した頃、いじめのターゲットにされていたのは高橋君でした」

詳しく話を聞くと、どうやらサイトの運営者は、クラスメイトにやってほしいことをデスサイトに書き込んでいたようだ。たとえば「道徳の時間、担任を論破しろ」というような内容が書き込まれているらしい。その命令に従わない者は、次のいじめのターゲットにされ、う。

デスサイトに知られたくない個人情報や画像をアップされるという仕組みになっているとい

良世は無表情のまま口を動かした。

「僕はパソコンが得意なので、高橋君を助けてあげたんです」

「あなたは、いじめに参加していなかったのね」

「そういう問題ではありません。デスサイトに僕の悪口を書く人が増えたから高橋君の味方になっただけです。だから運営者が誰なのか、犯人を探す手伝いをしました」

「どうやって？」

「高橋君の家のパソコンからデスサイトにアクセスしてページソースを表示し、ＩＰアドレスを確認したんです」

まだみんなと仲のよかった頃、高橋君はクラスメイトとフリーメールでやり取りをしていた。それを知った良世は、受信したメールからＩＰアドレスを確認したという。サイトの運営者は利用者数の少ないプロバイダを使用していたため、容易に犯人が誰なのか見当がついたようだ。

良世は得意げな顔つきで言った。

「高橋君に頼んで、犯人がスマホを使っているところを色々な角度から撮影してもらいました」

「なんのために？」

「暗証番号を調べるためです」

「どういうこと？」

理解が追いつかず、質問ばかりになってしまう。

彼は悪びれる様子もなく堂々と答えた。

「証拠を見つけるためです。体育の時間にお腹が痛いと言って保健室に行く振りをして、誰もいない教室で犯人のスマホに暗証番号を入力し、サイトの運営者だという証拠を見つけました」

「誰だったの？」

良世は唇に笑みを刻ませて答えた。

「犯人は、詩音です。みんな詩音が嫌いだったから、やり返すのは簡単でした」

詩音——いつの間にか呼び捨てになっている。

私がポケットからＵＳＢメモリを取りだすと、良世は一瞬驚きの表情を見せた。けれど、すぐに感情を消し、反抗的な目を向けてくる。

私は抑揚を欠いた声で尋ねた。

「この画像や動画はどうしたの？」

「あいつを脅すために……高橋君と協力して撮りました。動画は僕と高橋君、ふたりだけの秘密です」

「詩音君とは仲がよかったのにどうして」

「僕が……絵がうまかったからです」

「どういうこと？」

「詩音は絵画コンクールで入選できなくなって、僕をいじめのターゲットにしたんです」

思わず、「そんなことで」と声を上げそうになった。

ふいに、彩芽が「息子の描いた絵が、絵画コンクールで優秀賞を受賞したの」と嬉しそうに話していたときの姿がよみがえり、心が乱れた。もしかしたら、母親の喜ぶ顔が見たくて、詩音君は懸命にがんばっていたのかもしれない。けれど、その座を転校生に奪われた。

私は大事な質問を投げた。

「あなたは……ネット上に詩音君の裸の画像をアップした？」

「していません。僕たちを傷つけないために持っているだけです」

安堵の吐息が口からもれた。ネット上に投稿していたら大変なことになっていた。

私はいちばん疑問だったことを訊いた。

「どうして家族のノアまで殺したの？」

「大丈夫です。僕の家族じゃないから」

「ノアは私たちの大切な家族じゃない！」

気持ちを抑えられず、感情的に怒鳴っていた。

良世は動揺する素振りも見せず、笑みを浮かべながら言葉を吐きだした。

「心配しないでください。詩音のハムスターと交換したんです」

一瞬、思考が凍りついた。

唇がわななないて声がだせない。初めて彼を本気で恐ろしいと感じた。相手のペットを殺したくなるほど詩音君に恨みを抱いていたというのだろうか。良世はまだ小学五年だ。

「詩音君のハムスターだとしても、良世と同じように生きているんだよ。石で潰されたら痛いし、苦しい。どれほど哀しくて、怖い思いをしたか想像できる？」

「僕たちは悪くない。詩音が悪いんです」

その返答に、絶望感が胸を侵食していく。伝えるべき言葉が見つからず、私は上擦った声で言った。

「明日、木下先生にクラスでいじめが起きていることを連絡するから。あなたは今すぐサイトを閉鎖し、スマホを詩音君に返しなさい。このＵＳＢメモリのデータはすべて消去する」

良世は鼻で笑った。

室内の空気が一気に張りつめる。

頬が強張るのが自分でもわかった。私はなにも言葉にできず、彼の歪んだ顔を見つめていると、良世は下卑た笑みを浮かべて言った。

「翔子さんは、神様じゃないのに責任が取れるんですか？」

「もちろん、私も養育者として罰せられる覚悟よ。詩音君のお母さんにも連絡して、もう少し大人になるまでパソコンやスマホを与えないでほしいってお願いする。木下先生にもクラスメイトたちをしっかり監督してもらう」

良世は心の底から侮蔑したような表情を見せた。

強い憤りを感じたけれど、これ以上、強く叱れなかった。

良世たちがやった行為は卑劣だ。けれど、彼は高橋君や自分自身を守るために動いたのだ。やらなければ、やられる。弱肉強食だ。学校はいつから、こんなにも野性化してしまったのだろう。

非常事態だからこそ、大人として正しい行動を取らなければならない。迷いはなかった。

それなのに、いつまでも耳の奥に「翔子さんは、神様じゃないのに責任が取れるんですか？」という言葉が燻り続けていた。

5月9日　曇り

改めて子育ての難しさを痛感する出来事がありました。

養育者、元教員、叔母……ひとりの大人として、今なにができるのか深く悩んでいます。

今日から義兄の第一回公判が始まります。

もちろん裁判の行方も気になりますが、今は良世のことで頭がいっぱいで、私はなにをすべきか、なにが子どもたちの幸せに繋がるのか考え続けています。

お姉ちゃん、この難局を無事に乗り越えられるよう、どうか見守っていてください。

傷つく子どもたちが出ないように導いてください。お願いします。


学校が始まる時間を待って電話をかけると、運が悪いことに木下先生は忌引のため休んでいるようだった。「代わりに用件を承(うけたまわ)ります」と言われたけれど、担任を飛び越えて、クラスの問題を他の教諭に伝えていいものかどうか悩んでしまう。

私は迷いながらも、「明日、こちらからまたご連絡します」と伝えて電話を切った。

今朝、良世は寝坊したようで、朝食も摂らずに家を出ていった。もしかしたら、顔を合わせるのが嫌で計算して遅く起きたのかもしれない。

どう向き合えばいいのか、私も戸惑いを覚えていた。いくら相手が悪いからといって、ハムスターの命を奪えるだろうか。しかも、ノアは苦手なクラスメイトのケージにいるのだ。

昨夜、ノアのことを尋ねると、良世は「詩音は頭が悪いから、ハムスターを取り替えても気づかないいんです」と、まるで鉛筆でも交換したかのような軽い物言いをした。もともとノアに対する愛情は一欠片もなかったのかもしれない。

――この世には悪魔がいるんです。

忘れかけていた勝矢の声がよみがえってくる。

木下先生に連絡する前に、彩芽に相談しようかどうか迷った。けれど、子どものことになると感情的になってしまう恐れもある。やはり、事前に担任と相談し、今後の対応策を考えたほうがよいと判断した。

ネットが絡むと、いじめ問題はより複雑化していく。誰かを責めるのではなく、二度と同じような哀しい状況を生まないようにできないだろうか。

昼食を軽く済ませ、ソファに横になると激しい睡魔に襲われた。昨夜は気が立ってしまい、一睡もできなかったのだ。

気づけば、電話の音が鳴り響いていた。

時計を見ると数時間ほど眠ってしまったようだ。私は慌てて上半身を起き上がらせ、スマホに手を伸ばしてみるも、画面は真っ暗だった。

家の電話だと気づき、慌てて立ち上がると受話器を手に取った。

「お忙しいところすみません。わたくしはカミシロと申します」

寝起きで頭がはっきりしない。ぼんやりした声で「はい」と返事をすると、相手は週刊誌の記者だと名乗った。

男性記者の声を聞いているうち、心拍数が急速に上がっていくのを感じた。会話の途中で受話器を置くと、私はすぐにパソコンを立ち上げ、『南雲良世』という名前を検索した。

隅々まで確認してみるも、それらしきものはどこにも掲載されていない。夢を見ているような心境だった。

いたずら電話だったのだろうか――。

次にリアルタイム検索で調べてみると、良世の個人情報が目に飛び込んでくる。

――南雲勝矢殺人鬼の息子は南雲良世。小学五年。

同じ人物の「Twitter」に電話番号、住所、通っている学校名が次々に投稿されていた。それらは間違いなく、この家の電話番号や住所だった。

時計の針は、午後の三時を指している。

心臓が縮み上がった。良世がちょうど下校する時間だったのだ。

スマホと鞄をつかんで玄関を飛びだした。外に出ると、小学校まで続く道を足早に進みながら、スマホで電話をかける。

三コール目で男性の声が聞こえたので、私は早口で告げた。

「五年二組の葉月良世の母親ですが、息子はもう学校を出ましたでしょうか」

『えっと、保護者の方ですよね……もう授業は終了したので調べてみないとわかりかねますが……』

当然の反応だった。突然尋ねられても、校内放送を流して呼びだすか、学校の敷地内を余すところなく探さなければわからないだろう。そんなことも考えつかないほど動揺していた。

「どこかで見かけましたら、ご連絡ください」

そう伝えて通話を終えると、近くにある公園や通学路に目を走らせながら歩を進めていく。まだそれほど暑くないのに、額から汗が流れ落ちてくる。呼吸もひどく乱れていた。

幅の広い歩道を足早に歩いているとき、三人の母親たちの姿が目に飛び込んできた。彼女たちは、街路樹の木陰で立ち話をしている。

「あれ？　翔子さん、どうしたの？」

彩芽、高橋さん、もうひとり白いシャツを着た女性が、意味深な笑みを浮かべている。たしか、白いシャツの女性は、同じクラスの山本（やまもと）リオちゃんのお母さんだ。

私は不可解な思いに囚われた。

昨夜、良世は、高橋君は詩音君にいじめられていたと言っていた。もしかしたら、親たちはまったく気づいていないのかもしれない。

私は額の汗を手の甲で拭きながら重い口を開いた。

「どこかで良世を見かけませんでしたか？」

高橋さんと山本さんが目配せをするのに気づいた。

Twitterに個人情報が掲載されたのは、今日の午後一時頃だ。

彼女たちは、もう気づいているだろうか――。

「そろそろ子どもたちが帰宅する時間だよね。なにかあったの？」

のんびりした彩芽の口調からは、まだ勝矢と良世が結びついていないようだった。

「良世！」

歩道を歩いてくる華奢な少年の姿を見つけ、私は咄嗟に大声で名を呼んだ。

ランドセルを背負った少年は、物怖じすることなく堂々とこちらに向かって歩いてくる。

母親たちが「あら、こんにちは」と挨拶するのも無視し、彼はまっすぐ私だけを見つめていた。彼女たちは奇妙な空気を敏感に察知し、互いの顔を見合わせている。

私の目の前で立ち止まると、良世は咎めるような口調で言った。

「今朝、詩音にスマホを返して、画像を全部消したと伝えました」

その言葉を聞いて、私はなにが起きたのか得心した。

詩音君は裸の画像を晒されるのを恐れ、今まではいじめをしなかったのだろう。けれど、もう晒される心配がなくなった途端、反撃に出たのだ。

「僕はこうなることがわかっていました」

「個人情報を掲載したのは誰?」

私が単刀直入に訊くと、良世の目がさっと動き、彩芽を捉えた。

「僕の個人情報を晒したのは詩音。おばさんたちだって知っているよね。だって、メッセンジャーアプリのグループトークにも晒されているみたいだし」

彼女たちは息を呑み、明らかに動揺していた。

先ほどまで知らない振りをしていたのだ。それよりも、良世が敬語を使用していないことに驚きと同時に強い違和感を覚えた。彼の声はとても低く、攻撃性を帯びている。まるで優等生の仮面を取り払ったような変貌ぶりだ。

ネットの情報だけなら、見ていない可能性も高い。けれど、個人のスマホに届いているなら、多くの親たちに知れ渡っているはずだ。今頃、良世の情報が拡散されているかと思うと、視界が仄暗くなる。

彩芽は気の毒そうに顔を曇らせながら言った。

「ごめんね。知らない振りをして……そのほうがいいかと思って」

「またいじめが始まるかもね」

良世はそう言うと、高橋さんに目を向けながら続けた。「僕が転校してきた頃、クラスで高橋君がいじめられていたんだ。頭の悪いボスは、詩音だよ」

彩芽は苛立った声を上げた。

「うちの子と桜介君は一年生の頃から仲がいいのに、なんでそんな嘘をつくの？」

「嘘じゃないよ。でも、また高橋君がいじめられても僕には関係ないからいいけど」

「あなたが転校してきてから、うちのクラスはおかしくなったのよ」

今度は山本さんがそう言って、叱責するような眼差しを投げてくる。

高橋さんは困惑した表情で、誰が嘘をついているのか探るような視線を走らせた。息子のいじめについて、思い当たる節があるのかもしれない。

彩芽は禍々しいものでも見るような目で良世を一瞥したあと、私に視線を移してから口を開いた。

「正直、怖いの。良世君のお父さんはふたりも人を殺した。しかも被害者の中には、幼い少女もいたのよ。はっきり言って異常だと思う。それを私たちに隠そうとした翔子さんも卑怯だし、許せない。最初からちゃんと真実を教えてくれていれば、こんな気持ちにならなかったと思う」

父親の罪の責任を、子どもが負わなければならないというのだろうか。目の奥が熱くなる。私は耐えるように拳を握りしめた。悔しいけれど、反論の言葉は見つからない。隠していたのは事実だからだ。けれど、事前に彼女たちに真実を伝えたとしても、良好な関係は築けなかっただろう。自己正当化するつもりはないけれど、良世を守るためには黙っているしかなかったのだ。

「おばさんってさ、まるでオセロみたいだね」

突然、良世は乾いた声で言った。

母親たちは眉根を寄せ、黙ったまま不気味な少年を見つめている。

彼は悪びれた様子もなく、小さな歯を見せてから言葉を放った。

「おばさんの世界にはオセロと同じで、白か黒しかないんだ。でもね、人間はそんなに単純じゃないよ。そんなの常識。子どもはみんな気づいてるんだけどな」

「なにが言いたいのよ」

彩芽は揶揄（やゆ）されたと思ったのか、尖った声を上げた。

良世は冷たい笑みを張りつかせたまま、多くの親がいちばん恐れている言葉を投げつけた。

「おばさんは記憶力が悪そうだから、しっかり覚えていてね。次に黒になるのは、あんたの番だ。詩音も、いつか人を殺すかもしれないよ」

重苦しい沈黙が落ちたあと、怒りを孕んだ険悪な雰囲気が辺りに漂い始めた。

漂っている負の感情をかき集め、彩芽の顔はどんどん赤らんでいく。彼女は闘志を剝きだしにして言葉を吐き捨てた。

「いい加減なこと言わないで。うちの息子を侮辱したら許さない」

「おばさんに許されなくてもいいよ。だって、クラスメイトはみんなそう思っているもん。僕の言葉を忘れないでね。詩音はいつか人を殺すよ。あいつは悪魔みたいな奴だから」

不穏な言葉が、その場にいる母親たちの体温をじわじわと奪っていく。親たちが心の奥底に隠し持っている怯えの感情を探り当て、的確に攻撃し、揺さぶり、不安の根をそっと植えつけていく。

良世と対峙するたび、大人としての誇りを蝕まれる。

警察署で面会したときの勝矢に、顔も口調も恐ろしいほど似ていた。人を言葉で操り、他人の心を不安で満たすところも重なる。

タイミングを見計らったかのように、良世はとびきりの笑顔を作り、彩芽に向かって吐き捨てた。

「僕は殺人犯の息子。でも、おばさんもいつか殺人犯の母親になるんだ」

私は「やめなさい」と言って細い腕をつかむと、良世はすぐに振り払って言葉を続けた。

「おばさん、もうすぐだよ。詩音が犯罪者になるのはもうすぐ。息子が犯罪者になれば、おばさんも僕と同じように死ぬまで責められるんだ。そのとき、やっと僕の気持ちがわかる。人の痛みが理解できる立派な大人になれるんだ。よかったね」

「良世やめて！」

私は華奢な肩を強くつかみ、大声で叫んでいた。

こちらを向いた良世の顔は、ぞっとするほど歪んでいる。予想に反して、怒りの感情は読み取れない。目に怯えと哀しみの色を隠していることに気づいた。

全身がすっと冷たくなり、つかんでいた肩を離した。

目の前にいる少年は、決して手を触れてはならない繊細な美術品のようだった。爪の先で少し傷つけただけでヒビが入り、粉々に壊れてしまう。それを知りながらも、この子はひとりで闘っているのだ。私は、彼の抱えている重さも苦しみも理解していなかったのかもしれない。

「頭がおかしいんじゃない。本当に悪魔みたいな子。気味が悪い」

彩芽がそう言うと、残りふたりの母親たちも怯えた表情でうなずいている。小学生の迫力に圧倒されたのか、ふたりの母親はうなずくだけで、なにも言葉にできないようだった。

私はきつく口を結び、来た道を引き返すように歩き始めた。隣に人影を感じた。良世は横に並ぶようについてくる。後方から「学校に抗議に行きましょう」という声が聞こえてきた。

「あれは本物の悪魔よ」

「やっぱり父親がおかしいから、問題のある子になったのよ」

「本当に怖い。この先、あの子もなにをしでかすかわからない」

背後から次々に痛みを伴う言葉が襲ってくる。

もう誰が誰の声なのかわからない。暴言に背を押されるように、私は歩を速めた。

視界が狭くなると、遠くから蟬の鳴き声が響いてくる。まだ五月だ。幻聴だと認識しているのに息が苦しくなってくる。浅い呼吸を繰り返しながら歩き続けた。ここで立ち止まったら、くずおれてしまう予感がした。

良世は前だけを見て、しっかりした足取りでついてくる。置き去りにされないように、足早に歩いているのが伝わってきて、泣きたくなった。

私はペースを落とし、それでも前へ進み続ける。どれも見慣れた風景。それなのに見知らぬ街を歩いているような錯覚に陥り、迷子になった気分になる。

どのように家に帰り着いたのかわからない。気づけば、リビングにぼんやり立っていた。

電話の音で我に返り、私は受話器を耳に当てた。

『どうかお願いします。この街から出ていってもらえませんか。あんな残酷な事件を起こした親の子どもがいるなんて怖くて、娘はまだ小さいんです。どうか――』

返事もせずに、音を立てて電話を切った。

懇願する母親の声は震えていた。これなら「出ていけ！」と怒鳴られたほうがまだマシだった。再び電話が鳴り始める。家の中にこんなにも怖い音があると思わなかった。

私は電話線を乱暴に引き抜き、ソファに座っている良世に視線を向けた。

彼は冷ややかな目でこちらを見つめている。

「敬語はやめたの？」

確認すべきことはたくさんあるのに、どうでもいい疑問が私の口からこぼれた。

「翔子さんが敬語を使わなくてもいいって言ったから」

良世は人を食ったような態度で肩をすくめた。今までの丁寧な口調は消え失せ、口元が少しほころんでいる。

「なぜ詩音君は、あなたが南雲勝矢の息子だって気づいたの」

「漢字テストのとき、間違えて『南雲』って書いちゃったんだ。あいつバカなくせに人のダメなところを見つけるのは得意だから、ネットで調べたんだと思う。前の学校のクラスメイトが、犯人の息子と同じクラスだったたっていう内容をSNSに載せてたんだけど、誰かから『嘘つき』って書き込まれて、嘘じゃないって証明するために『息子の名前は南雲良世』って書いたんだ。もう消したみたいだけどね」

最近ネットで検索する作業を怠ってしまっていた。もう大丈夫だろうと、どこかで安心しきっていたのだ。私の怠慢が、不幸を引き寄せてしまったのかもしれない。

——息子は人殺しなんです。

面会したとき、勝矢はそう言った。

彼に言われた言葉が心に深く根を張り、未だに消せないでいた。

言葉というのは、胸の奥に根づくと、とても重いものに変わるときがある。ある人物の一生に影響を与えるほどに——。

おそらく、良世が投げた残酷な言葉は、彩芽の胸にもずっと留まり続けるだろう。子どもにはたくさんの可能性がある。同時に、悪の道に導かれる可能性もあるのだ。

「なぜ詩音君のお母さんにひどい言葉をぶつけたの？」

「親は子どものすべてを知っているような顔しているけど、子どもだって親のことを知っているんだ。翔子さんは、なにも気づいていないけどね」

良世はそう言うと、無邪気な笑みを見せた。

こんなにも深刻な状況なのに、優雅に微笑む姿が憎らしく感じる。

「気づいてない？　どういう意味」

「詩音のお母さんは、ずっと翔子さんが嫌いだったんだ。美咲希が生きていた頃、『私は保育士だったのに、どうしてみんな翔子さんのところに相談に行くんだろう』って愚痴っていたみたいだよ」

頬を強く打たれた気がした。彼女の負の感情には、まったく気づいていなかったのだ。

「僕は学校で、絵本のトラ猫をノートに描いたんだ。そのとき、詩音がなんて言ったかわかる？」

私が首を横に振ると、彼はにこやかな表情で口を開いた。

「前にその猫の絵本を見たことがある。なんでそんな気色悪い絵を描いているの？　その変な猫、気持ち悪いよね」

なぜ詩音君が、絵本のことを知っていたのだろう——。

初めて絵本を見せたとき、美咲希はとても気に入った様子だった。

おそらく、娘は詩音君に絵本を見せたのだろう。そのとき、絵本を否定するような言葉を言われたのかもしれない。そこまで思考を巡らせると、良世が口を開いた。

「美咲希が、猫の瞳に塗ったのは何色？」

良世の質問に導かれるように、私は答えた。

「紫色……」

そう口にした途端、娘の抱えていた想いが胸に広がり、大きく波打つ。波のうねりは高まり、残酷な真実を叩きつけてくる。

——こんな絵本、大嫌い。

かつて娘から投げられた言葉が、これまでとは違う響きを伴って聞こえてくる。

私が創った絵本は、瞳の色が変わるトラ猫の物語だった。哀しいときは青、楽しいときはオレンジ、友だちになりたいときは緑、嘘をついたときは紫、嬉しいときは黄色の瞳に変化する、トラ猫の人生を描いたものだった。

ある日、娘は泣きながらクレヨンを片手に、色とりどりの猫の瞳を紫一色に塗りつぶしていた。なぜそんなことをするのか理解できず、未だに不可解な感触が残っていた。

当時、美咲希は、詩音君から絵本を否定されたのだ。良世の話から推測すると、トラ猫のことを「気持ち悪い」と言われた可能性もある。そのとき娘は「あの猫が好きだ」と伝えたかった。けれど、自分の気持ちを素直に伝える方法も正当な闘い方もわからなかった。友だちに好きなものを否定され、相手の強い言葉に誘導されて、自分の好きだという感情さえ揺らいでしまい、苦しんでいたのかもしれない。だから、まだ幼かった娘は「嫌い」と口にしながらも、猫の瞳を紫色に塗って泣いていたのだ。

心と言葉は違うよ、そう伝えたかったのかもしれない。その複雑な心境を理解してあげられなかった。気づいてあげられなかった。

嗚咽がもれ、私は口元を手で覆った。足の感覚がなくなり、倒れてしまいそうになる。

良世から聞いた話によれば、公園にいたとき、再び詩音君から絵本の悪口を言われ、娘は彼の頭をスコップで叩いたようだ。小学生になった詩音君はなんの後悔もなく、「俺を叩いたから、バチが当たったんだ」と、自慢気に娘の事故の話を教室で喋っていたようだ。

次の瞬間、バリンッという音が響き、息を呑んだ。

一瞬なにが起きたのか理解できなかった。フローリングに転がっている大きな石を目にして、ようやく窓に石を投げられたのだと認識した。

私は駆け寄ると、良世の腕を引いて廊下に出た。

「すぐに二階に行って、自分の下着や洋服を鞄に詰めて。窓の傍には近寄らないようにして」

良世が二階に駆けていく姿を確認してから、スマホで兄に連絡した。同時に強張る手で引き出しを開け、必需品を確認していく。

「お兄ちゃんどうしよう！　ネットに良世の個人情報が晒されたの」

『どういうことだよ？』

「さっき家の窓が割られて……ネットに晒されて、もうどうしていいか」

『落ち着け。今、俺は名古屋なんだ。いいか、すぐに警察に連絡しろ』

私は電話を切り、警察に連絡した。状況を説明するのももどかしい。警察は今から自宅に来ると約束してくれた。

庭に目を配りながら、ボストンバッグに必要なものを詰め込んでいく。

着替えや通帳、パスポート、タオル――あまりに動揺していてなにを準備すればいいかわからなくなる。

良世は喉が渇いているかもしれない。

冷蔵庫まで駆け寄り、扉を開けてペットボトルをつかんだ。開封されていないチョコレートの箱が目に飛び込んでくる。

なにか違和感のようなものを感じて、扉を開けたまま呆然としていると、足音が響いてきた。弾かれたように振り返ると、ドア付近に良世が立っている。

手にはランドセルと大きな鞄を持っていた。しばらくの間、学校には通えないだろう。ランドセルを手にしている姿が痛々しくてならなかった。

昨夜、投げられた言葉が、激しい後悔を伴いながら脳裏を駆け抜けていく。

――翔子さんは、神様じゃないのに責任が取れるんですか？

呪いのような言葉は、鋭い刃となり胸をずたずたに切りつけてくる。

こんな未来になるなんて、想像もしていなかった。詩音君にスマホを返さず、ＵＳＢメモリの画像も消さなければ、無事に小学校を卒業できたかもしれない。少なくとも、個人情報を晒されることはなかっただろう。

「悪いことをしていないのに、逃げるの？」

良世は冷たい声で続けた。「殺人犯の息子、悪魔の子、お前も必ず人を殺すって言われながら、ずっと逃げ続けなきゃいけないのかな」

彼はすべて知っていたのだ。

親としても、大人としても、失格だと気づかされた。

この情報化社会をなめていたのだ。自宅でテレビやネットを禁止すれば父親の情報は入手できないだろうと高をくくっていた。もっと早く真実を告げて向き合うべきだったという後悔が押し寄せてくる。

自分になにができる。どうするべきか。なにがやれる――。

家のチャイムが鳴り、ドアを叩く音が響いた。

身を固くしていると、聞き慣れた「二之宮です！」という声が聞こえてくる。

私は玄関まで走り、急いでドアを開けた。

二之宮は興奮した様子で「お怪我はありませんか。大丈夫ですか」と尋ねてくる。

「どうして……二之宮さんが……」

「お兄さんから、『妹を助けてやってほしい』と連絡がありました。出張で名古屋にいらっしゃったようで、そうでなければ自分がすぐにでも行くのにと悔しがっておられました」

またチャイムが鳴り、今度は制服姿の警察官が来てくれた。

状況を説明すると警察官はリビングの割れたガラス窓を確認してから、庭に出て外の様子を窺っていた。無線で応援要請をしているようだった。

二之宮は冷静な声で訊いた。

「これから行くあてはありますか」

「兄には子どもがいるので……しばらくホテルに宿泊しようと思っています」

「それがいいと思います。学校は……転校したほうがよいかと」

私はうなずきながら「そうしようと考えています」と答えた。

「これから教育委員会に相談し、我々は良世君の通える学校を探します」

「ご面倒をおかけして申し訳ありません。私が判断ミスをしたせいで……責任も取れないのに……」

それ以上は声にならなかった。USBメモリを見つけたとき、まず二之宮に相談すべきだったのだ。

二之宮は励ますように言った。

「親だって失敗します。大人だからといって、完璧に生きられるわけではありません」

彼はポケットから苺柄のハンカチを取りだすと、緊張を滲ませた声で続けた。「昔、父親からひどい暴力を受けている児童の担当になり、わたしは一時保護所に児童を預ける決断をしました。元気になった児童から『助けてくれてありがとう』と言われ、このハンカチをもらったんです。けれど、その子は二週間も経たないうちに亡くなってしまった」

二之宮がなぜこんな話をするのか真意が測れないまま、私は「どうして」と尋ねていた。

室内がしんと静まり返っている。

沈黙を挟んでから、二之宮は言った。

「下校時に待ち伏せされ、父親にナイフで刺されたんです。DVをする夫の中には、妻や子に対して異常な執着を見せる人物がいます」

彼は落胆した声で言葉を継いだ。「親から引き離さないほうが、暴力を受けながらも命だけは守れたのか……ずいぶん悩みました。この仕事にも子育てにも正しいマニュアルは存在しません。だから難しいのです」

きっと、児童は女の子だったのだろう。苺柄のハンカチがとても意味あるものに思えた。

その後、警察による現場検証や調査が行われ、私は被害届を提出した。ＳＮＳに個人情報が掲載されていたため、警察のサイバー対策課が動いてくれることになった。

学校で起きている問題については、二之宮に報告した。『五年二組のプリズナーズ』というサイトを利用し、良世のクラスでいじめが行われていたと伝えた。その話を聞いた彼は、力強い眼差しで「学校のことは、我々が責任を持って対応します」と約束してくれた。そのうえ、事務的な態度に徹することなく、二之宮は警察が帰るまで自宅に留まり、私たちを見守ってくれた。

荷物をまとめ、良世と一緒にタクシーに乗り込むと、窓をコツコツと叩く音が聞こえてくる。

忘れ物をしたのかと思い窓を開けると、二之宮は神妙な面持ちで口を開いた。

「葉月さん、わたしはこの世で人が人を育てる行為ほど尊いものはないと思っています」

二之宮はいつもの優しい笑顔で続けた。「あなたはずっとご自分の力のなさを嘆いておられた。けれど、我々も同じです。ネット社会から、愚かな人間や人々の理不尽な悪意から、子どもを守れないときほど悔しいことはありません。それでも、どうか、この世界に同じ気持ちを抱えた仲間がいることを忘れないでください」

これまで二之宮にどれほど助けてもらっただろう。もう充分だった。

「ご迷惑をおかけして申し訳ありません。ありがとうございました」

私は深く頭を下げ、運転手に行き先を告げた。

車が動きだすと同時に、虚無感に襲われた。

自分の愚かさが原因か、彩芽の行為に傷ついたのか、窓ガラスを割られた恐怖からなのか理由はわからない。けれど、あふれてくる涙を止められなかった。

「ぬいぐるみ……ウサギのぬいぐるみになってもいいよ」

突如、良世は脈絡のない言葉を投げてきた。

彼の横顔を見ると、前を向いたまま薄い唇を噛みしめている。

「翔子さんは、本当は美咲希と一緒にいたかったんだ。でも、もういないから仕方なく僕といることにした」

良世が創った絵本の物語が、走馬灯のように頭の中を流れていく。

ウサギのぬいぐるみは、少女が成長するまで傍にいて見守り続けた。けれど、彼女が大人になり、ぬいぐるみを必要としなくなったとき、そっとゴミ箱に捨てられる。それでもウサギのぬいぐるみは、寂しいときに寄り添えたことを誇りに思っていた。最後は、自分の役割を全うしたという誇りを胸に、彼女の幸せを祈りながらゴミ箱の中でそっと目を閉じる。その口元は優しく微笑んでいた。

気づけば、私は手から離れていく風船の紐をつかむように、小さな手に触れた。彼の指先が凍えるように冷たくて、軋むような切なさが胸に広がっていく。

「僕のこと……嫌いになったら捨ててもいいよ」

良世は力なく笑った。長い睫毛が小刻みに震えている。

娘への未練から、彼と一緒にいる道を選んだわけではない。私は触れた手に力を込め、強く握りしめた。

「捨てない」

「……どうして」

私は見慣れた無表情の顔を見つめながら言葉を継いだ。「美咲希の気持ちに気づかせてくれて、ありがとう」

「良世と一緒にいたいから。それから……」

車は右折し、左折し、信号で停まり、再び走りだす。これから進む道はどこに繋がっているのかわからない。それでも、良世と一緒に幸せを探す旅を続けたいと思った。見つかるまで、どこまでも旅をする。ときには迷いながら、目指す場所が何千キロ離れていても、手を握りしめて歩いていく。雨の日も、嵐の夜も、冷たい雪の朝も、いつか彼が大人になり、自分の足で立ち上がれる日が来るまで――。

冷えていた指先に、微かな体温を感じた。

7

〈妊娠9ヵ月〉妊娠32週〜妊娠35週
今日はとても気分が落ち込んでいます。

なにを書いたらいいのか戸惑ってしまい、筆が進みません。

そんなときは、あなたのことばかり考えています。

旅をするなら、どのような国に行きたいですか。どんな色が好きですか。好きな食べ物はなんですか。

生まれてきたあと、たくさん教えてくださいね。楽しみにしています。

身長45センチ、体重2300グラム。

あなたが無事に育ってくれていることだけが救いです。

心をくすぐるような甘い声――。

美咲希の笑顔を見たのは、何年ぶりだろう。

タクシーに揺られながら、浅い眠りに引き込まれ、私は薄紫色の靄の中を漂っていた。立ち込める靄の向こうに人影が見える。遠くにいる娘は、大好きだった珊瑚色のワンピース姿だった。

私は必死に彼女の名を呼びながら腕を伸ばす。

肩に手が触れる直前、娘はこちらを振り返り、目を細めて微笑んでみせた。なんとなく別れを意味しているような気がして、思わず問いかけてしまう。

もう夢でも会えなくなるの？

娘は黙したまま曖昧な笑みを残し、靄に包まれるように姿を消した。あとを追おうとしたけれど、視界が暗くなり、一歩も動けなくなる。暗闇の中、甘い香りだけが漂っていた。

どこからか電子音が鳴り響いている。

私は夢から現実に引き戻され、即座に隣を確認した。タクシーの後部座席。良世が窓にもたれかかるようにして眠っている。深い呼吸に合わせて胸が上下していた。微かに寝息を立てている姿は寂寥感を誘う。ずっと眠れない日が続いていたのかもしれない。

鞄からスマホを取りだすと、二件のメールが届いていた。

ひとつはサナさん。メール文を目でなぞると、明後日、会社が休みなので、どこかに遊びに行こうという内容だった。彼女からの明るいメールは、沈んでいる心に微かな光を与えてくれる。

もうひとつは兄からのメールだった。窓ガラスが割られた自宅の管理や警察の対応をしてくれるという心強い内容だった。当面の生活のことで頭がいっぱいだったため、兄の助けに救われる思いがした。

自宅の住所が晒されたので、もう戻ることはできない。しばらくは、全国各地に展開するビジネスホテルで生活することにした。たくさんの荷物を抱え、小学生の子どもを連れているのを怪しまれないか不安になったけれど、フロント係は訝る様子もなく淡々と対応してくれた。

東京まで足を延ばしたのは正解だったかもしれない。人混みが苦手だが、今は他人に無関心な都心の人々の陰に隠れて生きていきたい心境だった。

指定された部屋のドアを開けると、テレビ、机、シングルベッドがふたつ置いてある。

「なにか食べたいものはある？」

私は荷物をおろすと、できるだけ明るい声で訊いた。

良世は落ち着かないのか、ベッドに腰を下ろして足をぶらぶらさせている。そのまま忙しなく足を動かしながら、弱々しい声で答えた。

「コンビニのおにぎり……鮭とツナ」

「外食をしても大丈夫だよ」

「ここはガラスが割られない？」

良世の瞳に不安が見え隠れしている。

もしかしたら、露悪的な振る舞いをしていたのは恐怖を押し隠すためだったのかもしれない。先刻は初めて目にする攻撃的な姿に圧倒されたけれど、彼はまだ小学生なのだ。彩芽と対峙したとき、本当は怖かった可能性もある。

ずっと強い呵責を感じていた。私の安易な判断ミスで問題を大きくしてしまったのだ。

彩芽の優しさは偽りだったにもかかわらず、彼女を信頼しきっていた自分が悔しかった。いや、本当に信頼していたのだろうか。むしろ、彼女に対して興味がなかったのかもしれない。だからこそ、真実が見抜けなかったのだ。

鞄からスマホを取りだして確認してみると、詩音君のTwitterはすべて削除されている。

二之宮、もしくは警察が動いてくれたのだろう。それでも油断はできない。一度ネットに掲載された情報を完全に消し去るのは難しいからだ。

父親が加害者だというだけで、ここまでされなければならないのだろうか——。

そう考えてしまうのは、甘えなのかもしれない。加害者側に近くなってしまったのか、世間の感情を無視して、安易にすべてを批判したくなる。

「外に出ても大丈夫なら……ハンバーガーが食べたい」

良世の掠れた声が響いた。

遠慮がちだったけれど、正直に気持ちを伝えてくれたのが嬉しかった。私が誤った判断をしたせいで、いくばくかの信頼関係が崩れ、良世が心を閉ざしてしまう気がして怯えていたのだ。

ホテルの近くにあるファストフード店は、様々な年代の客で賑わっていた。一階で商品を注文し、二階に上がると、窓際のテーブル席が空いていたので、そこに座ることにした。

窓からスクランブル交差点が見える。しばらく通行人が行き交う姿を眺めていた。会社が終わる時間帯なのか、人が途切れる様子はなかった。あんなにも大勢いるのに、誰ともぶつからずに歩く姿に感心した。

正面に座っている良世は、少しだけ目を伏せて食事をしている。

周囲の活気から弾かれたように、ふたりで黙々とハンバーガーを齧(かじ)っていた。

必死に会話を探してみるも、すべてが学校に関連したものになってしまい、結局なにも声をかけられなかった。

ふいに、高校生たちの楽しそうな声が耳に飛び込んでくる。手を叩いて笑い合っている姿から目をそらした。

店内に若者の歓声が響くたび、胸にある敗北感や挫折感がどんどん増幅していく。

私は堪えられなくなり、隠し持っていた気持ちをどうにか言葉にした。

「良世……ごめんね。神様じゃないのに……私は責任が取れなかった」

しばらく待っても、返事はもらえなかった。黙したまま、彼は食事を続けている。

賑わう店内で、気詰まりな時間だけが流れていく。

小さな唇の横にケチャップがついている。けれど、腕を伸ばして拭いてあげることさえできなかった。


「ねぇ、スカイツリーに行こうよ」

子どものようにせがむサナさんに、良世は冷たく「なんで？」と返した。

高層マンションの二十六階、間取りは2ＬＤＫ。この部屋の窓から眼下に広がる街並みを見下ろしていると、私も「なんで？」と返したくなる。

サナさんはむくれた顔で大声をだした。

「電波塔としては世界一の高さなんだよ。すごくない？」

良世は興味がなさそうな顔で「別に」と素っ気なくつぶやいた。

「サナさんに賛成。私もスカイツリーに行きたい」

現在、勝矢の事件の公判が始まっている。テレビをつければ、どこかの番組が事件について報道していた。観光したい気分ではなかったけれど、良世をホテルの部屋に閉じ込めておきたくなかった。少しでもいいから気分が晴れる経験をさせてあげたい。スカイツリーなら観光客も多いだろう。静かな場所にいるよりも、今は人混みに紛れているほうが安心できる。

「二対一で良世の負け。スカイツリーに行くから準備して」

勝ち誇ったような笑みを浮かべるサナさんを見て、良世は肩をすくめた。どちらが子どもなのかわからない。けれど、サナさんのストレートな物言いは、彼の心を穏やかにさせる効果があるようだ。

最初は乗り気ではなかったのに駅に着いた途端、良世は目を輝かせた。

地下鉄に乗った経験がないのか、ホームをくまなく観察している。車内でも落ち着かない様子で周囲に目を走らせていた。窓の外は暗いトンネルが続くだけなのに、飽きもせずにじっと眺めている。

「もしかして、あなたは鉄男なの？」

サナさんが尋ねると、良世は不思議そうに口を開いた。

「なにそれ？」

「鉄男は、電車が好きな男のこと」

「たぶん、そうだと思う」

良世は冷たい口調で返したのに、サナさんは言い当てたのが嬉しいのか、小さくガッツポーズを決めている。

いくつか電車を乗り換えて、目的地の押上駅で下車した。

駅を出てから少し歩くと巨大な鉄塔が姿をあらわす。誰もが迷わずにたどり着けるほどの存在感だった。真下で見上げたスカイツリーは威圧感があり、少し怖さを覚えるほど果てしなく高い。堂々たる姿に見入ってしまう。

平日の昼間にもかかわらず、周囲には観光客らしき人物たちが大勢いる。外国から来た観光客の姿も多かった。

チケットカウンターには長蛇の列ができていて、どうやら待ち時間は三十分のようだ。この長い列に並ぶのかと思うと少し気持ちが萎えた。

突如、不気味な笑い声が聞こえて横を見やると、サナさんは「ふふふっ」と微笑んで、鞄の中から三枚の入場引換券を取りだした。

「そのチケット、どうしたの」私は咄嗟に尋ねた。

「同僚からもらった」

詳しく話を聞くと、同じ部署の同僚が急に仕事で行けなくなり、譲り受けたようだ。もしかしたら良世のことを思いだして、サナさんはチケットをもらってくれたのかもしれない。

展望デッキまでのぼるエレベーターの前にも人だかりができている。係員に誘導され、しばらく待っていると、エレベーターの扉が開いた。

中は広々としていて、乗り込んでから一分もかからずに三百五十メートルまで上昇していく。圧倒的なスピードに現実感が持てない。気圧の変化で耳がキィーンとなる。

耳を押さえながら、三人で顔を見合わせた。誰からともなく、私たちはくすくす笑いだしていた。家に来た当初は、なにをしても無反応だったのに、良世はこんなふうに目を合わせて明るい笑みを見せてくれるようになった。些細な変化だが、彼の成長ぶりが感じ取れて心が浮き立ってくる。この笑顔を消したくないと強く願った。心穏やかに過ごせる環境を整えてあげたい。

人波に流されながら展望デッキに足を踏み出した。

良世は目を丸くして身を固くしている。そのまま放心したようにぽかんと口を開け、ガラス張りの巨大な窓を見回していた。その小学生らしい無邪気な反応を見て、無理にでも連れてきて正解だったと嬉しくなる。

窓に近づき、眼下を見下ろした。東京の街並みが静かに広がっている。

普段なら絶景に感嘆の声を上げるのに、胸に暗い翳が射した。

ビルや高層マンションが建ち並ぶ景色は、ミニチュア模型のように映った。街全体が、国が、地球が、なぜかとても脆くて儚いもののように感じられる。

この街にも、どこかに苦しんでいる子どもたちがいるかもしれない――。

これほど多くの人間が生活しているのだから、私たちと同じ境遇の人がどこかにいるはずだ。彼らも心穏やかに暮らすのは難しいのではないだろうか。ネットがある以上、どこにも逃れることはできない。どのような景色を眺めても、暗い心の風景が反映されてしまう。

展望デッキを歩いていると、良世が「うあっ」と短い悲鳴を上げた。

無理もない。足元がガラス張りになっているところがあり、はるか遠くに地上が見える。頭では安全だと理解していても、今にも落下してしまいそうで足がすくんでしまう。

大人でも恐怖を感じるのに、サナさんは軽く飛び跳ねている。その姿を良世が醒めた目で見ているのがおかしくて、気づけば私は久しぶりに声を上げて笑っていた。

「ねぇ、三人で写真撮ろうよ」

サナさんがそう言いながらスマホを鞄から取りだした瞬間、良世は猫のような素早さでさっと距離を開けた。

「写真が嫌いなの？」

サナさんが声をかけると、良世は強張った顔で口を開いた。

「もしかして……ネットに載せるの?」

一瞬、言葉の意味がつかめなくなる。けれど、サナさんはなにか気づいたのか、あっ、と小さく声をもらした。

良世は衝撃的な言葉を吐きだした。

「いつか僕を嫌いになったら……ネットに載せる?」

「なに言ってるの。サナさんがそんなことするわけないじゃない!」

動揺を隠せず私が大きな声を上げると、サナさんは正面から良世の目を見返した。

「人を疑いたくなる気持ちは理解できる。でも、私はそんなことはしない。だから、今の発言はすごく傷ついたよ」

彼は逃げるように顔を伏せた。けれど、サナさんは目をそらさずに続けた。

「だから約束して」

「約束?」良世は顔を上げると疑うような声で訊いた。

「すごく時間がかかってもかまわない。でも、いつか私を信じられる日が来たら、『一緒に写真を撮ろう』って言ってくれる?」

良世は視線を彷徨わせたあと、拳を固く握りしめた。

ふたりの間に気まずい沈黙が落ちた。

ＳＮＳに個人情報を晒され、たくさん傷つけられた少年にとって、写真を撮ることは簡単ではないのだ。この先、人を信用することも――。

どうしたらいいのかわからなくなり、私はふたりの顔を交互に見やった。なにか言葉を発しなければならないのに、緊迫した空気に呑み込まれて頭が回らない。

沈黙を破ったのは、サナさんの軽やかな声だった。

「この子は強くて、頭のいい子だよ。自分を守る術を身につけている。自分を守れる人間は、きっとこの先もちゃんと生きていける」

傷つけられたのに、彼女はどこか誇らしそうな笑みを浮かべながら言った。まるで姉に伝えるような口ぶりに泣きたくなる。

私が「ごめん」と言葉にしようとしたとき、良世は神妙な面持ちで「いいよ。約束する」と答えた。嘘のない、少年らしい真摯な響きがあった。

サナさんの大きな手が、彼の柔らかい髪をくしゃくしゃと撫でた。

スカイツリーを観光したあと、良世が行ってみたいというカフェがあったので、北千住（きたせんじゅ）まで向かうことにした。クラスメイトが東京に遊びに行ったときに寄った店があるらしい。

押上から電車に乗り、北千住までは十分ほどで到着した。駅に着いてからも、彼は熱心に路線図を確認している。

「将来の夢は、電車の車掌さん？」

サナさんが尋ねると、良世は少し困り顔で答えた。

「それは……」

「他になにかなりたいものがあるの？」

サナさんは急かすように質問を重ねた。

「将来のことはわからないけど……もう転校したくない」

その答えに、私の身体は強張った。けれど、サナさんは動じる様子もなく、「なるほどねえ。それって、かなりいい夢だよ。私は学校が嫌いだったから」と微笑んだ。

駅の構内にある地図を確認してから、良世は率先して目的地まで誘導してくれた。

サナさんは悪代官のような狡猾そうな笑みを浮かべ、「あんなに熱心に行きたがるなんて、もしかしたら好きな女の子が行った店なんじゃない」と根拠のない妄想を膨らませている。

私は笑顔を作りながらも、胸の痛みがぶり返してくるのを感じた。

もしも学校に好きな女の子がいたとしたら、さよならの挨拶もできなかったのだ。詩音君を傷つける画像を撮影し、彼を脅した行為は許されるものではない。けれど、誰かを傷つけたとしても、自分の環境を守りたかった気持ちなら理解できる。子どもにも尊厳がある、同じ人間なのだ。

駅を出た良世は、辺りを見回しながら歩き始めた。

小学生の細い背中を追いかけていく。五分ほど歩くと、良世はきょろきょろと辺りに目を配りながら、ある店の前で足を止めた。

サナさんと目が合った瞬間、ふたりとも笑みがこぼれた。

その店は有名なカフェで、全国にいくつもチェーン店がある。同じ店が押上にもあったのだ。満足そうに店内に入っていく良世を見て、さすがのサナさんもなにも言えなかったようだ。

好きなパンと飲み物を注文し、店内で休憩することにした。

「ねぇ、この店、好きな女の子に教えてもらったの？」

サナさんの追及に、良世は気まずそうに目を背け、珍しく動揺した声で答えた。

「男子だよ」

良世と高橋君は、本当に仲がよかったのだろうか。それとも、ただ利害が一致した仲間だったのか。東京に逃げてきてから、なにが真実なのかわからないのに、うまく尋ねることができなかった。

よく考えれば、大人の世界も利害関係で成り立っているところがある。だからこそ、純粋に信頼し合える関係を築くのはとても難しいのだ。子どもにだけ純粋な世界を求めるのは、とても傲慢で身勝手な行為なのかもしれない。

私たちの現状を知り、サナさんは自分の部屋に住めばいいと言ってくれたけれど、これ以上迷惑をかけたくなくて断った。彼女のマンションの住所がネットに晒されるのは、どうしても避けたかったのだ。

ホテルに戻ると、良世に鍵を渡し、先に部屋に行ってもらった。

彼がエレベーターに乗り込む姿を見送ってから、ロビーの公衆電話が置いてあるコーナーに向かい、絵画教室の生徒たちの家にスマホで連絡した。

閉校を伝えるのは、想像以上に辛かった。余分にもらっている月謝を返納する約束をし、保護者には「体調不良で続けられなくなり申し訳ありませんでした」と謝罪の言葉を述べた。

悪い噂はあっという間に広がる。勝矢について知っている人もいたかもしれない。けれど、誰からも詳しく尋ねられなかったのがせめてもの救いだった。

中学生の女子生徒の家に電話をかけたとき、両親が不在だったので彼女に伝えると、突然の閉校にもかかわらず、「先生ありがとう。元気でね」と言ってくれた。私は動揺を悟られないよう冷静さを装って、「こちらこそありがとう」と伝えてから電話を切った。淡い色彩を好む、あたたかい絵を描く生徒だった。目の奥が熱くなり、必死に涙を堪えた。

彩芽の家に連絡するのは気が重かったけれど、詩音君も私の生徒だ。勇気を振り絞ってかけてみた。

何回かコール音が響いたあと、留守電に繋がったので、事務的に連絡事項を吹き込んだ。最後に「詩音君の絵はダイナミックで、見るものを圧倒する力がありました」と言葉を残した。絵画教室の講師としての意地なのか、なぜそんな言葉を付け加えたのか自分でもわからない。けれど、最後にどうしても彼女に伝えたかったのだ。

5月15日　晴れ

自宅を離れ、ホテル暮らしを始めてから一週間が経ちました。

テレビをつければ、どこの番組でも義兄の公判について報道しています。

良世が事件のことを知りたいというので、テレビを観せることにしました。

詩音君のスマホを奪ったのは、いじめの問題だけでなく、父親の状況について調べたかったからではないかと思っています。

良世の抱えている悩みに気づけず、一方的にネットやテレビを禁止したのがいけなかったのかもしれません。真実から目を背けても、事態が改善されることはないと改めて痛感しました。

今となっては、良世の苦しみから目をそらさず、彼ともっと早く向き合うべきだったと深く後悔しています。

あんなにも慌ただしく家を飛びだしたのに、ボストンバッグに日記帳を詰め込んでいたのが不思議だった。大きなメリットなんてないけれど、日記を書いて読み返す作業をしないと落ち着かなくなってしまう。

とても大事なことを見落としてしまうような恐怖に駆られてしまうから——。

良世に教えてもらうまで、私は大切な娘の想いに気づけなかった。親だからといって、常に子どもの気持ちを汲み取れるわけではない。しっかり見ようとしなければ、どれほど近くにいても相手の感情を見失ってしまうときがある。

勝矢の裁判では、犯行の状況が明らかになった。

ひとり目の竹川優子さんは認知症を患っており、徘徊していたところを車に乗せ、睡眠薬を入れたジュースを飲ませてから首を絞めて殺害したという。ふたり目の被害者の少女、小宮真帆ちゃんは、勝矢の近所に住んでいたようで、どうやら言葉巧みに家に誘い込んだようだ。

二件とも防犯カメラが設置されていない田舎町を選んで行われていたため、多くのメディアが計画的で悪質な犯行だと報じていた。

被害者たちを殺害したあと、風呂場で首を切断し、ホルマリン漬けにしたというおぞましい内容が週刊誌に載っていた。ネット上でも事件を話題にする者が多く、批判的なコメントが増えていく一方だった。

すべての審理を終え、検察側は死刑を求刑した。最終意見陳述で勝矢は反省する素振りも見せず、「後悔はありません。殺す必要があったから実行しました。釈放されたら三人目の生贄(いけにえ)を探したいと思います」と微笑んだという。

法廷画家が描いた勝矢の顔は、大きく目を見開き、狡猾そうな笑みを浮かべている表情だった。息子を苦しめ、ふたりもの人間を殺害した男の顔だと思うと、薄気味悪さを覚えるのと同時に、ひどく切ない思いが胸に込み上げてくる。

卑劣な犯罪者だとしても、紛れもなく彼は良世の父親なのだ。永遠に、その事実を変えることはできない。

判決は、九日後に言い渡される。

良世がお風呂に入っている間、スマホで検索してみると、趣味で裁判の傍聴をしている人のサイトを発見した。サイトには、証人として出廷した人の証言が掲載されている。

弁護側の情状証人として出廷したAさんの証言によると、子どもの頃、勝矢は虐待を受けていたようだ。かつてAさんは、勝矢を引き取った叔父の近所に住んでいたという。雪が降りしきる夜、玄関に立たされている小学生の勝矢を目にしたことがあったそうだ。薄着のうえ、裸足だったので、Aさんが「大丈夫か」と声をかけると、勝矢は身を震わせながら「雪が綺麗だから、降ってくるところが見たかったんです」と微笑んだという。それ以外にも、勝矢の住んでいる家から何度も少年の泣き叫ぶ声が聞こえてくることがあった、と証言したようだ。

当時、Aさんは大学生だった。今は二児の父親となり、あのとき少年を助けてあげられなかった自分をずっと責めていたようで、裁判に出廷したという。

もしもAさんの証言が事実なら、勝矢は被虐待児だったのだ。

以前、三浦弁護士から、小学生だった勝矢が虐待されていた少女を救うため、彼女の父親をカッターナイフで切りつけたという話を聞いた。あのときは懐疑的だったが、もしかしたら真実だったのかもしれない。

もうひとり弁護側の証人として出廷した人物がいる。

証人のBさんは、勝矢の会社の同僚だった。三年前、勝矢は仲のよかった友人に多額のお金を騙し取られたようだ。きっかけは、亡くなった妻、詩織に会いたいという衝動から始まった。友人に死者と対話できるという霊能師を紹介され、勝矢は高額な料金を支払ったそうだ。けれど、数ヵ月も経たないうちに、紹介された霊能師は霊感商法による詐欺容疑で警察に捕まり、友人とは連絡がつかなくなってしまったという。

私も娘を失ったとき、非科学的なものに魅了されそうになった時期があったため、勝矢を愚かだと切り捨てることはできなかった。なにかに縋りたくなる気持ちは痛いほど理解できる。けれど、だからといって人を殺していい理由にはならない。

この世には、他人から傷つけられた憎悪を、別の人間に向ける者がいる。対照的に、どれほど傷つけられても、常に優しくあろうとする者もいる。どちらも同じ人間。なぜそのような違いが生まれるのだろう。

そのとき、スマホが鳴動した。相手は二之宮だった。

良世が通える小学校が見つかったという。胸が詰まるような出来事が続いていたので、喜びもひとしおだった。話し合いの結果、田舎よりも人に無関心な都心に近い地域のほうがいいという結論に至り、東京近郊の神奈川県にある小学校を紹介してもらうことになった。地域の児童相談所にも協力してもらえるようで、感謝の念で胸が熱くなる。

幾度もお礼の言葉を述べると、二之宮から「どうか、いつまでも良世君の味方でいてあげてください」と言われた。通話を終えたあと、しばらくスマホを耳から離せなかった。

私は重い言葉を胸に刻み続けた。

引っ越しの準備がしたくて兄に連絡すると、今は自宅への嫌がらせはないようなので、荷物をまとめるために一度戻ることにした。

大事を取って夜になるのを待ち、泥棒のようにこっそり自分の家に向かうのはとても滑稽で惨めな気分になる。近所の人たちに多大なる迷惑をかけてしまっただろう。申し訳ないと思いつつも、謝罪の言葉も述べられない。菓子折りを持って家に押しかけたら、余計に迷惑をかけてしまうのは目に見えている。

段ボールが玄関の横に立てかけてあった。どれも引っ越し業者のロゴが印字されている。それを良世と一緒に家の中に運んだ。

家に入るまでは平常心でいられたのに、リビングのドアを開けた瞬間、窓ガラスを割られたときの恐怖がよみがえり、足がすくんでしまう。

暗がりの先、ソファのうしろ、テーブルの下に誰かが隠れているのではないかという妄想に襲われた。住み慣れた家なのに、もうどこにも心が落ち着ける場所はなかった。

壁に手を伸ばし、明かりをつけた。室内はいつもとなんら変わらない様子で沈黙している。割られた窓ガラスは、新しいものに交換してあった。兄が業者に頼んでくれたのだ。

私は慌てて窓に駆け寄り、素早く遮光カーテンを閉じた。外に明かりがもれて、誰かに気づかれたら厄介だと思ったのだ。

いつか、義母は「この不吉な家はいらない」と言っていた。

あのときは不穏な言葉に戸惑いを覚えたけれど、彼女は正しかったのかもしれない。つい溜息がもれた。

息苦しいほど静かな部屋で、そっと荷物をまとめる。引っ越しの準備は、想像以上に孤独な作業だった。段ボール箱を組み立てる乾いた音が、辺りに虚しく響いていた。

娘との思い出が次々に胸に浮かんでくる。

かくれんぼをしていても、もう見つけてあげることはできない。この家を売って、今後の生活資金にしようと考えていた。もう二度と戻れないのだから――。

突然、家のチャイムが鳴り響き、肩がびくりと震えた。

時計の針は、夜の八時を指している。

嫌な予感しかしない。じっと身を潜め、訪問者がいなくなるのをひたすら待っていると、足音が近づいてくる。

「大丈夫？」

二階から下りてきた良世は、身を強張らせている私に声をかけてくれた。

ほっとしたのも束の間、スマホがけたたましく鳴りだした。慌てて手に取ると兄からだった。今、家の前まで来ているという。急速に心が安らいでいく。

私は、ほっと息をついてから言った。

「心配しないで、お兄ちゃんが来たみたい」

急いで玄関に向かうと、ドアを開けた。目の前には茶封筒とコンビニの袋を提げた兄が立っている。スーツ姿なので、仕事帰りに寄ってくれたのかもしれない。

「俺も一緒に引っ越しの準備を手伝うよ」

兄は靴を脱いでリビングに行くと、良世にコンビニの袋を渡した。中には、お菓子やおにぎりがたくさん入っている。

背の高い兄は少し身を屈め、温和な口調で訊いた。

「部屋の片付け、一緒に手伝おうか？」

「僕は……あまり荷物がないから平気……」

兄は一瞬驚きの表情を見せたあと、すぐに破顔した。

彼の声を一度も聞いていなかったのでびっくりしたのだろう。

「やっぱり、姉貴に似てるな」

良世が二階に行ったあと、兄は嬉しそうに声を弾ませた。

私もあたたかい気持ちに包まれて、つい尋ねたくなった。

「お姉ちゃんの親友のサナさんを覚えてる？」

「サナさん……あぁ、昔よくうちに遊びに来ていた人だよな。俺の部屋に勝手に入ってきて、漫画本とか持ってくから苦手だったよ」

「彼女に会った日から、良世は口頭で会話ができるようになったんだ。最近、サナさんがスカイツリーに連れて行ってくれた」

兄は少し目を細めて、優しい笑みを浮かべた。

「そうか……こんなことがあったのに、いい人だな」

私は「うん」と答えてから、湿っぽい空気を消すように明るい声で訊いた。

「お兄ちゃんが引っ越しの準備を手伝ってくれると思わなかった。急にどうしたの？」

兄は神妙な面持ちで、茶封筒から数枚の紙を取りだした。

どこかの家の間取り図のようだ。

「神奈川に住んでいる義父の弟がシンガポールに移住して、しばらく戻ってこないから翔子が住む家にどうかって言われたんだ」

「でも……また個人情報がネットに晒されたら、今度は弟さんにも迷惑がかかるから……」

「義父から強く頼まれた。空き家にしておくわけにもいかないからって」

どうしても一抹の不安が拭い去れず、返事に窮してしまう。

心中を察したのか、兄は朗らかな口調で言った。

「義父は強欲で利己的な面がある。だけど、心の底から、苦しんでいる子どもが減るのを願っている。自分の娘には苦労をさせたくない親バカだけど、翔子の優しさや責任感に感心して、できる限り協力したいと言ってくれている。俺は、あの人の矛盾したところも含めて尊敬しているんだ」

クールな兄が、誰かについて熱く語るのは珍しかった。

私はずっと胸の奥にしまい込んでいた真実を確かめたいという衝動に駆られた。兄なら答えを知っているような気がしたのだ。

「お姉ちゃんは……私が嫌いだったのかな」

兄は怪訝な表情で訊いた。

「どうしてそう思う？」

「前に留置場にいる南雲勝矢と面会したの」

「なんであんな奴に会いに行ったんだよ」

私は兄の目をまっすぐ見据えながら返した。

「真実を知りたかった。彼と良世がどんな親子だったのか、息子になにか伝えたい想いはないのか、色々なことが知りたくて……でも、そのとき、お姉ちゃんが『妹は両親に愛されている私に嫉妬している』って悩んでいたって聞いて……お兄ちゃんたちに比べて勉強もできなかったし、私は優秀じゃなくて……だから……」

「俺には死んだ人間の気持ちはわからない」

兄らしい言葉に、思わず笑みがこぼれた。

家族なのに、たくさん一緒に過ごしたのに、今まで深い悩みを語り合う時間はなかった。

静かな部屋に兄の落ち着いた声が響いた。

「公園の公衆トイレ……あのとき翔子を助けに行ったとき、姉貴は怖かったはずだ。俺も怖かったからよくわかる。でも、妹が大切だから早く助けたかった。それが姉貴の真実だと思う」

兄は少し顔を伏せてから言葉を継いだ。「すぐ助けてやれなくて悪かった。姉貴もお前も芯が強くて、俺は男なのに弱いところがあって、ずっとうまく言葉にできなかった」

まさかそんな想いを抱えているとは考えてもみなかった。今まで兄という一面しか知らなかったのかもしれない。いや、ひとりの人間として見ようとしてこなかったのだ。

兄は真剣な顔つきで尋ねた。

「良世のこと、このまま育てていけそうか」

「お兄ちゃんには感謝しているよ。美咲希を亡くしてから、早く死にたくて……離婚してからは……お酒ばかり飲んでいた。でも、良世と一緒に暮らし始めてから、ちゃんと生きている気がする」

兄はふっと笑みをもらした。

「やっぱり、お前ら姉妹は強いよ。感心する」

カーテンの隙間から朝日が射し込む頃、荷物の整理は終わった。

一度は断ったけれど、兄が手配したのか義父から直接連絡があり、強く説得され、神奈川の家に住まわせてもらうことにした。もしかしたら気を遣ってくれたのかもしれないけれど、義父の弟はシンガポールの生活が甚く気に入ったようで、戻ってくる予定はないという。

最後に冷蔵庫の中のものを処分しているとき、茶色い小箱が目に留まった。

洋酒入りのチョコレート――。

私はある疑問を解決するため、三浦弁護士に連絡しようと心に決めた。

5月24日　晴れ

今日は、義兄に判決が言い渡される日です。

明日、神奈川へ引っ越す前日でもあり、緊張状態が続いています。

これまで良世は事件から目をそらさず、週刊誌なども読み漁り、父親について調べていました。特に裁判での様子が気になっていたようです。

彼はまだ小学5年生――。

今日の判決をどう受け止めるのか、心配でなりません。


再び自宅の窓ガラスを割られ、見知らぬ人が侵入してくる可能性もあるので、引っ越しの日までビジネスホテルで生活することにした。

夕食を摂るため、近くのファミレスに向かうと、良世は水を飲むばかりで食事にはまったく手をつけようとしなかった。ホテルの部屋に戻ったあとは、すぐにお風呂に入り、いつもよりも早い時間にベッドに潜り込んでしまった。

フットライトだけが灯（とも）された部屋で、私はぼんやり天井を眺めていた。

隣のベッドを見やると、良世は小さな背をこちらに向けている。二時間前からなにも語らず、ずっと同じ体勢だった。

ライトを消し、ゆっくり目を閉じたとき、少年のか細い声が闇に響いた。

「勝矢さん……裁判で……死刑になったね」

極めて悪質で、荒唐無稽な弁解に終始しており、更生の余地もないと判断され、勝矢は一審判決で死刑を言い渡された。

どのような返答をするべきか迷い、必死に言葉を探した。気が焦るばかりで、思考が空回りして適切な言葉を見失ってしまう。

私はどうにか声を発した。

「どうして……詩音君のハムスターとノアを交換したの？」

なぜなのか、前から気になっていた疑問が口からこぼれた。

詩音君が憎いなら、相手のハムスターを盗めばいいだけなのに、なぜノアと交換したのかずっと疑問だったのだ。

室内が深海のように暗く静まり返っている。

不穏な沈黙が辺りに漂い始める頃、良世は訥々と話し始めた。

「あいつは意地悪だけど……交換しても気づかないダメな奴だけど……でも、詩音のほうが僕より、まともな人間だから。転校はしなくてもいいし、あいつは動物が好きで……だから、僕と一緒にいるよりも、ノアは幸せだと思ったんだ」

私は祈るように尋ねた。

「これから養子縁組の手続きをしてもいい？」

「ヨウシ……それってなに」

良世は背中を向けたまま、掠れた声で訊いた。

「親子になる手続き。私が……良世の親になってもいい？」

どれだけ待っても返事はなかった。

決める権利は子どもにある。返事がないのが答えだ。

いつか良世が放った言葉が耳に迫ってくる。

――翔子さんは、神様じゃないのに責任が取れるんですか？

養育者として失格の烙印を押された気がして無力感に苛まれた。

息がつまるほどの静けさの中、時間だけがどんどん過ぎていく。深い闇に呑まれていくような孤独感に襲われた。一秒ごとに闇は深さを増し、部屋の中に絶望が満ちてくる。

「さっきの……親子になる手続き、やってもいいよ」

闇を切り裂くように、震える少年の声が響いた。

たぶん、良世も泣いているのだろうと思った。

与えようと思った微かな光は、私自身の希望になっていた。

引っ越しが終わり、前と同じ過程をたどって新しい小学校の転入手続きを済ませた。

二之宮が引き継いでくれたおかげで、管轄の児童相談所の担当職員が挨拶に来てくれた。

――この世界に同じ気持ちを抱えた仲間がいることを忘れないでください。

自宅を離れるとき、二之宮が伝えてくれた言葉が未だに胸の奥に残っている。厳しい環境で働いていれば人間不信になることもあるだろう。それでも『仲間がいる』と叫び続けてくれた彼の言葉は真実味を持って胸に響いてくる。

兄の義父から紹介してもらった一軒家は、ふたりで生活するには広すぎて、ビジネスホテルが懐かしくなる。ほとんど家具は揃っていたので、今まで使用していた家電はリサイクルにだし、置いてあるものを使わせてもらうことにした。

新しい生活と同時に、私は養子縁組の手続きを開始した。

良世は未成年なので、家庭裁判所に養子縁組許可の申し立てを行い、これから審理が始まる。親になる資格があるかどうか判断してもらうのだ。

あんなにも傷つけられたのに、詩音君にはひとつだけ感謝していた。

SNSに、名前、電話番号、住所は掲載したけれど、『葉月』という苗字は晒さないでくれたのだ。苗字まで公開されたら、改姓しなければならなかっただろう。

毎日ネットで名前を検索しているけれど、勝矢の息子に対する悪口はあっても、良世の個人情報について書かれたものはなかった。

その後、勝矢は一審の判決を受け入れ、控訴はしないという報道が流れた。

良世の中でもなにか決着がついたのか、最近ではニュースや週刊誌にも興味を示さなくなった。父親に対し、どのような感情を抱いているのか知りたい気持ちもあったけれど、無理に訊きだすことはできない。

今は静かに時を過ごし、傷を癒やすのが先決だと考えていた。

6月6日　曇り

新しい小学校に通い始めてから2週間も経たないうちに、良世は学校で問題を起こしました。

担任に呼びだされたのは学校ではなく、自宅の近くにある総合病院。

待合室にいた良世の右手には包帯が巻かれ、白いシャツは血で汚れていました。

なぜこんなにも次から次へと問題が起きるのか不安でなりません。

私たちが安住の地にたどり着ける日は、一生来ないのでしょうか――。

総合病院の自動ドアを抜け、フロアマップを確認してから整形外科まで歩を進めた。

消毒液の臭いが漂う中、つるりとしたベージュの床をひたすら歩いていく。徐々に歩調と鼓動が速まり、心が乱れて足元がふらついてしまう。

突如、警察署の廊下が瞼の裏によみがえり、ぞわりと肌が粟立(あわだ)つのを感じた。

長い廊下の先には、不気味な笑みを浮かべた勝矢が待っているような錯覚に襲われ、気を抜くと恐怖に心を支配されそうになる。

ふいに廊下が暗くなり、胸の不安が膨れ上がっていく。

私は馬鹿げた錯覚を振り払い、重い足をひたすら動かした。小走りで整形外科の待合室に行くと、こちらに気づいた女性が長椅子から素早く立ち上がって頭を下げた。

良世の担任、四十七歳の加賀谷(かがや)先生。彼女は日焼けした肌がよく似合う人物だった。がっちりした体格で威圧感もあるけれど、丸顔で温厚そうな目をしている。

「葉月さん、息子さんに怪我を負わせてしまいました。私の監督不行き届きです。大変申し訳ありません」

一瞬、頭が混乱した。ここに来るまで良世が怪我をさせた側だと思い込んでいたからだ。

長椅子に目を向けると、良世は青白い顔をして、膝の上に両手をのせて固まっている。右手には包帯が巻かれ、白いシャツは部分的に赤く染まり、よく見るとベージュのスニーカーにも血が飛び散っていた。その痛々しい姿を見ていると、罪悪感が押し寄せてくる。私の心は勝手に、彼を加害者だと決めつけていたのだ。

加賀谷先生は恐縮してしまうほど、大きな身体を縮こませ、幾度も頭を下げて謝罪した。私も慌てて「こちらこそ申し訳ありません」と頭を下げ返す。

奥の長椅子には、古希に近い男性がひとりいるだけで、辺りは閑散としていた。診察室に呼ばれた男性は、緩慢な動きで立ち上がってドアの奥に姿を消した。

私が良世の隣に腰を下ろすと、加賀谷先生は状況を丁寧に説明してくれた。

右手の傷はあまり深くなく、幸いにして縫うほどではなかったという。他の児童たちにも、大きな怪我はなかったようだ。

私は胸中で安堵の息をついた。

最初に怪我の具合について教えてくれた加賀谷先生に感謝の念を覚えた。後回しにされたら、説明がすんなりと頭に入ってこなかっただろう。

現場を目撃していた児童の話によれば、良世は急に教室で暴れだしたようだ。

事件は五時限目の授業が終わったあと、休み時間に入ってから起きた。

教室の黒板の横には、学級目標が掲げられていた。児童たちが考えたスローガンのようなもので、学級目標が書かれた紙は、全面がガラス張りの額縁に入れてあったようだ。

休み時間、子どもたちの歓声が響くにぎやかな教室。突然、良世は立ち上がると、学級目標の額縁のガラスを拳で殴りつけたという。その後、椅子や机を蹴り飛ばし、クラスメイトたちのランドセルやテキストを床に叩きつけた。騒ぎに気づいた男性教諭が、暴れる良世を取り押さえ、救急車を呼んでくれたようだ。

話を聞き終えたあと、妙な引っかかりを覚えた。

いつも物静かな良世が暴れたという事実がどうしても信じられなかったのだ。取り乱している姿を想像するのも難しい。けれど、彼の服やスニーカーに飛び散った血が、事実だと物語っている。

「どうして学校で暴れたのか教えて」

私が尋ねても、良世は無言を貫いている。

緊迫した沈黙が流れたあと、加賀谷先生が口を開いた。

「先ほど、学校から連絡あり、教諭たちがクラスメイトに事情を訊いてみたところ、みんな口を揃えて『急に暴れだした』と言っているようなんです」

良世は少し顔を上げると、悔しそうに目を細めた。

私はすかさず声をかけた。

「言いたいことがあるなら、ちゃんと言葉にしてほしい」

気まずい沈黙の中、時間だけが無為に流れていく。

また場面緘黙症になってしまったかのように、良世は黙りこくって足元をじっと睨みつけている。

「なぜ黙っているの」

私が促しても、彼は頑なに唇を引きしめている。まるで大義名分のもとに任務を遂行するスパイのように口を割らない。

ここまで意固地になる理由はなんだろう――。

加賀谷先生は、念には念を入れてクラスの児童一人ひとりと面談し、なにか問題が隠れていないか調査すると約束してくれた。信念のある瞳を向けられると、感謝と同時に申し訳ない気持ちが込み上げてくる。

転入手続きのとき、加賀谷先生には勝矢の事件について伝えてある。だからこそ、怯えていた。彼女から「これまで私のクラスで問題が起きたことはありません」と言われるのが怖かったのだ。

良世が排除され、行き場をなくす姿を想像すると深い絶望を感じた。微かに震えている指を隠すように握りしめ、私は顔を伏せた。

加賀谷先生はなにかを感じ取ったのか、穏やかな声音で言った。

「人は誰しも様々な事情を抱えて生きています。この世界に不安や問題を抱えていない人間はいません。つまり、問題があってもいいんです。少しでも早く解決できるよう、児童たちの苦しみに気づけるよう、しっかり子どもたちに向き合ってみますね」

謝罪よりも何千倍も嬉しい言葉だった。

私は何度も頭を下げ、「ありがとうございます。ご迷惑をおかけして申し訳ありません」と謝り続けた。

病院から家に帰るまでの間、良世は一言も口をきかなかった。表情がないので、なにを考えているのかまったく読み取れない。出会った頃に戻ってしまったようで、どう対応すべきかわからなくなる。

バスに揺られながら、教室に掲げられているというクラス目標が頭の中をぐるぐる回っていた。

——支え合い、ちがう個性をみとめ合う、いつも仲よし五年三組！

自宅に着いた途端、良世は素早い動きで靴を脱ぎ、無言のまま二階の自室に行こうとする。私は慌てて彼の腕をつかんだ。怪我をしていない腕なのに、振り返った顔はひどく歪んでいる。まるで傷を抉られたような表情だ。

良世は嫌悪感を隠しもせず、野生動物のような鋭い目で睨んでくる。

一瞬、気圧されそうになったが、私は厳しい口調で詰問した。

「あなたの気持ちを教えて。なぜ教室で暴れたの？」

「理由なんてない」

不貞腐れたような返答でも、言葉を発してくれたことに安堵している自分がいた。

相変わらず眼光は鋭く、彼は嫌悪感を隠しもしない。けれど、包帯が巻かれている手は力なくだらりと垂れている。少しだけ不憫に思えた。

感情を鎮め、私はできるだけ高圧的にならないように言った。

「普通は理由もなく、自分の手を傷つけたりしない」

「普通ってなに？　僕は理由もなく傷つけたくなるんだ」

彼は皮肉っぽい口調で答え、薄い笑みを浮かべた。

不憫に思う気持ちは後退し、傲慢な態度に怒りが湧いてくる。

「悲劇の主人公にでもなったつもり？　『父親は殺人犯、僕は可哀想な少年。だから教室で暴れて憂さ晴らしをしても許される』そう思っているなら大きな間違いよ」

私は挑発するように言葉を投げた。怒りからでもいい。心の中にある想いを言葉にしてほしかった。正面から向き合わない限り、真実なんて見えてこないのだ。

良世は低い声で唸るように言った。

「もう一度、殺人犯って言ったら……許さない……」

「何度でも言う。あなたのお父さんはやってはならない罪を犯した」

良世は顔を歪めて怒りに打ち震えている。こんなにも感情を顕(あらわ)にしたのは初めてだった。

「これ以上、勝矢さんの悪口を言ったら……」

「言ったらどうなるの？」

「あんたを殺す」

パチンという乾いた音が響き、廊下がしんと静まり返った。

掌に鈍い痛みを感じる。気づけば、彼の頬を強く張っていた。

私は上擦った声を上げた。

「殺すなんて言葉、二度と口にしないで」

良世は動じる様子もなく、挑発するように小粒な歯を見せて笑った。

「翔子さんは、僕の親にはなれないよ。やっぱり、みんなが言っていたことが本当だったんだ。ウソ親だよ。偽親。勝矢さんみたいにはなれない」

「どういう意味？」

「本物の親にはなれないってことだよ」

「人を殺すことが本物の親の証拠なら、そんな間違った愛情は持ちたくない」

「なにも知らないくせに」

彼の目に狂気がこもる。

「そうね。私が知ってるのは、あなたのお父さんが人を殺したという事実だけよ」

「違う！　勝矢さんは僕を守ってくれていたんだ！」

良世が歯を剝きだしにして、こちらに突進してきた。

ぶつかるように、つかみかかってくる。身体は細いのに力が強くて圧倒された。本気で憤っている。彼の激しい怒りの感情を目にし、足がすくんで尻もちをついた。廊下の壁に後頭部を強く打ちつけ、衝撃で脳がぐらつく。

私はどうにか立ち上がると、迫りくる良世の腕をつかみ、暴れる身体を押さえ込んだ。太腿に激痛が走る。彼に蹴られて、つかんでいた腕を放してしまう。その直後、今度は脇腹を蹴られた。こちらに向かってくる良世の身体を突き飛ばすと、彼はバランスを崩して倒れた。即座に馬乗りになり、床に背を叩きつける。

右手に怪我を負っていなければ、組み伏せるのは難しかったかもしれない。

倒れてもなお、彼は歯を剝きだしにして威嚇するように唸っていた。人間なのか、野生動物を相手にしているのかわからなくなる。

荒い呼吸を繰り返すたび、推測でしかなかったものが次第に形を成していく。私は暴れる良世を押さえながら必死に言葉を吐きだした。

「お父さんの好きな食べ物は洋酒入りのチョコレート。北千住に行ったのは、小菅（こすげ）まで行く練習をしたかったから。なぜなら、東京拘置所に移送になるかもしれないと考えたからでしょ？」

正解だと言わんばかりに、彼の動きがぴたりと止まった。

押上から小菅まで行くには、北千住で乗り換えなければならない。彼は行き方を確認したかったのだろう。

私は苛立った声を上げた。

「どうして最初から小菅に行きたいって言わなかったの？」

「目的がバレたくなかったんだ。だって、あんたたちは勝矢さんが嫌いだから」

良世は肩で息をしながら、つかまれている腕を乱暴に振り払った。

ずっと冷蔵庫に保管されていたチョコレート。引っ越しの準備をした日、ある予感に囚われ、三浦弁護士に電話をかけて、勝矢にひとつだけ質問をしてほしいと頼んだ。

——あなたの好きな食べ物はなんですか。

返ってきた言葉は、洋酒入りのチョコレートだった。

きっと、良世は父親の好物を手に、面会に行く日を夢見ていたのだろう。

彼から離れると、私は懇願するように言った。

「お願い……お父さんの好きなところを教えて」

良世の瞳に戸惑いの色が見て取れた。憎悪の炎が、ゆっくり消えていく。

彼は上半身を起き上がらせると、なにか探るような眼差しでじっと見つめてきた。

廊下は不穏な静寂に閉ざされ、奇妙な緊迫感が漂っている。

傷が開いてしまったのか、真っ白な包帯から血が滲み出ていた。傷の手当てをしてあげたいのに、身体が動いてくれない。

ふたりとも暴れる気力は、もう残っていなかった。深い傷を負った動物のように、ぐったりと床に座り込み、観察するように互いを眺めている。

重い沈黙が流れたあと、良世はまるで宝物を見せるかのように慎重に言葉を吐きだした。

「台風が来て怖かった夜……僕が眠るまで傍にいてくれたんだ。木が倒れそうなくらい激しく揺れていて、その音が怖くて……でも、勝矢さんが『大丈夫。心配ない』って言ってくれた。公園でアイスクリームを一緒に食べた。チョコとストロベリー味。風邪をひいたとき、ずっと頭を撫でてくれた。寂しいって言ったら、ウサギを買ってくれた。僕を……悪いことをした僕をかばって……身代わりになって守ってくれたんだ」

振り返れば、私の家に来た日、良世は気になる動きを見せた。

二階の自室を案内したとき、彼は臭いを嗅いでいるような仕草をした。その後、娘の部屋には大事な荷物が置いてあるから入らないでほしいとお願いすると、彼の顔に緊張が漲（みなぎ）ったのを覚えている。

当時は、彼の気持ちに気づけなかったけれど、今ならばよく理解できた。

ホルマリンは、鼻を突くような薬品臭がする。臭いを確かめていたのは、無意識のうちに安全な場所かどうか確認していたのだろう。娘の部屋に入らないでほしいと伝えたとき、緊張を隠しきれなかったのは、勝矢が鍵をかけた部屋に遺体を置いていたからだ。私の家にも不吉な部屋が存在するのではないかと不安になったに違いない。

「あなたは最初から事件のことを全部知っていたのね」

私が核心に迫ると、良世は苦しそうな声で言葉を吐きだした。

「最初は……周りの大人たちが『お父さんは病院に入院した』って言っていたから、それを信じてた。勝矢さんは、本当におかしくなっていたから。でも、詩音のスマホを使って、事件について検索したら、病院じゃなくて警察にいるってわかったんだ」

——勝矢さんは、本当におかしくなっていたから。

頭の中が疑問で膨れ上がり、私は質問を投げた。

「お父さんが、おかしくなり始めたのはいつから？」

「最初は詩織さんに会えるって喜んでいたのに……でも、ダメになったみたいで、別人みたいに怖くなっていったんだ」

たしか裁判の傍聴をしている人のサイトには、三年前、勝矢は亡くなった妻に会いたいという思いから霊能師を頼り、高額な料金を騙し取られたと書いてあった。なにかに心酔することは、心の支えになる場合もある。けれど、同時に心を壊す可能性も孕んでいるのだ。

　私はできるだけ穏やかな声を心がけて尋ねた。

「別人って言ったけど、どんなふうになったの？」

「たくさんお金を騙し取られて、詩織に会えなくなったって泣いていた。会社から帰ると『みんなが俺の悪口を言っている。俺を騙そうとしている。良世、お前もそうなのか』って怒るようになって、だんだんひどくなって『そもそも、どうして詩織はいなくなったんだ。お前と引き換えに、詩織は命を失った』って……」

　最後のほうは小声になり、聞きづらかった。けれど良世は懸命に言葉を続けた。

「学校の勉強も運動もいちばんにならなければ生きている意味がないって怒られた。でも、どれだけがんばっても完璧にはできなくて、僕がダメだから……だから勝矢さんから叱られて、いつも『詩織が泣いてるぞ。お前に生きている意味はあるのか』って言われて」

　良世から聞いた家庭の状況は衝撃的なものだった。

　父親を怒らせてしまったときは、良世は幾度も「ごめんなさい」と謝罪した。けれど、勝矢から「お前は、まだ本当の苦しみを理解していない」と言われ、冷たい態度を取られるようになった。言葉の暴力は、より一層激しくなり、「お前は不幸を呼ぶ子だから、みんなに嫌われている」という意地悪な発言を繰り返されるようになったという。洋服も地味なものしか買ってもらえず、個性を持つことが許されない状況だったようだ。

なぜ勝矢が、姉に「子どもは嫌いだから産まないでほしい」と言ったのか腑に落ちた。姉は肺に問題があり、難しい出産になると医師から告げられていた。勝矢は妻を失いたくなかったのだ。

サナさんから聞いた話によれば、勝矢は『詩織に会えたから、生きる希望を見つけられた』と言っていたという。もしも、被虐待児だったという証言が事実ならば、勝矢の人生はとても辛いものだっただろう。なぜ生まれてきたのか、そう自分に問いかける救いのない日もあったはずだ。そんな人生に光が射した。姉と出会えたことは、勝矢にとって生きる希望に繋がったのではないだろうか。

——息子は人殺しなんです。

——人を不幸にする強力な力がある。

どうして留置場で息子を罵倒するような発言をしたのかようやく得心した。

息子が母親を殺したと言いたかったのだろう。

友人に金を騙し取られ、職場の人間関係もうまくいかなくなり、次第に勝矢の心は病に蝕まれていく。その後も、あらゆる負の感情が立場の弱い息子へと向けられていったのだろう。

嫌な予感に苛まれ、私は気になっていたことを言葉にした。

「昔、ウサギを飼っていたんだよね」

明らかに良世の肩が強張った。そのことは語りたくないのか、唇を一文字に引き結んでいる。これ以上、辛い話をさせるのは気が引けるが、心の中に溜め込んでいる感情をすべて吐きだしてほしかった。

「良世が抱えているものを、私も一緒に背負うから、辛かったことをすべて話して」

この部屋にはふたりしかいない。それなのに、彼は声を忍ばせた。

「僕が悪かったんだ」

「なにが悪かったの？」

「ちゃんとわかってなかった。勝矢さんから『お前は大事な人を失う哀しみを理解していない』って言われて……それは本当だった」

「もう少し詳しく説明して」

「あの日、お風呂場に連れて行かれたんだ。浴槽に『ピピ』がいて……勝矢さんは片手で長い耳をつかんで、鎌でピピの首を切った」

一旦、口を閉じてから、良世は虚ろな眼差しで続けた。「あのとき僕は泣いて……勝矢さんは『お前もこれで、大切な人を失う痛みを理解できたな』って、笑顔を見せてくれた」

なぜ場面緘黙症になったのか、すべてが判然とする。

私は鈴木先生から得た情報を思いだしながら言った。

「ウサギがいなくなり、うまく言葉が発せられなくなってから、良世は学校でスクールカウンセラーの先生と面談をした。そのとき、あなたは『実のなる木』の絵を描いた」

「スクールカウンセラーの先生に『描いて』って頼まれたんだ」

その日、良世が帰宅すると、学校から連絡を受けていた勝矢から、スクールカウンセラーの先生となにを話したのか訊かれたため、良世は絵について正直に伝えたという。そのとき「もう一度、同じ絵を描いてみろ」と言われ、ウサギが大木で首を吊っている絵を描いた。嘘をつけなかったのは、学校に連絡され、どのような絵を描いたのか調べられると思ったからだという。

良世は、父親から嘘つき呼ばわりされることをいちばん恐れていた。自分だけは、父親を騙す人間ではないと信じてほしかったのだ。勝矢は「こんな気味の悪い絵を先生たちの前で描いて、俺を苦しめたいのか」と不機嫌になったという。その後、父親から明るい雰囲気の大きな樹木を描くよう指導された。

おそらく、勝矢はバウムテストの知識を有していたのだろう。だから良世が描いた絵は、違和感を覚えるほど健全だったのだ。

私はずっと気になっていた疑問を口にした。

「漫画原作者の前園ツカサは、お父さんだったのね」

どれだけ調べても前園ツカサ原作の『最後の審判』という漫画は見つからなかった。出版されていない作品を読めるのは、関わっている編集者か原作者の身近にいる人物しかいない。

良世は口を閉ざし、黙したままこちらを見つめている。

私はもうひとつ大事な質問を投げた。

「どこで『最後の審判』という物語を読んだの」

「ノートパソコンに残されていた」

良世がノートパソコンを使用しているとき、ゴミ箱にテキストデータが入っているのに気づいたという。デスクトップの画面にゴミ箱のアイコンが置いてなかったので、すぐに気づけなかったようだ。

テキストデータを確認してみると、前園ツカサというペンネームで書かれた物語が出てきた。テキストの一行目には『最後の審判』というタイトルと著者名が書いてあったそうだ。

内容は、生きている人間の命と引き換えに、死者を蘇らせる能力を持つ『カミ』という少年の物語だった。愛する人を失った者は、大切な人を蘇らせたいと願う。その願いを叶えるのが、カミと呼ばれる少年だった。

死者を蘇らせるためには条件があった。カミが持っている『人選カタログ』から三人の生贄を選び、殺害しなければならなかったのだ。『人選カタログ』には、人を殺害して逃走している犯人、子どもを虐待している親、いじめを繰り返す子どもや見て見ぬ振りをする傍観者たち、不正に加担している役人など、悪事を働いている者たちが掲載されている。ときには、知り合いが載っていることもあり、依頼者は苦悩の末、誰を選ぶのか決めていく。

生贄が決まった夜、恐ろしい儀式は始まる。カミは選ばれし生贄の頭部を斬り落とし、それをホルマリン漬けにして蘇りの儀式を行うのだ。古い屋敷の地下室で、カミは依頼者と手を繋ぎ、笑みを浮かべながら復活の儀式を開始する。夜明け前、三人の命と引き換えに、ひとりの死者が蘇るという残酷な物語だった。

現実の世界でも魔術の生贄として幼児を誘拐し、斬首する生贄殺人が起きているという話を聞いたことがあった。けれど、それはどこか遠い国の話だと思っていた。

公判のとき、勝矢は最終意見陳述で「釈放されたら三人目の生贄を探したいと思います」と微笑んだ。もしかしたら、心を病んでいた勝矢は、かつて自らが生みだした物語に傾倒し、生贄を捧げて亡き妻を蘇らせようとしたのではないだろうか——。

頭を整理すると、私の胸の中にふたつの疑問が生じた。

「テキストデータが残っていたノートパソコンは、今どこにある？」

「ずっと前、勝矢さんが『儀式のことは誰にも教えてやらない。ふたりだけの秘密だ』って言って捨てたんだ」

ふたりだけの秘密――。

警察が押収していた場合、裁判で明らかになったはずだ。弁護側に有利に働く物証になり、精神鑑定の結果も違うものになっていた可能性もある。

疑念が深まり、私は別の疑問を投げかけた。

「さっき、あなたは『勝矢さんは僕を守ってくれているんだ』と言っていたけど、それはどういう意味？」

良世は少し考え込んだあと、苦しそうな声で答えた。

「全部、知ってたんだ」

「知ってた？」

「勝矢さんが……知らないおばあちゃんを誘拐して殺したこと……大切な生贄だって笑っていて、僕は怖くて、なにもできなくて」

その返答に胸が騒ぎ、もうひとりの被害者のことを尋ねた。

「小宮真帆ちゃんのことも知っていたのね」

「真帆ちゃんは、いつもオレンジ色の水玉の洋服を着ていて、汚くて可哀想だから……あまりご飯を食べてなかったから、ドーナツをあげようと思って、僕の家に連れて行ったんだ」

瞼の裏に少女の写真がよみがえる。

鮮やかなオレンジ色の生地に白のドット柄のワンピースを着た少女。小さな手にはソフトクリームを持っていた。

ふたり目の被害者、五歳の小宮真帆ちゃん――。

良世は真っ青な顔をして、言葉を吐きだした。

「真帆ちゃんは、お母さんからご飯をもらえなくて、家にも入れてもらえないときがあった。雨が降っていても、雪の日でも、すごく暑い日だって、ひとりで遊んでいたんだ」

真帆ちゃんの母親が泣いていた映像を思いだすと、強い嫌悪感が込み上げてくる。

親から放置されている真帆ちゃんが可哀想になり、良世は自宅に招き入れ、ドーナツと牛乳を与えた。それからも、少女に食べ物を与え続けたようだ。

思いだすのも怖いのか、良世の目に警戒の色が宿っている。

「あの日……ふたりでドーナツを食べていたら、玄関のドアノブが回る音が聞こえたんだ。びっくりして、慌てて真帆ちゃんをクローゼットの中に隠した」

「お父さんが帰宅した？」私は動揺を気取られないように努めながら訊いた。

「帰宅時間は、いつも夜の八時なのに、その日は具合が悪くなったみたいで、帰ってくるのが早かったんだ」

「真帆ちゃんをクローゼットに隠したのに、どうして気づかれたの」

「靴が玄関にあったから……勝矢さんは誰かいるって気づいて、部屋中を探し回って、クローゼットを開けたんだ。最初は怒られると思った。でも……」

良世は喉仏を上下させたあと、泣きそうな声で続けた。「勝矢さんは褒めてくれたんだ」

「褒めた？」

「そうだよ。『よくやった』って頭を撫でてくれた」

その言葉を耳にしたとき、まだ幼い良世にも、少女がたどる残酷な運命が想像できたという。

良世が「殺さないでほしい」と懇願すると、父親に、詩織と少女のどちらが大切なのか尋ねられた。ふたりのうちどちらかを選べと言われ、彼は悩み苦しんだ末、母恋しさから「詩織さん」と答えた。その後、少女はふたり目の生贄として殺害された。勝矢は泣いている息子に「大丈夫だ。なにがあっても俺が守ってやる。もうすぐお母さんが帰ってくるからな。これから楽しい三人の生活が始まるんだ」と微笑んだという。

「僕は……真帆ちゃんが死ぬのを選んだ。でも、お父さんが守ってくれたから、警察に捕まらなかったんだ」

初めて彼の口から「お父さん」という言葉を聞いた。まるで父親に愛されていると言わんばかりに瞳を輝かせている。

歪んだ絆を目の当たりにし、これまで信じていた父性愛、母性愛、家族愛のようなものが、がらがらと音を立てて崩れていく。

少女を助けたいという純粋な気持ちを踏みにじり、間接的に殺人に関与させたと思い込ませている父親が、息子を守っているとは到底思えない。

児童相談所の職員と面談したとき、良世は事件について知らない振りをした。それは自分自身を守るための嘘だったのだ。コンピュータの知識は豊富なのに、心はまだ子どもだ。自分を加害者だと思い込み、法では裁かれない罪に怯えていたのだろう。

「あなたは警察には捕まらない」

私が断言すると、良世は疑うような目を向けて「どうして」とつぶやいた。

「なにも悪いことはしていないから」

「でも、僕は真帆ちゃんを選んだ」

「あなたは選んだだけ。実際に殺害には関わっていない。でも……」

私は血の滲んだ包帯に目を向けながら訊いた。「今日、なぜ学校で自分の手を傷つけたのか教えて」

良世は口を閉ざし、なにも答えようとしない。

これまでの奇妙な出来事に道筋をつけようと思い、私は質問を続けた。

「どうして詩音君のハムスターの命を奪ったの？」

「だって、そうしなきゃ……詩音を……あいつを殺したくなるから」

その答えに深い絶望を感じた。

己の殺人の衝動を抑えるために、動物を傷つけたというのか——。

全身から血の気が引き、身体が冷たくなっていく。

私は覚悟を決めて訊いた。

「それは本心？」

「どうだろう」

「ふざけないで」

良世の眼光が鋭くなる。彼は目を見開いてはっきり言葉にした。

「本心だよ。殺したくなる。なんでみんな自分だけは大丈夫だって思うんだよ。どうしてひどいことをしたらやり返されるって考えないんだ。今度はハムスターじゃなくて……詩音を殺してやりたい。詩音のお母さんも殺す。悪口を言うクラスメイトも、みんな殺してやりたい」

笑みを浮かべている良世の顔は、法廷画家が描いた勝矢の顔に恐ろしいほど酷似していた。

脳裏を『悪魔の子』という言葉がよぎり、焦りに似た感情が全身を駆け抜けていく。

もしも、この子が人を殺める日が来たら、私は——。

「それがあなたの本心なら……」

私はまっすぐ彼を見据えながら宣言した。「もし人を傷つけたら、あなたを絶対に許さない」

良世は挑発するように訊いた。

「許さないって、どうするの？」

「人の命を奪うなら、一緒に死のう。私は自分の手であなたの命を終わりにする」

一瞬、良世の顔に恐怖の色があらわれる。けれど、すぐに口元に笑みを刻んだ。

「いいよ……僕を殺していいよ……やってもいい」

思わず、彼の顔を凝視した。

笑みを浮かべているのに、大きな目から涙がぼろぼろこぼれ落ちていく。

この子は、これまで一度も泣き顔を見せたことがなかった。

初めて目にする涙——。

彼の手はひどく震えていた。手だけではない。肩も足も震えている。唇もわななないていた。

彼は怖いのだ。そう気づいたとき、頰を叩かれたような衝撃を受けた。

唐突に娘の声が耳の奥に舞い戻ってくる。

――こんな絵本、大嫌い。

言葉は嘘を孕んでいるときもある。それを教えてくれたのは良世だった。

胸に強い羞恥と自責の念が込み上げてくる。

覚悟なんて自分の胸の内ですればいいのだ。それを言葉にして、相手に要求してなんになる。私の言葉は『親の覚悟』ではない。ただの脅迫だ。良世を脅し、怯えさせて支配するような暴言。良世の父親となんら変わらない行為なのだ。

人を殺したいという相手に対して、脅しの言葉を投げても改心させるのは不可能だ。なぜならば、彼らは己の命さえ失ってもいいと思っているからだ。自分さえ大切にできない者は、簡単に他者の命も奪える。

長い沈黙のあと、良世は顔を歪ませて言葉を吐きだした。

「僕は……悪魔の子なんでしょ？　生まれてこなければよかったんだ。だから……殺してもいいよ」

私が咄嗟に手を伸ばすと、彼はびくっと肩をはねあげた。

一体、悪魔はどちらなのだろう――。

そっと髪に触れると、良世は微笑みながら涙をこぼしていた。今なら、ずっと押し隠してきた悲嘆の声がはっきり聞こえる。

彼の中にある恐怖を感じ取ったとき、引き寄せて抱きしめていた。白いシャツが汗で湿っている。良世の胸の辺りが激しく上下する。口から、うぐぅ、うぅ、という声がもれた。途端に耳をつんざくような泣き声が廊下に響き渡った。

赤ん坊ではなく、獣の鳴き声のようだった。がたがた震えながら叫び声を上げ、大粒の涙をこぼしている。顔を真っ赤にして、言葉にならない感情を必死に吐きだしていた。まるで心に巣くう魔物と闘うかのように、苦しみ悶えている。こめかみと額に血管が浮き出ていた。彼は激痛に悶えるかのように暴れ、叫び声を張り上げる。

私は腕に力を込めて抱きしめ、幾度も背中を撫でた。叫び声が鼓膜を震わすたび、堪えきれないほどの痛みに襲われた。

良世の不可思議な言動が、走馬灯のように脳裏に立ちあらわれる。

父親から『不幸を呼ぶ子』と罵られ、生まれてきた意味を見いだせなかった――。

人に触れられるのが嫌なのではなく、触れたら不幸を呼ぶのが怖かったのだ。

スーパーからの帰り道、私が息苦しさを覚えて道に倒れたとき、良世は知らない女性と手を繋いで微笑んでいた。きっと、苦しんでいる姿を見て、生贄の儀式と同じ方法で手を繋ぎ、復活できるよう笑顔で祈っていたのだ。

以前、ふたりでスーパーに行ったとき、良世は入り口付近で身を固くして動けなくなったことがあった。近くには、転倒して涙を流すひとりの少女がいた。少女は鮮やかなオレンジ色のワンピース姿だった。おそらく、真帆ちゃんの姿を想起してしまったのだろう。

真帆ちゃんを家に連れて行ったことを深く後悔していたのだ。自分のせいで命を奪われてしまったのだから。それでも勝矢とのよき思い出が邪魔をして、まだ幼い少年は、父親を完全に恨むことはできなかった。

誰が責められるというのだろう。

母親は自分のせいで死んだと思い込み、父親からは責められ、あたたかい愛情をもらえずに生きてきたのだ。子どもの心はスポンジのように柔らかい。憎しみだけを吸収してしまったのかもしれない。

世間は『悪魔の子』と罵りながら、彼にまともに生きろと要求する。けれど、やり方も信じ方もわからなかったのだ。ひとりでどれほどの苦悩と闘ってきたのだろう。

良世にとって必要なのは、大人に都合のいい要求や脅しではない。

人間は誰もが善と悪の両面を兼ね備えている。善だけで生きていけるほど人生は甘くないからだ。それでも人を大切にできるのは、過去に誰かから愛してもらえた経験があるからだ。

どんなプレゼントよりも光り輝く記憶――。

悪に呑まれそうなとき、みんな輝く記憶を呼び起こし、プレゼントの包みをそっと開く。そうやって、歯を食いしばって人を傷つけたくなる衝動に耐えるのだ。

けれど、プレゼントをもらえなかった子どもはどうすればいい。

なにができるかわからない。伝えられる言葉も見つからない。だから強く抱きしめ、幾度も背を擦(さす)ることしかできなかった。

まだ小さな手が、シワになるほど私の服を強く握りしめていた。

西日が射し込んでいたリビングは、気づけば薄闇に包まれている。

廊下での出来事は数十分のことだったかもしれない。けれど、とても長い時間のように感じられた。

リビングに入ってから、良世は一言も言葉を発せず、ソファに座っている。うしろにある木製の棚には、小さな人形が置いてあった。幼い頃、姉が作ってくれたお守り。

私は女の子の人形を見つめながら、重い沈黙を破るように声をかけた。

「一緒に警察に行かない？」

良世はあらゆる感情が抜け出たかのように放心している。ぐったりソファに背を預け、ゆっくり目だけをこちらに向けた。

「僕も……死刑になるんだね」

「ならないよ。捕まることもない。良世は悪くないから、罰を受けない」

「僕が家に連れて行かなければ、殺されなかった」

たしかに、別の誰かが狙われたとしても、真帆ちゃんは殺されなかったかもしれない。それでも、胸を張って伝えることしかできない。

「良世は悪くない。ただ、優しかっただけ。お腹が空いている子に、ドーナツや牛乳をあげたかった。幸せになる手助けをしたかっただけなんだよ」

無表情の良世の頰に涙がこぼれ落ちていく。口元と喉に力を入れて嗚咽を堪えているようだった。

先ほど良世が放った言葉が耳に戻ってくる。

――悪口を言うクラスメイトも、みんな殺してやりたい。

私は確認するように尋ねた。

「教室で暴れたのは、クラスメイトがお父さんの悪口を言ったから？」

彼は黙ったままうなずいた。

「友だちをからかうとき、『変態南雲勝矢に誘拐されろ』って言ってたんだ」

クラスメイトに罪はない。みんな、良世が抱えている事情を知らないのだ。それならば、正直に伝えればいいのか。いや、知っていても、嫌がらせをする子はいるだろう。

――支え合い、ちがう個性をみとめ合う、いつも仲よし五年三組！

クラス目標の『個性をみとめ合う、いつも仲よし』なんて大人でも難しい行為だ。少しだけ彼の心情が理解できた。

かつて、強い殺人衝動に駆られたとき、良世はハムスターを殺めてしまった。今回は動物ではなく、自分自身を傷つけた。もちろん、自身を傷つける行為を善とはしない。けれど、そこに微かな成長を垣間見た気がする。

私はまだ解けない謎の答えを求めた。

「前に、どうして首を断られた少女の絵を描いたの？」

「美咲希は偉いから……お母さんの命を取らなかった」

だから絵の中の母親は、首を切断された娘の隣で微笑んでいたのだ。『偉い娘』を褒め称えるように――。

今まで胸にあった不安や恐怖が潮のように引いていくのを感じた。剝きだしの大地に残されたのは、ひび割れた深い哀しみだけだった。

猫の瞳を紫色に塗った娘。彼女の気持ちを、彼は教えてくれた。

「良世は間違っているよ。お母さんの気持ちをまったくわかっていない」

私は、サナさんから聞いた話を思いだしながら続けた。「お母さんは肺に問題があって、医師から難しい出産になるって言われた。でもね、良世が無事に生まれるなら自分はどうなってもいいって言っていたんだよ」

「僕を元気にさせたくて、嘘をついているの」

良世は眉根を寄せて語気を強めた。

私は思わず笑ってしまった。本当に強い子だ。どれほど傷ついても、常に真実を見ようとする。

「嘘じゃない。あなたのお母さんが口にした真実だから。私を疑って、他の人の言葉を信じたいならそうすればいい。でも、目をそらさず、真実を探し続けてほしい。答えが見つかるまでは、どちらにも心を奪われないで」

百人いれば百人とも答えが違う場合もある。なにを、誰を信じて生きていくのか、自分で決めなければならないときが必ずやってくる。わからないなら探し続けるしかない。

人間は誰しも、必ず死を迎える。限られた時間を生きるなら、なにを信じるかは自分で決めていけばいい。最後に責任を取るのは、いつだって自分自身なのだから。

「絵も同じだよね。世界中の人に好きになってもらうことはできない。批判されるときもある。でも、どんなにたくさんの人に批判されても、それでも絵を描きたくなる。それなら好きだと言ってくれる人を信じて生きていけばいい」

「僕は……」

「私は、良世が生まれてきてくれてよかった。あなたに出会えてよかった」

顔を伏せて泣いている彼の柔らかい髪を撫でながら言葉を紡いだ。「また一緒に絵を描かない？」

この先、私が教えてあげられることはとても少ない。いつも傍にいて守ってあげることはできないから、だから一緒に絵を描こう。何枚も、何十枚も、何百枚も描こう。そのとき抱えていた感情を、想いを、痛みを、悔しさを、心が壊れてしまわないように――。

きっと絵が助けてくれる日が来るような気がする。

良世が闘える武器になるかもしれない。

今できるのは、一緒に彼の幸せを探す旅を続けていくことだけだった。

翌日、良世は学校を休んだ。

二度と目を覚まさないのではないかと心配になるほど、彼は長い時間眠っていた。身体を丸めて眠り続ける姿は、まるでお腹の中に戻ったかのようだった。

夕方、加賀谷先生が自宅まで足を運んでくれた。彼女をリビングに通すと、私はなぜ良世が学校で暴れたのか包み隠さず話した。昨日、感情的になり、彼の頬を打ってしまったことも伝えた。話している最中、情けなくて涙がこぼれてくる。

みっともない姿をさらしたのに、すべてを聞き終えた加賀谷先生は「チャンスですね」と明るい笑顔を見せた。

気持ちをぶつけ合い、喧嘩ができるのはチャンスだという。直接向き合うことを避けたとき、問題は大きくなり、修復は難しくなる。彼女はそう言って、大いに喧嘩しましょうよ、と豪快に笑った。

ふいに、病院の待合室で言われた言葉が胸に響いてくる。

――人は誰しも様々な事情を抱えて生きています。この世界に不安や問題を抱えていない人間はいません。つまり、問題があってもいいんです。

学校には、様々なタイプの教師がいる。この時期に加賀谷先生と巡り会えたことに深く感謝した。

包帯を取り替えて、薬を塗り終わり、軽い食事を済ますと、良世はまた眠った。傍にいてほしいと言われたので、日付が変わるまでベッドの近くにいた。

時折、彼の眠る姿を見ながら、私は平穏が訪れることを願った。

翌朝、良世がリビングに下りてきたのは、既に学校が始まっている時間だった。てっきり今日も休むものだと思っていたけれど、朝食後、良世は一度自室に戻ると、ランドセルを背負って再びリビングにあらわれた。彼の顔には隠しきれない緊張が滲み出ている。

無理をしているのではないかと思い、私は声をかけた。

「体調が悪かったら、学校を休んでも大丈夫だよ」

「平気。また休んだら、もう行けなくなりそうだから」

「一緒についていこうか？」

「やめてよ。親と登校するの恥ずかしい」

胸がじわじわとあたたかくなり、視界がぼやけていく。

初めて口にしてくれた『親』という言葉に嬉しさが湧いてくると同時に、微かな胸騒ぎを覚えた。親だからこそ不安になるのだ。

——みんな殺してやりたい。

一昨日、耳にした不穏な言葉が脳裏に焼きついていた。

クラスメイトに復讐するために登校するのではないだろうか。疑っている自分が嫌になるのに、不安を消せないでいた。

結局、混迷が深まるばかりで、なにもできない。ただ彼を信じて、玄関を出ていく姿を黙って見送ることしかできなかった。

リビングに行き、キッチンに立ったとき、まな板の横に折りたたまれた紙が置いてあるのに気づいた。紙を広げると、視界がぐらりと揺れ、文字がぼやけて滲んでいく。

——生まれてきてくれてよかった、って言ってくれて、ありがとう。

声を発せられなかったとき、幾度も目にしてきた見慣れた文字。

私はなにかに急かされるようにドアを乱暴に開け、家の前の道に飛びだした。なぜか二度と良世に会えなくなるような焦燥に駆られた。

ラベンダー色のランドセルが目に飛び込んでくる。早く声をださなければ、どんどん遠ざかって、届かなくなってしまう。

「お願い……車には気をつけて！」

良世は足を止めると、ゆっくり振り返った。

少し恥ずかしそうに微笑んでいる。包帯をしていないほうの手を上げて、「わかった」と答えてくれた。

ふいに、足の裏にヒリヒリとした痛みを感じて視線を落とした。

真っ白な素足——。

気づけば、靴も履かず家を飛びだしていた。アスファルトを踏みしめている自分の素足が、少しだけ頼もしく見える。

はじめて良世の心が育っていることを実感した。この先、もっと成長していくだろう。いつか全力で走っても、彼に追いつけない日がやってくる。どんどん距離が開き、置いていかれてもかまわない。心の成長ほど嬉しいことはないのだから。

こちらを振り返りながら歩いていく良世の姿を、私はいつまでも見守り続けた。

9月8日　雨のち晴れ

家庭裁判所の許可を得て、役所の戸籍係に養子縁組届を提出しました。

用紙を提出すれば、本物の親子になれるわけではありません。

この先も難しい問題が待ち受けているかもしれませんが、良世との生活はとても幸せです。

最近、自分が少し強くなったことに気づきました。

きっと、心から守りたいものができたからでしょう。

今日はとても嬉しい知らせがあります。

世界中の子どもたちが応募できる『世界子どもアートコンテスト』に、良世の絵が入選しました。

入選した絵には、不思議な世界が描かれていた。

灰色の雲に覆われている空。ひび割れた雲の間から、まるで植物が芽吹くように銀色の蛇口がいくつも突き出ている。それぞれの蛇口からは、砂、水、花、シャボン玉、拳銃などがあふれていた。

空から降りそそぐものが大地に溜まっていき、世界を作っていくようで——そっと手を伸ばして不吉なものを吐きだしている蛇口を閉めたくなる。

なぜこの絵を描いたのか、その質問はしない。答えも求めない。言葉にできないものがあるからこそ、彼が絵を描く意味があるのだろう。

たくさん悩んだ末、良世は三浦弁護士と一緒に警察署に赴き、自分が見てきた事件の顚末を正直に語った。真帆ちゃんのことも伝えたという。

三浦弁護士に聞いたところ、良世は最後まで父親を悪く言わなかったそうだ。真摯に勝矢が抱えていた苦悩を伝え続けたという。

担当の刑事に、出来事のすべてを話し終え、自分が罪に問われないと知ったとき、良世は静かに涙をこぼした。それは安堵の涙ではない。彼は、父親が守ってくれているから自分は警察に捕まらないと思い込んでいた。けれど、刑事の話を聞き、それは勘違いだと気づいたのだ。

三浦弁護士が「事件のことで、君が罪悪感を抱える必要はない」と励ますと、驚くべきことに、良世は新たな罪を告白したという。それは「父と同じように、僕も殺したんです」という告白だった。その供述を耳にしたとき、周りにいる大人たちは顔を見合わせ、息を呑んだという。

刑事が血相変えて誰を殺害したのか尋ねると、良世は「蟻をたくさん殺して……クラスメイトのハムスターも殺しました」と答えたそうだ。

おそらく良世は、すべての罪を隠したくなかったのだろう。それを心の成長と捉えることもできる。けれど私には、「父親と自分は違う。別の人間として生きていきたい」という決別宣言のように感じられた。

三浦弁護士が接見したとき、勝矢は「まだやりたいことがあるので、裁判では僕の痛ましい境遇を織り交ぜて熱弁し、ぜひとも量刑を軽くしてください」と言っていた。それなのに、彼は死刑判決がでたあと、控訴をしなかった。

私がなぜ控訴しなかったのか尋ねると、三浦弁護士は、勝矢の言葉を教えてくれた。

——詩織に会える方法が見つかった。早く死刑を執行してほしい。

落胆の溜息がもれた。そこに息子への愛は微塵も感じられなかったからだ。

けれど、事の顚末はそんなに単純ではなかった。

公判終了後、しばらくしてから証拠物件として押収された姉の私物が戻ってきた。押収品は、段ボール箱の中に入っていた。

中を確認すると、いくつかノートがある。どれも姉が大学の頃に使用していたものだ。ノートには、お手本のような綺麗な文字が並んでいる。

私はぱらぱら捲り、一冊ずつ目を通していく。ノートを読んでいるだけで、勤勉な女学生の姿が目に浮かんでくるほど、授業内容が丁寧に書き込まれていた。

私物に触れていると、姉の存在が色濃くなる。

——不安にさせてしまうから、ショウちゃんの出産が先でよかった。

姉を失った日に見た夢がよみがえり、鼻の奥がつんとした。

段ボール箱の中に、オフホワイトのバッグが入っている。手を伸ばそうとして、躊躇いが生じた。自分が死んだあと、誰かにバッグの中身を見られるのは快いものではない。

底にある『臨床栄養学』と書かれたノートが目に留まり、なんの気なしに手に取った。どんどんページを捲っていく。カラフルなペンで書かれた図や表。重要な箇所には、赤いラインが引いてある。

次の瞬間、目を疑った。

最後のページに、気になるタイトルが見えたのだ。『樹海の空』、そして『ラストゲーム』。そこには概要とおぼしき物語が書かれていた。他のノートと同じ姉の筆跡。

どういうことだろう。原作者の前園ツカサは、勝矢だったはずだ――。

心拍数が急速に上がっていくのを感じながらも、必死に頭を働かせた。執筆していた頃、既にふたりは知り合っていたのだろうか。いや、違う。ふたりは別の大学だった。しかも姉と勝矢が出会ったのは、三十歳の頃だったはずだ。

ある疑惑が頭をもたげた。

前園ツカサは――姉だった？

そう考えるほうがはるかに自然だ。振り返れば、かつて良世に「漫画原作者の前園ツカサは、お父さんだったのね」と尋ねたとき、彼はなにも返答しなかった。母親が原作者だと知っていたのだ。ノートパソコンに残されていた『最後の審判』という物語は、姉の作品だったのかもしれない。

妻の死後、息子が『最後の審判』を発見した。精神を病んでいた勝矢は、それを妻からのメッセージだと受け取った可能性もある。かつて霊感商法で騙された男は、創られた物語に傾倒し、生贄を捧げて亡き妻を蘇らせようとしたのかもしれない。けれど、残酷な物語と姉の人物像が、どうしても一致しなかった。

ふいに、勝矢が口にした言葉が思い起こされ、ぎくりとした。

――ショウちゃんが死ねばよかったのに。ショウちゃんは、私や弟よりも頭が劣っていてダメな子なの。あの子は生きていても意味がない。

呪いのような言葉が、粘度を増してまとわりついてくる。

親の期待が、優秀な姉や兄に注がれるたび、胸の奥に嫉妬の感情が湧き上がり、ひどくナーバスになった時期もあった。コンプレックスを抱いていたのも事実だ。けれど、兄姉を心から憎んでいたわけではない。どれほど嫉妬しても、家族に対して「生きていても意味がない人間だ」と思ったことはなかった。

姉は、それほどまでに私を嫌っていたのだろうか――。

感情が入り乱れて定まらない。疼き始めたこめかみを指で押さえた。

――カメラを捨てなければ、お前を殺す。本気よ。だって、前から人を殺してみたかったの。

小学三年の冬、姉が犯人に放った言葉。彼女はカッターナイフを片手に微笑んでいた。あのとき、私は救われたと思っていた。

本当にそうだろうか？

小学生の頃の勝矢の事件が思い起こされる。彼は近所に住む男性の腹をカッターナイフで切りつけて怪我を負わせた。児童相談所の職員と面談したとき、勝矢は「人を殺したいという願望がある」と告白した。

深い絶望感が心を侵食していく。目撃してもいないのに、血まみれで微笑む少年の幻影が網膜に浮かび、背筋が冷たくなる。姉の勇敢な姿が急速に色褪せ、光と影がゆっくり反転していく。

もしも「前から人を殺してみたかった」という姉の言葉が真実だとしたら——。彼女は、勝矢に近い人物だったのだろうか。彼は息子のことを「人を不幸にする強力な力がある」と言っていた。

生前、姉はこれから生まれてくる良世のことをどう思っていたのだろう。

空気が重く淀み、気持ちが沈んでいく。

もうなにが真実なのかわからない。真相に迫るより、逃げだしたくなる。それなのに思考の暴走を止められなかった。

たしか、前園ツカサ原作の漫画は二十年ほど前のものだったはずだ。つまり、姉が漫画原作を書いていたのは、二十代の頃になる。大学時代も卒業後も姉から漫画原作の話は一度も聞いたことがなかった。ペンネームの作家の多くが身内には伝えず、密かに執筆活動をしているのだろうか。

そこまで考えてから、ある事実に思い至った。

兄が劇作家の道に進みたいと言ったとき、生真面目な父は凄まじい剣幕で激怒した。それを考慮すると、姉が名を伏せて活動する道を選んでも不思議ではない。

いつも優等生だった長女は、家族に言えないような不満を募らせていた。その鬱積した感情をホラー漫画の原作を書くことで解放させ、心の均衡を保とうとしていたのだろうか。

人間は誰しも多面的な自己を持っている。けれど、今まで信じていた姉の姿とかけ離れていて、うまく受け入れることができなかった。

「しょうこちゃん」

ふいに、透き通るような少女の声が響いた。

私は辺りに目を這わせた。カーテンがふわりと揺れる。トラ猫が棚の下を素早く走り抜けていく。瞳が、紫色の猫。そのとき棚から小さな人形が落下した。フェルト布地の女の子の人形――。

はっと我に返り、私はオフホワイトのバッグをつかんだ。

先ほどまでの戸惑いは消失し、バッグの中を確認していく。

財布、リップクリーム、ポケットティッシュ、ハンカチ、ポーチ。確認している最中、警戒心が増していく。

バッグの内側にあるポケットのファスナーを開けると、小さなノートがあるのに気づいた。表紙は白と青のドット柄。手を止め、生唾を呑み込んだ。ゆっくりポケットに手を入れて取りだした。

なにかに誘われるように開くと、バランスの取れた美しい文字が目に飛び込んでくる。

自分の子どもを殺人犯にしたいと思う親はいません。

けれど、人を殺めてしまう子どもたちがいるのも事実です。

それも世界中に――。

かつて、海外では10代の少女が銃を乱射し、教師や生徒を撃ち殺す事件が発生しました。この国でも、中学生が小学生を殺害する事件が起きています。高校生の少年が、ハンティングナイフで通行人を刺殺する事件も起きました。

未成年による残虐な殺人事件が起きるたび、ネット上では様々な憶測が流れ、犯人を責める言葉が飛び交い、その後、人々の怒りの矛先は犯罪者を生みだした親や社会へと転じることがあります。

もしかしたら、私も罪を生みだした人間のひとりなのかもしれません。

神様、そんな私に子どもを産む資格はあるのでしょうか。

小さなノートに綴られていたのは、姉の真の姿だった。短い文面が闇を照らし、容赦なく隠れていた事実を突きつけてくる。

私は夢中になって、日記の続きを読み進めていった。

〈妊娠3ヵ月〉妊娠8週〜妊娠11週

新しい命が宿っていると知ったのは、2週間前の夕刻です。

妊娠が判明したとき、喜びよりも先に複雑な感情が芽生えました。それは胸の奥底に隠してきた、深い畏怖の念です。

こんなにも恐怖心が込み上げてくるのは、私の過去に原因があるからなのでしょう。

人が人を育てることの意味、生まれくる命を、これから大切に育んでいくことができるのか――。

親としての責任を、今強く感じています。

〈妊娠4ヵ月〉妊娠12週〜妊娠15週

心拍が確認できてから、保健福祉センターで母子手帳を交付してもらいました。

母子手帳は病院の受付に提出する機会が多いので、あまり本音が書けません。だから、これからもこのノートに簡単な成長記録を書くことにします。

今日は赤ちゃんの大きさなどを検査するため、病院でお腹の周囲を測定しました。

軽い胃もたれや食欲不振が続いていましたが、13週を過ぎた頃から、つわりは治まり、検査も問題なく無事終わりました。

身長13センチ、体重82グラム。

羊水の量が増え、手足を動かす子も多くいるようですが、まだ胎動が感じられないのが少し残念です。

〈妊娠5ヵ月〉妊娠16週〜妊娠19週

今日は妊婦さんにいいという、茸とホウレン草の和風パスタ、ツナのアボカドサラダを作りました。安定期に入り、前よりも食欲が湧いてきて、最近は少し食べ過ぎてしまうので注意が必要ですね。

検診のとき、先生から超音波写真を見せてもらうと、あなたは口元に手を当て、クスクス笑っているように見えました。昨日、「きっと、うまくいく」というコメディ映画を観たからでしょうか。

最近、あなたはお腹の中で手や足を動かしているのか、胎動を感じることが多くなりました。成長しているのが伝わってくるたび、愛おしさは増すばかりです。

そういえば、病院に行く途中、電車の中で優しい女子高生が席を譲ってくれました。あなたもいつか制服を着て、学校に通うようになるのでしょう。ちょっと気が早いかな。

パパもお腹に耳を当て、一緒に様子を窺っています。

これからあなたの成長していく姿を見られると思うと、今から楽しみで仕方ありません。

身長22センチ、体重260グラム。

毎日、話しかけていますが、ママの声は聞こえていますか？

〈妊娠6ヵ月〉妊娠20週〜妊娠23週
お腹がずいぶん大きくなり、足に疲労が溜まりやすくなりました。

階段の上り下りが少し大変ですが、あなたが成長している証拠だと思うと嬉しくて、心に大きな力が湧いてきます。

数日前から下腹部が張り、微かに痛みがあったので、念のため病院で検査を受けました。

大きな問題はありませんでしたが、早産にならないように、いくつか気をつけなければならないことがあります。

未だに、なにが真実なのかわかりませんが、少しでも心配な出来事が起きると、自分の過去の罪と結びつけて考えてしまいます。

身長28センチ、体重６２０グラム。

毎日、あなたが無事に生まれてくることを願っています。

〈妊娠7ヵ月〉妊娠24週～妊娠27週
昨夜、生まれる前の記憶を持つ幼児の特集番組をテレビで観ました。

真偽は定かではありませんが、幼児の中には、自ら母親を選んで生まれてきたと証言する子どももいて、驚きと同時に奇妙な緊張感を覚えました。

もしかしたら、あなたも私を選んでくれたのでしょうか――。

お医者さん曰く、そろそろ周りの音も聞こえ、味覚もわかるようになる時期のようです。

これから退屈しないように絵本を音読し、もっとたくさん話しかけるようにしますね。

どのような音楽や物語が好きなのか気になります。

身長36センチ、体重９８０グラム。

これからも元気に育ってくださいね。

〈妊娠8ヵ月〉妊娠28週～妊娠31週

性別が判明したので、そろそろ名前を考えようと思っていたら、パパから素敵なプレゼントをもらいました。

プレゼントは、一冊のノートと可愛らしいハート柄のおくるみです。

ノートにはたくさんの名前が並んでいて、そのすべてに意味が込められていました。

あなたに対する愛情を強く感じることができて、胸が喜びでいっぱいになり、幸せな気持ちに包まれました。

このノートの中から、あなたの名前を決めますね。

身長40センチ、体重1680グラム。

赤ちゃんグッズも買い揃え、準備は万全です。

どうか、元気な産声を聞かせてください。

〈妊娠9ヵ月〉妊娠32週～妊娠35週

今日はとても気分が落ち込んでいます。

なにを書いたらいいのか戸惑ってしまい、筆が進みません。

そんなときは、あなたのことばかり考えています。旅をするなら、どのような国に行きたいですか。どんな色が好きですか。好きな食べ物はなんですか。

生まれてきたあと、たくさん教えてくださいね。楽しみにしています。

身長45センチ、体重2300グラム。

あなたが無事に育ってくれていることだけが救いです。

それは、姉が残した母子日記だった。

ページを捲るごとに胸が圧迫され、呼吸が乱れていく。感情が高ぶって、両目の奥が熱を孕んだ。姉の言葉が光となり、煌めく欠片が降ってくる。欠片は寄り添うように集まり、少しずつ形を成していく。

彼女は、良世を大切に思い、心から愛していた。

瞼を閉じれば、妹を助けようとした姉の姿がよみがえる。

心を鎮めて、記憶の糸をたぐりよせた。あのときカッターナイフを持った姉の手は、ぶるぶる震えていた。怖かったのだ。自分よりも大きな男から妹を守るため、必死に笑みを浮かべ、猟奇的な言葉を投げて相手を脅し、勇敢に闘ったのだ。

小学生の頃、姉はいじめを受けていたクラスメイトを救えなかった。ずっと、その罪と後悔を抱えながら生きてきた。だからこそ、もう逃げたくなかったのかもしれない。どれほど怖くても闘う。やはり、私は救われたのだと思う。

砕け散った欠片が集い、残酷な絵が浮かび上がってくる。

かつて、姉は前園ツカサというペンネームで漫画原作を書いていた。

世に出た作品は、『樹海の空』と『ラストゲーム』という二作品だけだった。ラストゲームの最終巻が刊行されてから間もなく、世間を震撼させた凶悪な事件が起きた。

十六歳の少年がハンティングナイフを手に、通行人を次々に傷つけ、五人の命を奪った事件だ。

犯行前、加害者の少年は自分のホームページで『ラストゲーム』という漫画を絶賛していた。事件後、ホームページに掲載されている内容を読んだ人々の間で、『ラストゲーム』が犯罪を誘発したのではないかという議論が巻き起こった。

事件が起きたのは、私が十九歳の頃。当時、姉は二十三歳だった。

振り返れば、姉が不健康なほど痩せてしまった時期と一致する。あれは当時交際していたサトシ君に騙されたからではなく、この事件が原因だったのではないだろうか。なぜならば、それ以来、前園ツカサは作品を書いていないからだ。

姉は妊娠がわかったとき、嫌でも事件のことを思いだしてしまったはずだ。殺害された被害者の中には、臨月を迎えた妊婦とその赤ちゃんもいたからだ。そして苦しみ続けた。

本当に自分の作品が犯罪を誘発したのかどうか——。

かつて小学生の頃、姉のクラスメイトが校舎から飛び降りて自殺した。

姉が『ラストゲーム』で書きたかったのは、恐怖よりも、いじめが生む、不幸の連鎖だったのではないだろうか。ホラー漫画に仕立てることで恐怖を植えつけ、いじめの罪深さを訴えたかったのだ。『最後の審判』の人選カタログには、いじめの加害者だけでなく、傍観者も掲載されている。それは、いじめのターゲットにされないよう、見て見ぬ振りをした自身への罰だったのかもしれない。彼女の抱えていた罪の意識に気づいたとき、胸が抉られたように痛んだ。

多くの作家が、人が不幸になればいいと願い、物語を書いているわけではない。たとえ、恐怖漫画だとしても、読者を楽しませたくて物語を創作しているのではないだろうか。少なくとも姉は、そうだったと信じたい。

姉が綴った母子日記を最後まで読み終えたとき、自分は浅はかな人間だったことに気づかされた。優しかった姉を疑い、彼女の気持ちを見失ってしまっていたからだ。

人の心は簡単に塗り替えられる。人間はそれほど強い生き物ではないのかもしれない。それを自覚できず、私はふらふら揺れ動いていた。

勝矢は紛れもなく、懸命に生きる人々の命を奪った犯罪者だ。生涯、彼を許すことはできない。けれど、母子日記を読むと優しい父親としての面も併せ持っている。妻の身体を心配しながらも、息子の誕生を待ち望んでいた。おそらく、もう一度、妻に会いたい一心で、彼は犯罪に突き進んだのだろう。

幼い頃、虐待されている少女を救おうと、彼女の父親に切りかかった勝矢の姿が脳裏に浮かんだ。澄んだ瞳をした少年――。

誰が、なにが人間の心を壊してしまうのだろう。

もしも叔父から虐待ではなく愛情を注がれていれば、友人に騙されて詐欺に遭わなければ、彼の未来は違うものになっていたのだろうか。

心ある人との出会いがあれば――。人間は誰に出会えるかで、大きく運命が変わる生き物だ。だからこそ、別の人生を想像してしまうのかもしれない。

良世に母子日記を渡そうと決めたのは、彼の支えになると思ったからだ。

母はもうこの世にはいない。けれど、この先、姉の残したノートがずっと寄り添ってくれるような気がした。

学校から帰宅し、良世がおやつを食べ終わるのを待ってから、私はノートを渡した。受け取ったあと、彼はしばらくドット柄の表紙を眺めていた。きっと、読むのが怖かったのだろう。瞬きを何度も繰り返し、なにか考えているようだった。

「良世、顔を上げて」

私は、姉の息子の目を見据えながら抱えている想いを告げた。「なぜあなたのお父さんが人を殺したのか、その理由は明確にはわからない。どうしてお姉ちゃんが、勝矢さんを愛したのかもわからない。この世界には永遠に答えをだせない問題もある。でも、私は勇敢で優しかったお姉ちゃんを知っている。あなたが生まれてくるのを、どれだけ待ち望んでいたのか、どれほど愛していたのか、それだけはわかる」

彼はそっと顔を伏せた。爪が白くなるほどノートを強く握りしめている。

しばらくしても、その場ではノートを開こうとしなかった。

様子を見守っていると、良世は静かな声で「これ、もらってもいい？」と訊いてきた。私がうなずくと、彼は無言で二階の自室に駆け上がった。それから数時間、自室にこもったまま下りてこなかった。

幾度も彼の部屋を見に行こうと思ったが、姉が傍にいてくれるのを信じて、祈ることしかできなかった。

その後、加賀谷先生の協力もあり、良世は六年に進級してからも大きな問題は起こさず、無事に時が過ぎていった。

電車の中、公園、ファミレス、ときどき勝矢の話題を口にする者がいる。耳にするたび、全身が凍りついたように固まり、他人の悪意が届かない場所まで逃げだしたくなる。けれど、良世は強かった。彼はまったく聞こえていない振りをする。心が悲鳴を上げていても、凜と背筋を伸ばしている姿は、頼もしくて美しかった。

平静を装える強さを成長と呼ぶのなら、彼は大人になったのだろう。ただ、胸を痛めるような出来事に遭遇した日は、決まって部屋に閉じこもり、真っ白なキャンバスと対話を始める。

絵筆を持つ姿には、どこか悲憤が漂っていた。

「たまにキャンバスが可哀想になる」

私がキッチンで夕食の支度をしていると、良世はそんなことを口にした。

彼の言葉の意味がわからず、先を促すように尋ねた。

「可哀想？」

「どんな絵を描いても、汚い色をぶつけても、キャンバスは『嫌だ』って言わないし、僕から逃げないから」

ソファに深く身を預け、良世はテレビに目を向けたまま言った。

この子は、本当に絵が好きなのだ。きっと、キャンバスに憎悪をぶつけるたび、心の中で謝罪しているのだろう。

脈がトクンと波打った。包丁で指を少し切ってしまい、血がどくどくとあふれてくる。

私は料理の手を止め、良世の姿を凝視した。

テレビから派手なBGMと一緒に『凶悪犯、南雲勝矢の正体』というタイトルコールが流れてきたのだ。

良世は泰然たる態度でテレビの番組を替えた。

彼を傷つけるために番組が制作されているわけではない。犯罪者の息子を傷つけるために、人々は事件の噂話を口にするわけでもない。だからこそ、突然の雨に濡れてしまうように、哀しみに遭遇してしまうのだ。

「なんでも語り合えなければ、親友じゃないんだって」

テレビを消した良世は、とても静かな声でそう言った。

緊迫した空気の中、私は訊いた。

「クラスの友だちに言われたの？」

「そうだよ。でも、僕がすべてを話したら、もう学校には行けなくなるよね」

深刻な雰囲気を避けたいのか、良世は軽い口調を心がけているようだった。

私は必死に回答を探した。彼の求めているのは偽善的な言葉ではない。けれど、めまぐるしく頭を回転させるほど、適切な言葉を見失ってしまう。

「翔子さんはパフォーマンスが苦手な人だよね」

良世は目尻を下げて微笑んだ。「大丈夫。僕は他人を完全に信用していないから」

「すべて話してもいいよ」

私がそう断言すると、彼は怪訝そうな表情でこちらに目を向けた。

水道水で指の血を流してから、湧き上がる想いを言葉にした。

「信じたいと思う相手がいるなら、すべて話せばいい。もしも失敗したら……そのときは、信じられる仲間が見つかるまで、また一緒に旅を続けよう」

良世は微かに微笑んだだけで、なにも言葉は返さなかった。

友だちを大切にする。仲間を信じる。彼にとっては、とても難しい行為なのだ。それでも誰かを信用したいと思う日が来たら、挑戦してみればいい。

たとえ厳しい現実に打ちのめされたとしても――。

## 8

4月23日　曇りのち雨
良世は小学校を無事卒業し、学区内の中学に進学しました。
小学校から仲のよかった友だちと同じクラスになれたようで、とても喜んでいます。
部活は美術部に決めたようです。
良世から「また絵画教室を開かないの」と尋ねられたときは驚きました。
もしかしたら、彼なりに、私のことを気にかけてくれているのかもしれません。
このまま問題が起きなければ、いつか絵画教室を再開したいと思っています。

中学生になった良世には目標ができた。

九月に行われる文化祭のポスターに選ばれることだ。他の生徒は自由参加だけれど、美術部は全員応募しなければならないようだった。

小学生の頃から数々のコンクールに入選していたので、学校の文化祭のポスターに熱を入れて取り組んでいるのが意外に思えた。

最近は帰宅時間がやけに遅い。どうやら校舎が閉まるまで美術室に残り、他の部員たちと一緒にポスター創りに勤しんでいるようだ。

今まで絵のモチーフについて相談されたことは一度もないのに、今回は行き詰まっているのか、「選ばれるためにはどんな絵がいいと思う？」と尋ねられた。

五月になってからも、なにを描こうか迷っているようだ。

文化祭のテーマは『仲間と一緒に最高の思い出を』というものだった。絵だけでなく、学校名とテーマもポスターに書かなければならないそうだ。文字を入れるのに慣れていないため、文字と絵のバランスに苦悩しているのかもしれない。

真剣に悩んでいる彼には申し訳ないけれど、親としては中学生らしい悩みで嬉しくなるけれど、敢えてアドバイスはしなかった。後悔しないためにも、どうしても勝ちたいと思うものほど、自分の意思で決めたほうがいい。なにが素晴らしい絵画なのか、それは見る側の感性に委ねられる。答えのない世界で闘うなら、自分の信じているもので勝負するしかないときがある。

良世は、学校が休みの日は都内の美術館まで足を運び、それ以外は部屋に閉じこもって画用紙とにらめっこをしていた。あまりにも健全で心配になるほどだ。

休日に遊びに来たサナさんは、「なに？　負けたら命でも取られるの」と心配していた。

それほど良世の姿は殺気立っているように映ったのだ。

眠れていないのか、日に日に目の下のクマが目立つようになった。選ばれなかったら、本当に命でも取られるのではないかと不安になる。

そんな心配をよそに、サナさんは「目の下にコンシーラー塗ってあげようか」と、良世をからかっていた。どれほど冷たい態度を取られても、彼女は立ち向かっていく。その姿に感動すら覚える。

苛立っている良世に「部屋から出ていって」と睨まれると、サナさんは顎を突きだして「かかって来い、コノヤロウ。闘魂注入してやる」と、プロレスラーだった人物の真似をして、相手の怒りを煽っている。誰の真似をしているのかさっぱりわからない良世は、怒りを通り越して怯えた表情を浮かべていた。まるで得体の知れない不気味なものを見るような顔つきで困惑しているのがおかしかった。

どうやらサナさんは、父親役を担当することに決めたようだ。彼女の抱く父親像に若干の間違いがあるように思えたけれど、気持ちはありがたかった。

これまでは部屋に自由に出入りできたのに、最近は良世の自室のドアノブに『入室禁止』のプレートがかけられていることが多くなった。おそらく、集中して絵を描きたいのだろう。

ポスターの応募締め切りは七月七日。それまでこんな緊迫した生活が続くのかと思うと少ねることはできず、結局様子を見守ることしかできなかった。

なにかいじめのような問題が起きていないか気になるけれど、難しい時期なので執拗に尋ねることはできず、結局様子を見守ることしかできなかった。

関東が梅雨入りしてから一週間が過ぎた頃、良世は真っ青な顔で学校から帰宅した。激しい雨に打たれたようで、彼は全身ずぶ濡れだった。

もう嫌な予感しかしない。脳裏を「引っ越し」という言葉がよぎった。

私が「風邪をひくから着替えてきて」と言っても、彼はその場を動こうとしない。

「翔子さん、どうしよう」

「これ……」

良世は鞄から一通の封筒を取りだし、こちらに差しだしてくる。

受け取ってからよく見ると、サルバドール・ダリの絵画の封筒だった。

「どうしたのこれ？」

私が尋ねると、良世は急かすように言った。

「中の手紙を読んで」

綺麗に折りたたまれた手紙を取りだすと、封筒と同じデザインの紙に、短い文章が書いてある。

——前から好きでした。

悪い想像が膨らんでいたので、私は噴きだして笑ってしまった。

「なんで笑うの？」良世は困惑顔で訊いた。

「普通、ラブレターを親に見せないでしょ」

「だって、どうしていいかわからないから……」

「それは良世にしか判断がつかないよ」

「相手は、男だよ」

慌てて手紙に目を戻すと、いちばん下に可愛らしい丸文字で『坂口聖人（さかぐちまさと）』と書いてある。

突如、懐かしい記憶が閃光のごとくよみがえった。

姉は女子から人気があり、毎年バレンタインデーにはチョコレートをたくさんもらって帰ってきた。彼女たちの中には憧れではなく、本気で姉のことを好きだった人もいたかもしれない。

思わず、私は感嘆の声を上げた。

「手紙って古風ね」

良世には、中学入学時にスマホを買ってあげた。最近の若い子はメールで告白するようなので、手紙というのに驚いた。

良世は尖った声をだした。

「気にするとこ、そこじゃないでしょ。坂口って見た目は普通なんだけど……」

「男か女か判断してから人を好きになるよりも、素敵よね」

いつか姉が言っていた言葉が、するりと口を衝いて出た。

良世の顔から戸惑いと警戒の色が消え、強張っていた肩が少しだけ丸くなる。

きっと言葉は生きている。人は消えても言葉は残り、誰かの心を作っていく。時間を超えて繋がる想いがあるような気がした。

良世は少し気まずそうに言った。

「たしかに……そうかも。友だちに相談したら悪い気がして、誰にも言えなかったから……」

まだ中学生だ。面白おかしく騒ぎ立てる者もいるかもしれない。けれど、重い境遇を背負っているせいか、良世には相手の秘密を大切にできる長所がある。

この世界に良世を好きになってくれる人がいる。それがとても嬉しくて、私は素直な気持ちを言葉にした。

「誰かに好きになってもらえるって、とても幸せなことだよ」

彼は少し顔を伏せてから答えた。

「なんとなく……幸せだって意味がわかる」

7月9日　雨
学校では、文化祭のポスターの投票が始まっているようです。参加人数は十五人。
彼が創ったポスターは、とても秀逸な作品でした。
親バカかもしれませんが、良世が負けるとは思えません。
あれほどがんばっていたので、選ばれてほしいと強く願っています。

文化祭のポスターの投票結果が発表された翌日から、良世は学校を休んだ。

登校しないのは、今日で三日目——。

私は学校に行かない理由がわからず、しばらくリビングで頭を抱えていた。

どれほど想像を膨らませても、顔を突き合わせて相対しなければ相手の気持ちは見えてこない。充分に理解しているつもりなのに、彼と向き合うのを躊躇っている自分がいた。

何度声をかけても返事はおろか、ベッドに潜り込んで顔も見せてくれないのだ。向き合うのを避けているのは、良世のほうなのかもしれない。

気持ちを奮い立たせると、救急箱から体温計を取りだし、部屋を出て階段を上がっていく。蔦(つた)でも絡まっているかのように足が重かった。無視されるくらいなら、いっそ暴言を吐かれたほうがいい。そのほうが解決策を見つけられるからだ。

私は二階の廊下を進み、ドアの前で深呼吸を繰り返した。

三度ノックしてから「入るよ」と声をかけ、部屋に足を踏み入れると、室内はしんと静まり返っていた。

良世は相変わらずベッドに潜り込んで顔を見せようとしない。何度声をかけても無言を貫いている。今日も顔を合わせる気はないようだ。

私は懇願するように言った。

「もしも具合が悪いなら病院に行こう」

こちらの心配など歯牙にもかけない様子で、彼は「熱があるんだ。寝かして」と吐き捨てた。

久しぶりの返答に勇気をもらい、私はベッドに近づくと思い切って掛け布団をはがした。眉間にシワを寄せて睨んでくる良世の腕をつかんで無理やり起き上がらせると、「熱を測りなさい」ときつい口調で言った。

良世は迷惑そうな様子で体温計を受け取り、渋々熱を測り始めた。

ピピッという電子音が響いたので体温計を取りだすと、見事に平熱だ。不機嫌そうな表情をしているけれど、顔色は良好だった。

「熱なんてないじゃない」つい声に苛立ちが滲んでしまう。

「気持ちが悪い」

「なに？」

「吐き気がする。具合が悪い。目眩がする」

熱がないのが証明された途端、今度は違う症状を訴えてくるので対応に困り果ててしまう。

このまま不登校になってしまうのだろうか——。

焦る気持ちはあったけれど、学校には熱が下がらないので休むという連絡を入れた。明確な理由もわからないのに、担任に相談して騒ぎ立てるのは得策ではないと思ったのだ。

静まり返った部屋に、雨音が忍び込んでくる。三日連続の雨だった。

私は傷つけるのを承知のうえで、思い切って憶測を口にした。

「文化祭のポスターに選ばれなかったから、学校を休んでいるの？」

「違う。翔子さんはなにもわかってない。美咲希のときと同じだよ」

ベッドから怒りを孕んだ声が飛んでくる。

胸を突き刺す言葉に気持ちが萎縮してしまい、次の言葉がだせなくなってしまう。たしかに、娘の気持ちに気づいてあげられなかったのは事実だ。

私は息を吐きだしてから、なにか見落としていることはないか思い返してみた。

休み始めたのは、投票結果が発表された翌日からだ。どうしても文化祭のポスターと関連があるように思えてしまう。得票差はわからないけれど、良世のポスターは二位だったようだ。絵で負けた経験がないため、自信が揺らいで心が折れてしまった可能性もある。

どれだけ考えを巡らせても、憶測の域を出なかったので、私は率直に尋ねた。

「どうして学校に行きたくないのか教えて」

「部屋から出ていって」

傲慢な態度に、微かに怒りを覚えた。

「学校に行きたくない理由をちゃんと説明して。言葉にしなくても相手が気持ちを理解してくれるなんて奇跡はないからね」

突然、なにかが足元に飛んできた。

良世のスマホだ――。

この三日間、ベッドに潜ってずっとスマホを見ていたのかもしれない。

拾い上げて画面を確認した瞬間、さっと血の気が引いていく感覚がした。

スマホは熱を持っているのに、指先がすっと冷えていく。スマホを落とさないように手に力を込めた。確かめなければならないことがあるのに、うまく言葉が出てこない。

——葉月って、自分で絵がうまいと思ってるところがイタい。

——あんなのがポスターに選ばれたらクソ恥ずかしくて文化祭休む。

——二位ってことは、投票した人がたくさんいたんだよ。

——さっきの書き込み誰？　特定して名前を晒そう。

——本人だろ。自分で自分を養護するなんてすげぇ惨め。マジ笑える。

SNSのコメント欄に心ない言葉が次々に書き込まれていく。

良世は、低く、憎しみを込めた声で言った。

「僕が殺人犯の息子だからこんな目に遭うんだ」

私は身を強張らせ、唇を引きしめた。

まさか、勝矢のことが知れ渡り、学校で噂になっているのだろうか——。もしかしたら、友だちに真実を話して裏切られた可能性もある。

卑屈な笑みを浮かべている良世の顔を見ながら訊いた。

「お父さんの事件が学校で噂になっているの？」

緊迫した室内に、息苦しくなるほどの沈黙が降ってくる。

なにも答えない良世に痺れを切らして、私は厳しい口調で言った。

「大切なことだから、ちゃんと答えて」

良世は目をそらしてから「誰も知らない」とつぶやいた。

冷静に考えれば、予想通りの返答だ。ネットに書き込まれていた内容に、勝矢に関する情報はひとつもなかった。もしも噂になっているなら、彼らはいちばん傷つく急所を攻撃したはずだ。まだ子どもとはいえ、相手を苦しめる方法を心得ている者は多い。

「お父さんが理由で批判されたわけじゃない。それなのに、なぜ嘘をついたの」

そう尋ねると、彼の目に怯えが走った。

薄い唇を震わせ、言葉を失っている姿を見て、初めて良世の気持ちに気づいた。

SNSの批判に耐えられず、彼は誰かのせいにして逃げようとしているのだ。

良世は頬を紅潮させながら言葉を放った。

「僕のほうが技術的にもうまいし、感情もこもっている。あいつらは素人だから、絵のことはなにもわからないんだ」

負けを認められないほど、理不尽な態度を取ってしまうほど、この子は絵が好きでたまらないのだ。辛い経験をした分、同い年の子よりも考え方が成熟していると思い込んでいたけれど、こんなにも脆くて、幼い感情を秘めていたのだ。

私は胸に湧き上がる気持ちを素直に言葉にした。

「フェアに勝負して負けたのに、それを誰かのせいにするのは卑怯だよ」

良世は薄い笑みを浮かべながら口を開いた。

「翔子さんが困るんじゃないの？」

「どういう意味」

「僕は殺人犯の息子だよ。だから、みんなより絵がうまくなくちゃいけない。誰にも負けないものを持ってなきゃいけないんだ。絶対に負けないものを……悪口を言う奴らを黙らせられるものを……」

急速に気持ちが沈んでいく。過剰な強迫観念を抱かせてしまったのは私が原因だったのかもしれない。絵画が助けになると信じ込み、彼の苦しみを理解していなかった。

「もう絵なんて描きたくないよ」

そう言う良世の顔は、まるで余命宣告された患者のようだった。真っ青な顔をして、目に涙を溜めている。

「描きたくないなら、絵から離れればいい」

私は静かな声で言葉を継いだ。「でも、あなたの絵を好きだと言ってくれる人の存在まで否定しないで。良世の絵に投票してくれた人たちの気持ちは大切にしてほしい」

「そんなの……負けたんだからどうでもいいよ」

なぜ応援してくれた人の存在を簡単に否定できるのだろう。この子の世界には、ゼロか百しかないのかもしれない。

私はどうしても忘れてほしくないことがあり、彼の目を正面から見据えた。

「良世の絵を好きだという人もいる。でも、苦手だという人も存在する。正しい答えのない世界でなにかを創り上げようと思うなら、自分の信じているものを描くしかない。だからこそ、信じるものを見つけて大切にしてほしい」

「こんなにもバカにされて……傷つけられるくらいなら絵なんて描きたくないし、好きなものなんて持ちたくない」

「自分の好きなものを持つことは大切だよ。もしかしたら、とても少ないかもしれない。でも、いつか良世の好きなものを『私も好き』と言ってくれる人に出会える日が来る。そのとき、良世はその人と友だちになれる。かけがえのない親友になれる。仲間になれる。だから自分の好きなものを持って生きることは大切なんだよ」

「批判する奴らと喧嘩しろ、っていうの？」

「そうじゃない。争わないために友だちが必要なの。どれだけ批判されても、うしろに応援してくれる友だちがひとりでもいてくれたら、人は争ったり怒ったりせず、『それでも僕たちは、これが大好きなんです』と、胸を張って言える強さを持てるようになる」

「翔子さんは……」

良世は震える唇を開いた。「僕の絵が好き？」

絵ではなく、「僕のことが好きですか」と問われている気がした。

良世はまるで判決を待つ被告人のように身を固くし、緊張を隠せないでいた。秒針が時を刻むごとに、彼の表情に猜疑と絶望の色があらわれる。

きっと、絵を認められることで自己肯定感が増し、それが生きる意味に繋がっていたのだろう。まだ中学生なのに、生きる意味を探さなければならなかった心情を思うと悔しくなる。

「素晴らしい絵を描くから、あなたが好きなんじゃない」

私は一心不乱に絵筆を動かすように言葉を継いだ。「この先、どんな絵を描いても、どれだけ批判されても、私は良世が大事なの。その気持ちは永遠に変わらない」

良世は声をだして泣くほど、もう子どもではなかった。

彼は顔を伏せて、ただ静かに涙をこぼしている。泣きながら両の拳を固く握りしめている姿は痛々しくて、苦しそうで見ているのも辛かった。けれど、ここから先は自分で乗り越えてもらうしかない。強くなってもらうしかないのだ。

翌日、良世は登校時間を過ぎても、部屋から出てこなかった。

学校に行けないことは大きな問題ではないと頭では理解していても、どうしても焦りを覚えてしまう。みんなと同じように生きられないのは、親の責任なのかもしれない。無性に情けなくなる。

次の日も、時間が経つほど暗い感情が心を蝕んでいく。

日記帳を広げ、朝食の時間になっても起きてこなかった。これまでの記録を振り返るも、どうすればいいのか、なにができるのかわからなかった。自分の力のなさに愕然とさせられる。

目頭を揉みながら、考えあぐねていると家のチャイムが鳴った。

テレビドアホンの映像を見た瞬間、私は慌てて玄関へ駆けだした。

手に力を込めてドアを開けると、目の前には三人の少年たちが佇んでいる。

彼らは一様に緊張した面持ちだった。みんな良世が通う中学の制服を着ている。

いちばん前にいる少年は、色が白くて端整な顔立ちで控えめな印象を受けた。後方左にいる子は、上背はないけれど意志の強そうなきりりとした眉毛と輝く瞳を持っている。その隣には黒縁のメガネをかけた温厚そうな少年が立っていた。

しばらくしてから、色白の少年が言った。

「おばさん、ごめんなさい。俺が良世にプレッシャーかけたせいで……」

話の先を促したかったけれど、色白の少年が顔を上げるまで待った。

彼はしばらくしてから言葉を継いだ。

「俺の兄貴は、クラスメイトの石塚(いしづか)って奴にいじめられて、学校に行けなくなったんだ」

「あなたにはお兄さんがいるのね」

私が戸惑いを滲ませながら尋ねると、色白の少年はうなずきながら答えた。

「今、中三です。石塚は兄貴が気に入らなかったみたいで……自分の嫌いな人間を徹底的に追いつめないと気が済まない奴で、クラスメイトを煽って陰でいじめて、兄貴を不登校にしたんだ」

色白の少年が言葉に詰まると、小柄な少年が口を開いた。

「石塚は美術部なんです。みんな、あいつのことが嫌いで、だから、良世に『石塚には絶対に負けないでほしい』ってプレッシャーかけたせいで……マジでごめんなさい」

色白の少年も「ごめんなさい」とつぶやいた。

おそらく、ＳＮＳに厳しい言葉を書き込んでいるのも石塚という少年なのだろう。

昔の良世なら、もっと別の方法で気に入らない相手を追い込んで報復したかもしれない。けれど、絵で勝負する道を選んで、彼は負けたのだ。

視界が潤み、真実を教えてくれた少年たちの姿がぼやけていく。

私は大切なことを見落としていたのかもしれない。本当になにも見えていなかった。

良世は自分のためだけでなく、友だちの兄のために、仲間のためにも勝ちたかったのだ。果たせなかったのが悔しくて、腑甲斐なくて、こんなにも苦しんでいたのだろう。

振り返れば、絵を描くのを怖がっているようだった。もしかしたら、生まれて初めて本気でなにかを成し遂げたいと思ったのかもしれない。本気だったからこそ、恐ろしくて堪らなかったのだ。

「別にプレッシャーなんて感じてないから。風邪をひいて熱が下がらなかっただけだよ」

声が聞こえ、後方を振り返ると、廊下に制服姿の良世が立っていた。

色白の少年が嬉しそうな表情で訊いた。

「どうして僕たちが来たのがわかったの？」

「二階から見えたんだ」

「見てたのかよ」

少年たちの明るい笑い声が玄関にあふれ、一気に場が和んだ。

心配そうな顔で、黒縁メガネの少年が訊いた。

「リョウちゃん、大丈夫？」

「ただの風邪だから大丈夫。今日から学校に行こうと思ってたんだ」

良世は平然と答えてから、私の目を見た。

こんなにも弱々しい顔を見たことがなかった。必死に、話を合わせて、と訴えてくるような眼差しだ。まだ子どもだとばかり思っていたけれど、確実に自我が芽生えて成長している。

いつ風邪で熱をだしたのか、その疑問は胸にしまって私は少年たちに「ありがとう」と頭を下げた。彼らも恥ずかしそうに頭を下げ返してくれる。

私の近くに寄ってくると、良世は小声で言った。

「今日から学校に行こうと思ってたんだ」

本当に自分で乗り越えたのかもしれない。こちらを見据える瞳に、嘘は見当たらなかった。

良世は靴を履き、少年たちと一緒に玄関を出ていく。

外に出て空を振り仰ぐと、雨雲が垂れ込めていた。

梅雨は、まだ明けそうもない。青空が見られるのはもっと先かもしれない。けれど、太陽が姿をあらわす日は必ず来る。

まっすぐ続く道を四人の少年たちが歩いていく。

私は心の内で感謝の言葉を繰り返し、祈るようにいつまでも彼らの姿を見送った。

この先、親にはどうすることもできない場面がやってくる。そのとき、母の代わりに、父の代わりに、家族の代わりに手を差し伸べ、支えてくれる存在が必要だ。

とても儚くて、短い期間でもかまわない。輝くような思い出は、苦しみを乗り越える大きな力になってくれるはずだ。

分厚い雨雲を切り裂き、どうか一筋の光をください。

どうか——。

「ショウちゃん」

「しょうこちゃん」

ふいに、どこからか姉と娘の声が響いてくる。

風に乗ってやってきた声は、私の髪を優しく撫でて、ゆっくり遠ざかっていく。

空を見上げながら、私は胸中で別れの言葉を伝えた。そして、姉が残した最後の祈りを胸に刻んだ。

〈妊娠10ヵ月〉妊娠36週～妊娠39週
昨日、妹が無事出産を終え、生まれたばかりの赤ちゃんの画像を送ってくれました。
おくるみに包まれた女の子はとても可愛らしい寝顔で、胸の高鳴りを覚えました。
きっと、ショウちゃんに似て、優しくて思いやりのある子に育ってくれるでしょう。
私も出産予定日が近づいています。
身長48センチ、体重２９００グラム。

やっとあなたに会えますね。
私たちの大切な、大切な『良世』。
どうか、良き世を生きられますように――。

事件から三年以上の月日が流れても、勝矢に関する書き込みはネット上に掲載されていた。良世の個人情報は晒されていない。けれど、勝矢の息子に向けられた心ない言葉はいくつか存在している。

――南雲勝矢の息子って、もう中学だよね。そろそろ殺(や)るんじゃない。

数は少ないけれど、まだ残酷な言葉は残っていた。

――悪魔の子。

常に善の気持ちだけを抱えて生きていけるほど、この世は幸せに満ちた場所ではない。
人間は善悪併せ持つ生き物だ。
誰もが善の芽を持ち、悪の芽を持っている。だからこそ、誰に出会い、どのような人に助けられ、支えられたかで人の運命は大きく変わるのだ。みんなそうなのではないだろうか。
お金、地位、名誉、この世には大切なものがたくさんある。それらを求め、重要視する人々を否定しない。勝ち取らなければ、自らが目標とする幸せに近づけないこともあるからだ。けれど、どうかあの子の未来には、心ある友との出会いをください。

12月12日　曇り

この日記は、良世と過ごした日々を綴ったものです。

子育てに必要なのは『愛』だという人がたくさんいます。それにもかかわらず、愛とはなにかを尋ねても明確に答えられる人は少ない。

実態のつかめない感情に翻弄され、ぐらぐら揺れ動きながら、それでも私はおぼつかない足取りで自分なりの答えを探し続けています。

親になる資格、人を育てる権利はあるのか——。

あの日、血を吐くように泣き叫んだ姿を、私は一生忘れることはないでしょう。

暗闇の中、もがき苦しみながら、手探りで彼の感情を探しても見つからない。これまで幾度も疑心暗鬼に陥り、良世を恐ろしいと感じたこともありました。

だからこそ祈らずにはいられないのです。

いつか疑い抜いた果て、彼の苦しみと優しさに気づいたときは、そっと傍にいてあげてください。微かな明かりを心に灯してほしい。

今日、良世は13歳になりました。

未だに彼を否定する言葉は数多く存在します。けれど――。
私の息子は、まだ人を殺していません。
きっと、この先もずっと――。

# 解　説

藤田香織

たとえば。

書店の宣伝POPや帯の惹句、SNSや雑誌の紹介記事を目にして、読んでみようと一冊の本を手に取ったとして。知り得た情報を踏まえてページを捲る前にはもう頭の中にある程度、きっとこんな話なんだろうな、と、内容が思い浮かんでいたりする。そして実際、読み終えて思い描いた通りの物語だった場合——。思った通りだった！　と喜ぶ人は、果たしてどれくらいの割合なのだろう。「自分が思っていたのと違った」と不満気に書かれているレビューをわりと目にするので、ひょっとすると思った通りだと嬉しい派のほうが多いのかもしれない。

でも、私は、読んだ小説が「思った通り」だとがっかりしてしまいがちだ。不遜に受け止められるかもしれないけれど、自分が思いつける程度の話なら、別に読まなくてもいいじゃないか、と思ってしまう。作家には常に自分の想像を超えて欲しい。あぁそうくるか！と唸らせて欲しい。知っているつもりでいた物事を、そういう見方もあるのかと気付かせて欲しいし、見ないふりをして目を逸らしてきたものを突きつけて欲しい。それがたとえ苦々しく、痛みを伴うものであっても、感情を揺さぶられたいのだ。「思った通り」では気持ちが動かない。意外と同じようながっかり派も少なくないような気がしているのだけれど、いかがだろうか。

本書『まだ人を殺していません』は、そんな少数派（かもしれない）の期待にも十分応えてくれる、個人的に忘れがたいほど「思い通りじゃなかった物語」である。

二〇二一年五月に本書の単行本を手にしたとき、私が思い浮かべたのは、天使のような容姿で悪魔のような性格をした子どもの話だった。表紙のイラストが少年だったので、このこざっぱりした人畜無害そうな子が、実は人の心を持たぬ鬼畜のような人間で、周囲の大人にはわからないように悪行を続けているのではないか。「まだ、人を、殺していない」だけで、クラスメイトなどの心を容赦なくへし折り、動物や、自分よりも力の弱い者には嗜虐的な行為を繰り返しているような子どもと、そんな少年に翻弄される親や教師の話だろうと想像したのだ。

でも、だけど。これがまったく違った。いや、既に本文を読み終えた方には理解して頂けると思うのだが、正確にいえば、まったく違うわけでもない。この私の予想は、わりと多くの人が思いつく流れだろうし、実際、そのような話ではあるのだ。

なのに全然思い通りではなかった。え？　予想に近いのに思った通りじゃない話ってどういう意味？　と本編を未読の解説先読み派の方には、よくわからないかもしれない。でも、読み終えたらきっと納得してもらえるのではないだろうか。奇想天外でも荒唐無稽でもないのに「思い通り」にはならないという絶妙な巧（うま）さが本書にはあることを。

簡単に概要を記しておく。物語の本編は、主人公の「私」がテレビのニュース番組に釘付けになっている場面から幕を開ける。食い入るように見ているのは、新潟で、行方不明になっていた五歳の少女を含むふたりのホルマリン漬けにされた遺体が薬剤師の男の自宅から発見された、という報道だ。男の名前は南雲勝矢。それはまぎれもなく、「私」の四つ上の姉・詩織の夫だった。

最初から、物語を追いかけながらも一瞬考えさせられる描写がいくつもある。なんだろう、どういう意味だろう、と引っかかるのだ。この最初の日記ってなに？　語り手の「私」ってどんな人？　〈詩織は、四つ上の私の実姉だった〉って過去形ってことは……。え？　お姉ちゃんが産んだ子の顔を知らないの？　〈あの頃、彼らを気遣えるような精神的な余裕はなかったのだ〉ってなにがあった？　娘を出産したって既出なのに、独身だから良世を引き取れと言われるってことは……。「子育てに失敗して自信がないのか？」。離婚して娘は父親と暮らしてる？　〈小学三年の冬に起きた事件。あの忌まわしい記憶〉ってなんだろう。重そう。ヤバそう——と、ざわざわした感触が広がっていく。

ほどなく私＝葉月翔子は、県議会議員の娘と結婚し自らも次期市議選に出馬しようとしていた実兄の雅史に命じられるような形で、姉の息子・良世を引き取ることを決める。「命がけで助けてくれたお姉ちゃんのことを絶対に忘れられないから」と。

同時に、もちろん不安もあった。〈私ひとりで、彼を守れるだろうか——。姉は、勝矢を心から愛していた。だからこそ結婚相手として選んだのだ。そう思ったとき、ある疑問が頭をかすめた。そもそも彼は、本当に人を殺したのだろうか？　被害者のひとりは、まだ幼い子どもだった。それが勝矢の犯行ならば、良世は殺人犯に育てられたことになる。私は性善説も性悪説も信じていない。どちらかといえば、生後どのような人に出会うかで人格は変容していくと思っている。それならば、殺人犯に育てられた少年は——〉。この揺れが読者にも伝わり、広がっていくのだ。

良世には場面緘黙の症状があり、慣れない相手と話せない。翔子の家に来てからも、言葉を発しない日が続いた。身長は低く、身体つきも華奢で、大好きだった姉によく似た九歳の少年は、しかし、兄が「鬼畜の所業」と吐き捨てた殺人犯の息子でもあった。かけられた容疑が事実であるとしたら、勝矢に親で居続ける資格はないと翔子は思う。と同時に〈けれど、私も――人殺しなのではないだろうか〉とも語る。どういう意味なのか――。

翔子がかつて娘の美咲希に与えたトラ猫の絵本。美咲希と詩音くんの公園でのトラブル。詩音くんママの彩芽との関係性。離婚した際、翔子が譲り受けた「不吉な家」。翔子だけでなく、姉の詩織や勝矢の過去が明らかになるにつれて、誰を、なにを、信じればいいのかわからなくなっていく。結婚前は公立中学で美術教師をしていて、現在は自宅で絵画教室を開いている翔子は、良世が秀逸な絵を描くことを知ると〈もしかしたら、先天的に高度な能力を持つ、ギフテッド？〉と興奮し、不気味な絵を描けばショックを受け慄く。良世の言動に不気味さを抱き、真実を知りたいと新潟の留置場まで勝矢に面会に行き、「息子は人殺しなんです」「不幸を呼ぶ子なんです」と呪詛を吐かれ、不安定で疑心暗鬼な気持ちが増してしまう。果たして「ホルマリン殺人事件」の犯人は、本当に勝矢なのか。読者の胸のなかにも生まれたであろう良世への疑いも、次第に膨らんでいく。

綴られていく翔子と良世の暮らしのなかで、小さな疑問は次第に明らかになり、事件の真相も詳らかになる。端的にまとめれば、本書は〈癒えない大きな傷を心に負った主人公が、「殺人犯の息子」を引き取り本当の親子になるまでの葛藤を描いた物語〉といえるが、やはりそれも的外れではないけれど、的確であるとは言い難い。作者である小林由香さんの小説はいつだって、そうした要約できない部分に魅力があるのだが、本書はまさに真骨頂といえるだろう。

振り返ってみれば、第三十三回小説推理新人賞受賞作を表題にしたデビュー作『ジャッジメント』（二〇一六年／双葉社→双葉文庫）から、小林さんの小説は既に「あなたならどうする？」と読者に問いかけていた。犯罪加害者から受けた被害と同じことを合法的にやり返すことができる「復讐法」が施行され、目には目を、が許される＝身内を殺されたら犯人を殺す権利を与えられたとしたら。加害者を殺して復讐を果たすか、許すことを救いとするのか。衝撃的かつ鮮烈な物語を読みながら、何度も繰り返し想像して考えた。それは現時点での最新刊となる、十五歳でクラスメイトを刺殺した少女の犯行動機をめぐる長編作『この限りある世界で』（二〇二三年／双葉社）まで、常にあり続けている。

繰り返し、変わらずに描かれているのは、生と死、そして善と悪だ。人は等しく、いつの日か死ぬと、ある程度大人になれば誰だってわかっている。わかっているけれど、多くの健康な人にとってそれは「いつか」であって、「死」はぼんやりと遠くにしかなく、なにかあって初めて思っていたよりずっと近くにあると気付き、けれど平穏な日々が続けばまた距離が離れていく。

一方の善と悪も、小林さんの小説を読んでいると法律や社会のルールやマナー以外の、自分で判断しなければならない物事が意外なほど多いことに気付かされる。そのとき、その場所で、なにを選び、なにを捨てるのか。決断せずに流されることをよしとするのか。もしも自分が翔子だったら、良世を引き取ることを「善」と思うだろうか。引き取れないと見放すことを「悪」だと感じるだろうか。すべてを知って尚、勝矢を「悪魔」だと思うだろうか。良世は決して「悪魔の子」ではないと、なにがあっても心の底から言いきれるだろうか。

考えて考えて、答えが出せないことをまた考えてしまう。

作家・小林由香の作品には、なにも考えず読めて、興奮し感動しカタルシスが得られるエンターテインメントに振り切った物語の楽しさとは別の、小説を読む醍醐味がある。見たことのない景色を、想像したこともなかった世界を魅せてくれる物語とはまた違った、すぐ傍にあるのに見ていなかった景色を、想いを馳せることはできたはずなのにしてこなかった世界を突きつけられる。あぁこの気持ちを、知っているはずなのに受け流してきた。理解しようとしてこなかった。小説というフィクションを読んでいるのに、内なる自分と対峙することになる故に、リアルさが増して息苦しくなることもあるけれど、そこからの希望があるのも、もうひとつ大きな特長だ。

単行本で初めて本書を読み終えたとき、勝矢や良世、翔子の兄・雅史に対して、自分の心のなかに偏見や先入観があったこと、安易にレッテルを貼ってしまっていたことへの気恥ずかしさのようなものがあった。悔しい。でも嬉しい。

思い通りにならない小林由香の小説を、これからも長く読み続けていきたい。

——書評家

この作品は二〇二一年五月小社より刊行されたものを
加筆・修正したものです。

# まだ人を殺していません

小林由香

令和5年10月5日　初版発行

発行人——石原正康
編集人——高部真人
発行所——株式会社幻冬舎
〒151-0051東京都渋谷区千駄ヶ谷4-9-7
電話　03(5411)6222(営業)
　　　03(5411)6211(編集)
公式HP　https://www.gentosha.co.jp/
印刷・製本—中央精版印刷株式会社
装丁者——高橋雅之



幻冬舎文庫

ISBN978-4-344-43322-9　C0193　　こ-47-1